제17회 삶의 향기 동서문학상

| 수상작품집 |

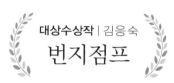

대상수상작 | 김응숙
번지점프

Contents

심사평

삶의 향기가—
문학이 됩니다

영혼에 불을 지피는 혁명가

김홍신(소설가, 17회 삶의향기 동서문학상 운영위원장)

대한민국 여성에게는 문학의 향기가 흐릅니다. 〈삶의향기 동서문학상〉
은 우리 세상에 '사람 꽃'을 활짝 피게 했습니다. 동서문학상은 향기의 발
원이자 영혼의 향연이라고 칭송받아 마땅한 '문학의 꽃밭'입니다.

문학은 광대무변한 것이어서 그 어떤 말로도 다 표현할 수 없지만 제
나름대로 설명하자면 문학은 '영혼의 상처를 향기로 바꾸는 장중한 문명'
이라고 할 수 있습니다. 인생사가 복잡다단하지만 문학은 사람의 영혼을
정화합니다. 전지전능한 신(神)이 사람마다 찾아다닐 수 없어서 대신 문학
을 인류에게 보내 '사람꽃을 피우려고' 했는지 모릅니다. 인간의 고난과 시
련, 사랑과 용서, 희망과 열정을 포착하는 건 문학인의 기본 소양이자 권
리이고 의무입니다.

문학인은 국가와 국민을 존중하는 애국자인 동시에 권력과 부당함과
부패를 매섭게 비판하는 시대의 비평가이고 인간의 영혼에 불을 지피는
혁명가이자 인류와 자연을 사랑과 용서로 끌어안는 휴머니즘의 상징적 존
재입니다. 문인은 시대의 지성인입니다. 또한 광활한 우주의 철학자여야
합니다.

머지않아 '한글문화' '한글문학' '한글정신사'로 승화하고 결국 '한글문
명'으로 진화하여 한글로 글을 쓰는 작가들의 서사가 세상을 흔들 것입니

다. 한글이 영어처럼 다국적 언어가 되었더라면 진작에 K컬처는 세계의 '천사의 날개'가 되었을지 모릅니다.

한국 성인의 절반이 '만성적 울분 상태'라고 서울보건대학원 유명순 교수팀이 2024년 '한국사회 울분조사' 결과를 발표해서 고개를 끄덕이게 했습니다. '만성적 울분 상태'를 치유하지 않으면 예기치 못한 사건 사고와 사회갈등을 유발해서 '갈등치유 비용'이 엄청나게 커지고 비극이 만연하게 됩니다. 가장 쉽고 편리한 치유제는 바로 문학입니다.

민주주의가 위기입니다. 미국뿐 아니라 선진국들이 앓고 있는 민주주의의 병을 치유할 수 있는 걸 유심히 생각해 보고 전문가들과 토론해 본 적이 있습니다. 저는 민주주의의 위기를 극복할 대안으로 한국 고유의 정신인 선비정신을 생각했습니다. 이 선비사상은 바로 문학정신과 절묘하게 맞아떨어진다는 것을 놓치지 않아야 하겠습니다.

이번 제17회 삶의향기 동서문학상에 무려 18,629편이 응모되어 1차 기초심, 2차 예비심으로 뛰어난 작가들께서 심사를 엄중하고 세심하게 진행하셨습니다. 본심에 진출한 작품은 우리 문학계의 큰 어른들께서 예리하고 심도 있게 심사하여 수상작을 엄선해 주셨습니다. 머리 숙여 고마운 마음을 표합니다.

문화예술의 나눔 기업으로 변함이 없고, 명성이 드높은 동서식품에서 상금만 7천9백만 원을 주셨고 갖가지 지원을 아끼지 않으셨습니다. 그렇게 〈삶의향기 동서문학상〉이 우리나라 문학상의 대들보가 되게 해주셨기에 마음을 모아 감사 인사를 올립니다.

소설 부문 심사평

심사위원 김호운, 이광복

　제17회 삶의향기 동서문학상 소설 부문 응모 편수는 1,804편이었으며, 이 작품들을 1차 기초심, 2차 예심을 거쳐 21편이 본심에 올라왔다. 문학상 공모 작품 심사에서 세 차례 심사를 거치는 건 '삶의향기 동서문학상'이 유일하다. 용문(龍門)이라는 말이 실감 난다. 용문은 중국 황허강 중류의 급한 여울목을 이르는 말이다. 잉어가 이곳을 거슬러 올라가면 용이 된다는 속설이 있다. 등용문(登龍門)이라는 건 이 용문을 올라 잉어가 용이 된 걸 말한다. 시, 소설, 수필, 아동문학을 포함하여 제17회 삶의향기 동서문학상에 응모한 총 작품 수는 무려 18,629편에 이른다. 이 가운데에서 한 사람 선택하는 대상에 선정된다는 건 용문을 올라 용이 되는 것에 버금가는 일이 아닐 수 없다.

　소설 부문 본심에 오른 21편의 소설을 두 명의 본심 심사위원이 개별로 꼼꼼히 읽은 뒤 본심 심사 현장에서 만나 심사 결과를 놓고 서로 비교하며 상위 선택 작품을 다시 두 심사위원이 교차로 읽었다. 이미 두 심사위원이 개별 심사에서 상위권으로 선택한 작품이 거의 일치하였기에 교차 비교하면서 읽고 난 뒤의 의견 역시 이견 없이 하나로 좁혀졌다.

　이리하여 「번지점프」를 금상, 「리본장어」 「불씨」를 은상으로 선정했다. 한 번 더 심사가 남았다. 각 장르별 금상을 받은 작품 네 편을 장르 구분 없이 전 심사위원이 돌아가며 숙독하여 최종 한 사람, 대상 작품을 선택하는 심사를 진행했다. 이 최종 심사에서 소설 부문 금상이었던 「번지점프」가 대상 작품으로 선정되었다. 금상이 대상으로 선정된 장르에는 금상 없이 은상이 최상위가 되므로 나머지 두 작품 「리본장어」 「불씨」는 소설 부문 은상을 수상하게 되었다.

대상으로 선정된 「번지점프」는 수몰 지역에서 이주한 사람들의 이야기로 낯선 곳에서 새로운 삶의 뿌리를 내려야 하는 이들의 심리 갈등을 잘 묘사하였다. 특히 두 인물을 주인공으로 등장시킨 독창적인 구성이 신선하며 서사를 이어가는 문장 능력 역시 탁월하다. 두 주인공을 선택하여 서사를 진행하는 구성은 자칫 복잡하고 혼란스러울 수 있으나 이런 단점을 잘 극복하였다는 점에서도 높은 점수를 받았다. 은상에 선정된 「리본장어」 「불씨」 역시 소재가 신선하고 구성이 탄탄한 점에서는 높은 점수를 받았으나 주제를 심화하는 서사 전개에 조금씩 흠결을 지닌 점이 아쉬웠다. 그 외 입선한 작품들 역시 예년에 비해 수준이 뛰어났으며, 입선하지 못한 작품들도 나름 훌륭한 작품을 쓰기 위한 노력이 잘 나타나 꾸준히 정진하면 좋은 결과를 가져올 수 있겠다는 희망이 보였다. 입선한 분들께 축하하며, 비록 선에 들지 못한 응모한 모든 분께도 격려의 박수를 보낸다.

시 부문 심사평

심사위원 신달자, 문효치

본심에 올라온 작품들은 수준 높은 문학성을 보이고 있다. 건강한 사유의 내용과 뛰어난 표현력을 두루 갖춘 우수작들이었다. 따라서 우열을 가리기 위해 두 세 번의 정독과 토론의 과정을 거쳤다.

고심 끝에 순위를 정하고 금상에 「말줄임표」를 선정했다. 「말줄임표」는 말없이 희생하면서 생명과 가치를 키워내는 간곡함이 섬세한 언어로 잘 표현되어 있다. '말없음' 즉 묵언 속의 치열한 열정과 의식이 경이롭게 작동하고 있는 모습을 표현하고 있다. 시가 다다를 수 있는 신비로운 영역을 보여주고 있다.

은상 「간장」 역시 삶에 끼어드는 어려움과 괴로움을 극복하고 삶의 본질을 찾아내는 의지가 잘 드러나 있다. 시적 능력과 언어적 감각이 매우 감동적으로 드러난다.

그 외 동상, 가작 등 입선작들도 결코 부족함이 없는 작품들이다. 문학도들의 역량이 탁월함을 느낄 수 있어 심사위원들은 매우 기뻤다. 우리 문학의 저변이 튼튼하게 확장되고 있음을 확인할 수 있는 자리였다.

수필 부문 심사평

심사위원 최원현, 권남희

1973년 주부에세이에서 출발한 동서문학상은 이제 엄청난 여성 문학인들을 길러내는 성과를 얻으면서 든든한 후원자가 되었습니다.

제17회 삶의향기 동서문학상은 총 응모편수 18,629편이었고 수필은 3,401편으로 3단계의 엄격한 심사과정을 거쳤습니다. AI의 힘을 빌린 듯 알맹이 없이 유려한 문장의 글도 있었습니다. 유학을 갔음에도 정규직보다 프리랜서로 살아가는 글, 아이를 가지기 위해 애를 쓰는 젊은 여성의 글은 신선하기도 했습니다. 하지만 수필작품은 언제나 잔잔한 감동과 서사성을 갖고 평면구조로 써야 한다는 논리는 아직도 수필을 어떻게 써야 하는지 모르는 상황이라 생각합니다. 더 깊이 자기 삶을 들여다보면서 성찰하고 폭넓은 공감대를 형성하는 이야기꾼의 능력을 갖추기 위한 부단한 노력이 필요한 때입니다.

이제 웬만한 글은 빅데이터를 장착한 AI 프로그램이 1분 안에 써주고 글 내용을 알려주고 그림을 요구하면 멋진 그림도 그리고 작곡도 가능한 게 현실입니다.

수필의 특성상 극적 구조나 픽션 등이 없는 것은 당연합니다. 하지만 이제 내면적 흐름이나 매끈한 문장으로 물 흐르듯 전개를 해나가는 글보다 경험에서 우러난 스토리를 갖고 구조를 짜서 출발해야 하는 시대가 되었습니다. 수필이 반드시 은퇴자의 문학은 아니며 여유로움을 만끽

하는 늘어진 시간의 얼굴도 아닙니다. 좋은 수필을 쓰기 위해서는 삶의 균형을 찾기 위한 투쟁의 모습이 필요합니다. 젊을수록 자기 정체성을 확인하고 찾아가는 경향이 강하다고 봅니다. 반전이 들어있는 스토리텔링적 수필이 빛을 발할 순간입니다.

　은상 「돌에서 흘러나오는 눈물」은 가족을 위해 탄광에서 일했던 광부 아버지를 그리는 글입니다. 어느 날 갱도를 타고 들어간 석탄박물관에서 돌을 보다가 '아버지의 지문이 새겨진 돌의 소리를 듣는다.' 그런 문구를 쓰기까지 사고로 희생한 아버지의 죽음을 더듬어 나갑니다. 격하지 않은 감정표출과 돌을 상징으로 잡은 솜씨에서 프로의 역량을 엿봤습니다.

　또 다른 은상 「마음 속 껍데기」는 출퇴근과 주말이 따로 없는 프리랜서의 하루를 그리고 있습니다. 남편과 사는 9평 투룸 공간의 식탁이 일터인데, 그 상황을 언제나 껍데기를 등에 짊어지고 다니는 소라게를 닮았다고 생각합니다. 프랑스에서 유학하며 현재에 이른 화자의 생활은 새로운 껍데기를 찾아 늘 불안합니다. 내면이 단단해야 자신을 지킬 수 있다는 것을 소라게에서 깨닫고 있습니다. 소라게는 곧 자신입니다. 자신의 삶을 정면으로 바라보며 변화와 탈피를 꿈꾸는 상징을 잡은 작품입니다.

여기서 소개하지 못한 동상 세 분과 가작 다섯 분, 입선 열 분의 작가에게도 축하를 드리며, 삶의향기 동서문학상 운영을 위해 최선을 다하는 관계자 여러분께도 감사인사 드립니다.

아동문학 부문 심사평

유심히 관찰하고 기억하는 글 쓰기

심사위원 김종상, 정두리

1차 기초심, 2차 예비심을 거쳐 본심에 오른 21편의 작품 수준은 대체로 고른 편이었다. 이는 특별히 눈에 들어오는 작품이 없다, 는 말이기도 하다.

그러나 첫눈에 차지는 않았지만, 좋은 동화 동시를 쓸 수 있는가를 염두에 두고 심사를 하는 일은 보람 있는 일이었다.

동화의 경우, 다른 산문과는 확실히 구분을 지을 수 있는 점은 환상을 줄 수 있는 글이어야 하고 독자에게 상상력을 주거나 끌어낼 수 있어야 한다.

내용 전개가 자연스럽지 못하거나 앞 문장과의 연결부분이 억지스러운 글이 있었다. 또한 시대적인 흐름이라 어쩔 수 없겠으나 결손가정 소재가 많다는 것이 조금 아쉬운 부분이었고, 읽는 동안 마음이 아팠다. 마지막으로, 판타지 동화에도 기승전결과 논리성은 지켜줘야 한다는 점은 자주 지적되는 말이지만 한 번 더 언급하게 된다.

동시의 경우, 누구나 경험하고 겪은 것에서 글감을 찾아내는 것, 그곳에서 새로운 것을 만나게 되는 일은 쉬운 일은 아니다. 사물을 정확히 관찰하고 듣는 일은 동시의 다양한 장면을 구사할 수 있는 기본이 된다. 동시의 흐름이나 쏠림에 기웃거리지 않는 '내 것'인 동시를 쓰시길 바란다.

 반려견 꽃님이와 라온이, 그리고 할머니가 되어 나타난 꽃님이의 위로가 작품의 뼈대가 되었다. 전체적으로 들뜨지 않은 차분한 흐름이 좋았던 동화 「분홍 꽃핀」.
 어려운 일에 맞닿을 때, 어디론가 사라지고 싶은 날 나를 보호해 주는 곳. 시의 흐름에 무리가 없고 마지막 '햇살에 말린 옷처럼'이 다가왔던 동시 「안전문」.
 시골 책방 고양이 오니온, 다솜이와 혜민이 펜던트에 얽힌 얘기를 꾸려가는 힘이 느껴지는 「책방 고양이」를 상위에 올렸다.
 지면 관계로 다른 글은 언급하지 못함을 양해 바라며 앞으로도 아동문학의 첫 번째 독자는 어린이라는 점을 잊지 않는 글을 써 주기 바란다.

 아동문학 응모작 4천여 편 중에 뽑히신 여러분 축하합니다.
 무엇보다 함께 했던 응모자 여러분께도 따뜻한 박수를 보냅니다.

번지점프

김응숙

늙은 인어공주의 새로운 이야기

아득히 무종이 들려왔습니다. 긴 외출 후 선잠에 들었던 저는 소리를 향해 손을 뻗었습니다. 전화기는 담박 손에 들어오지 않았습니다. 머리맡을 더듬거렸습니다. 순간 묘한 한기가 등줄기를 훑고 내려갔습니다. 선잠이 얇은 얼음장처럼 깨졌습니다.

"삶의향기 동서문학상입니다. 이번에 응모하셨죠?"

발딱 상체를 곧추세웠습니다. 무종이 귓전에서 부웅 울렸습니다.

마법사는 늘 저에게 물었습니다. 네가 가지고 싶은 것을 줄 테니 나에게 무엇을 줄래? 피는 줄 수 없었습니다. 한국전쟁 후 급변하는 시대에 적응하지 못하고 풍화되어 가는 아버지와 그 질곡에서 병든 어머니에게 제 피는 모두 쏠려 있었습니다. 땀도 줄 수 없었습니다. 지독했던 가난은 생활이라는 중력의 수레를 끄는 데 그 땀을 요구했습니다. 마법사 앞에서 저는 늘 대답을 찾지 못했습니다.

현실이라는 물속에 잠긴 채 인어공주는 밭은 숨을 쉬며 나이 들어갔습니다. 상상되시나요? 흰머리가 나고 주름살이 생긴 인어공주가요. 글만이 유일한 위안이 되어 주었습니다. 담요를 뒤집어쓰고 찬바람이 스미는 현관 쪽마루에 앉아 밤새워 읽었습니다. 물에 젖은 손으로 책장을 넘겼습니다. 아이들이 크고 조금 긴 숨을 쉴 수 있게 되었을 때 첫 문장을 썼습니다.

두 다리를 얻고 해변으로 밀려온 인어공주처럼 어리둥절합니다. 쏟아지는 햇살 아래 현기증도 납니다. 언젠가 끝없이 밀려오는 파도를 향해 앉아 있는 인어상을 본 적이 있습니다. 그렇게 세상을 향해 흰머리 흩날리며 새로운 이야기를 하겠습니다. 물속에 잠긴 채 구겨지고, 버려지고, 찢어지고, 얼룩진 꿈들에 관한 이야기를요.

무종을 울려주신 삶의향기 동서문학상 관계자 여러분께 고개 숙여 감사를 전합니다. 항상 힘이 되어 주는 남편에게도 고맙습니다. 지금이야말로 새로운 이야기의 출발점임을 잊지 않겠습니다. 여러분도 그러셨으면 좋겠습니다. 감사합니다.

번지점프

김응숙

태풍은 제시간에 불기 시작했다. 며칠 전부터 예고된 것이었다. 기상 캐스터는 태평양 남쪽에서 발달 된 저기압이 세력을 키워가며 북상하고 있다고 연일 보도했다. 다만 중앙아시아 쪽에서 내려오는 고기압과 마주 쳐 우리나라와 일본 열도, 어느 쪽으로 방향을 틀 것인지가 관건이었다. 태풍은 한반도 쪽으로 방향을 잡았다. 그는 논두렁 사이에 어정쩡하니 서서 이번 태풍은 바람과 함께 많은 비를 뿌릴 예정이니 농작물 관리에 만전을 기하라는 말을 반복했다. 그가 입고 있는 우비만 아니라면 들판 을 배경으로 청량한 가을 날씨를 알리러 야외로 나온 것처럼 보였다. 제 법 고개를 숙인 벼 이삭들로 가득 찬 들판은 연노란색으로 물들어 있었 다. 어디에도 태풍의 징후는 보이지 않았다. 남쪽 해안으로 태풍이 상륙 할 것으로 기상 캐스터가 예상한 시간은 내일 새벽이었다.

태풍의 속도가 얼마라고 했더라. 초속 30km라고 하던가, 35km라고 하던가. 아무튼 초속으로 내달리는 태풍의 속도를 가늠하기는 어려웠다. 중형급 태풍이지만 앞으로 얼마나 더 속도가 붙을지는 알 수 없다는 말 을 들은 것도 생각났다. 자영은 어차피 태풍의 속도를 계산할 필요는 없 다는 생각이 들었다. 태풍이 제주를 거쳐 부산 앞바다로 상륙해 동북

방향으로 올라온다면 그녀가 살고 있는 울산 외곽까지는 한두 시간 남짓일 터였다. 이 아파트로 이사 온 후 태풍은 한 해도 빠짐없이 불어왔고, 대부분 이번과 같은 경로를 가지고 있었다. 아이들은 일찍이 안방에서 잠이 들었고, 남편은 며칠간 출장 중이었다. 자영은 읽던 책을 덮었다.

그녀는 베란다로 나가 창문의 잠금장치를 다시 한번 확인했다. 단단히 잠긴 창문 틈으로 물비린내가 실린 묵직한 공기가 흘러들었다. 춥지는 않았지만, 묘한 한기가 느껴졌다. 팔짱을 낀 채 어깨를 한 번 부르르 떨고 들어와 수면양말을 찾아 신었다. 그리고 담요를 덮고 소파에 몸을 뉘었다. 거실에서 보초를 서야 할 것만 같은 밤이었다. 자영이 창문을 두드리는 빗소리를 듣고 눈을 뜬 것은 세 시경이었다. 거친 빗줄기가 폭포수처럼 유리창 아래로 쏟아져 내리고 있었다.

안방 천장에서 벽을 타고 물이 흘러내리기 시작했다. 처음에는 땀방울처럼 몽글거리던 물방울들이 졸졸 물길을 이루며 흘러내렸다. 침대에 누워있던 경호는 등줄기에서 식은땀이 났다. 급한 대로 부엌에서 가져온 의자 위에 올라가 수건으로 물구멍을 틀어막았다. 그러자 그 구멍이 더 커지며 이번에는 흙탕물이 콸콸 흐르는 것이 아닌가. 그 흙탕물을 뒤집어쓰면서 경호는 땀을 뻘뻘 흘렸다. 안방에 고인 물이 의자 다리를 넘어 무릎께에서 넘실거리다가 가슴팍까지 올라왔다. 가끔 보는 벌건 황토물이었다. 경호는 한껏 눈꺼풀에 힘을 주며 이를 박박 갈았다. 꿈속에서도 이게 꿈이라는 것을 안 지는 이미 오래되었다. 깨어나야만 해. 이를 악물고 발끝에 힘을 주었다. 그러자 오른쪽 발목에서 격렬한 통증이 느껴졌다. 순간적으로 발목이 잘려 나가는 것 같은 명징한 환상이 찾아왔다. 경호는 숨을 들이켜며 눈을 떴다. 비명은 지르지 않았다. 온몸에서 흘린

땀으로 시트가 축축했다. 그의 얼굴은 이미 눈물로 범벅이 되어있었다.

　과연 침대는 과학이었다. 옆자리에는 아내 혜숙이 여전히 가는 코를 골며 숙면에 들어있었다. 악몽을 꾸며 여러 번 몸을 뒤쳤을 텐데 과학적 스프링들이 그 충격을 다 흡수해 주었나 보았다. 아니면 꿈을 꾸는 동안 마치 결박이라도 당한 듯이 경호의 몸이 굳어 있었는지도. 아마도 후자일 경우가 맞겠다고 그는 생각했다. 요즘 들어 부쩍 잦아진 악몽이었다. 그러나 아내가 깬 적은 한 번도 없었다. 그가 물속에서 허우적거릴 때 아내는 언제나 뽀송한 시트 위에서 잠들어 있었다. 경호에게는 다행스러운 일이었다.

　애초 경호가 혜숙을 선택한 것은 그녀의 뽀송함 때문이었다. 그녀는 얼굴이 붉은 편이었으므로 경호를 만나러 나올 때마다 흰 분을 듬뿍 발랐다. 나이 스물셋이었으나 그녀의 얼굴에는 그때까지 솜털들이 나 있었다. 흰 분을 뚫고 돋아 있는 오소소한 솜털들을 경호는 오래도록 바라보곤 했다. 빗방울도 그 얼굴을 적시지 못하고 또르르 굴러갈 것 같았다. 혜숙은 그런 경호의 눈길이 싫지 않은 눈치였다. 눈꼬리를 올리며 배시시 웃을 때마다 그녀의 눈에서는 작은 전구가 불을 밝혔다. 마치 한 번도 눈물을 흘리지 않은 것처럼 따뜻하고 밝은 눈이었다. 옷차림 또한 언제나 화사했다. 부유하지는 않았지만, 여형제가 많은 집안이었다. 무리지어 피는 꽃들은 밝은 법이다. 알록달록한 옷에 뽀얀 화장을 하는 그녀를 경호는 마음에 품기 시작했다. 그리고 처음으로 그녀의 몸을 품었을 때 경호는 자신의 습기가 그녀에게 빨려 들어가는 것을 느꼈다.

　혜숙의 생년 월 일 시를 들고 철학관을 다녀온 경호의 어머니는 후우 한숨을 내쉬었다. 한숨을 쉬는 것은 그녀의 오래된 습관이었다. 아니 한숨이야말로 그녀가 쉴 수 있는 유일한 숨인지도 몰랐다. 굴뚝이 막혀버린 아궁이의 그을음처럼 그녀의 한숨은 집안 곳곳에 내려앉았다가 장마

철 대책 없는 습기에 눌어붙어 허연 얼룩으로 남았다. 얼룩진 벽지를 뒤로하고 그녀는 철학관 사주쟁이가 한 말을 기억해 내느라고 골몰하는 눈치였다. 글을 읽지는 못했지만, 기억력만큼은 비상했다.

"니 사주에 수기가 꽉 차 있다는 것은 니도 알고 있제?"

경호는 어머니 머리 위 벽지에 난 얼룩을 바라보며 문득 고래 같기도 하고 잠수함 같기도 하다고 생각했다. 하긴 고래나 잠수함이나 경호에게는 바늘 같은 구멍으로 밭은 숨을 쉬는 존재들이었다. 갑자기 가슴이 답답해졌다. 경호가 아무 대답이 없자 어머니가 한 쪽 무릎을 세우며 자세를 고쳐 앉았다.

"그라니 니 각시 될 아가씨 사주에는 화기가 많아야 되는 기라. 안 그라면 니 아비 짝 나는 기라."

경호는 며칠 전 꾼 꿈에서 거친 물살에 떠내려가는 아버지를 굳이 구하려 하지 않은 자신을 떠올렸다. 아니 구하려 했으나 두 발에 큰 돌멩이라도 달아 놓은 듯 땅에서 떨어지지 않았다. 아니 뛰어갔지만 이미 아버지가 저만치 떠내려간 뒤였던가. 생각하면 할수록 경호의 꿈은 모호해졌다. 아버지는 떠내려가면서도 경호를 하염없이 바라보았다. 그는 살짝 머리를 흔들었다.

"그래도 마 그 정도면 아쉬운 대로 개안타 카더라. 토기가 좀 부족해도 아궁이에 불 때는 형국이라 더운 물 끓이고 살 궁합이라 카네. 말년에 수기가 좀 든다 카는데, 그때야 아들 딸 나 놓고 살낀데 별일이야 있것나. 함 댈꼬 와 봐라."

마지막 말을 하며 어머니는 버선을 당겨 벗었다. 절이나 철학관 갈 때 그녀는 꼭 한복을 챙겨 입었다. 이런저런 인연으로 궁합을 본 몇 명의 처녀가 사주에 수기가 있다는 말로 이유 없는 원망을 들은 후였다. 직접 만나보고 난 뒤로 경호의 어머니는 혜숙을 더욱 마음에 들어 했다. 혜숙은 어머니에게 인사를 올 때에도 뽀얀 분칠을 잊지 않았다.

　자영은 뜬눈으로 밤을 지새웠다. 태풍은 밤새 베란다 창문을 격렬하게 두드렸다. 금방이라도 집 안으로 들이찰 것처럼 빗줄기가 퍼부었다. 자영은 베란다 창을 쪽문으로 해 단 것에 다시금 안도했다. 북동진하면서 반경을 키웠는지 비바람이 그치기까지 족히 서너 시간이 걸렸다. 날이 밝자 남부 해안지역 학교들이 하루 휴학을 결정했다는 보도가 나왔다. 자영은 아이들이 잠든 방 방문을 살며시 열어보고 다시 닫았다. 깨우지 않는다면 아이들은 한참 더 단꿈을 꿀 것이다. 쓰러진 가로수들과 덜렁거리는 간판들이 즐비한 거리와 상습적으로 침수되는 어시장이 전파를 탔다. 사람들이 필사적으로 물을 퍼내고 있었다. 그리고 화면이 바뀌자 물에 잠긴 들판이 나타났다. 기상 캐스터의 뒤로 겨우 끝부분만 드러난 벼들이 흙탕물이 흐르는 대로 몸을 맡기고 있었다. 자영은 그 화면을 뚫어지게 바라보았다. 보고 싶지 않았지만, 눈을 뗄 수는 없었다. 그 화면 위로 물에 잠긴 수미산 골짜기의 잔영이 투영되었다.

　푸른 수면 위로 웃마름 언덕 위 미루나무 꼭대기가 마지막 깃대처럼 흔들리고 있었다. 한참을 바라보니 눈이 시려왔다. 가을 햇살을 받으며 번뜩이는 물비늘들이 나무 꼭대기를 삼켜버린 것처럼 흔들리는 나뭇잎들이 물비늘처럼 보이기도 했다. 발밑 땅이 물러지며 자신도 물비늘에 밀려 미루나무 쪽으로 흘러가는 느낌이 들자 자영은 소스라쳤다. 머리칼 밑을 저릿한 전율이 훑고 지나갔다. 이제 다시는 돌아갈 수 없는 곳이었다.

　저 푸른 수심 아래 그녀의 고향이 잠겨 있었다. 나고 자란 산골이었다. 그녀 존재의 시원을 품은 골짜기가 전설처럼 물에 잠겨버린 것이다. 미루나무 꼭대기보다 더 높은 곳에 있는 집은 없었다. 십 리 아래쪽에 건설

중이던 댐이 완공되고 삼 년 만에 아랫마름, 웃마름 두 마을은 완전히 물에 잠겼다. 저 아래 오십여 호의 집들과 그곳에 살던 인생들이 수몰되었건만, 그 징표는 겨우 한 길도 못 되게 남은 저 미루나무 꼭대기뿐이었다. 흘러드는 것이 아니고 골짜기에서부터 솟아나는 것처럼 수면은 고요했다. 그 수면 위로 단풍 든 가을 산이 얼비치고 있었다. 고향을 삼킨 풍광이 이리도 아름답다는 것에 생각이 미치자 자영은 다시 한번 소름이 돋았다. 그리고 경호를 떠올렸다

"어쩔 수 없이 너를 잊으려고 해.."

자영은 나직이 말해 보았다. 그러나 이 말이 거짓말이라는 걸 그녀는 알고 있었다. 사실 그녀를 이곳으로 이끈 것은 경호가 아니던가. 모든 것은 어쩔 수 없었으나 자영이 경호를 잊을 수 없는 것 또한 어쩔 수 없는 것이었다.

자영의 가족이 살림살이를 실은 손수레를 밀며 웃마름을 떠난 것은 오 년 전이었다. 사실 정부가 마을에서 십 리가량 떨어진 수미산 인근을 막아 댐을 조성한다는 소문은 오래전부터 있어 왔다. 수미산은 말 그대로 흐르던 강이 꼬리처럼 그 폭을 줄이는 곳이었다. 그러나 소문이 사람을 움직이기에는 그곳은 너무 산골이었다. 하루에 두 번 다니는 버스도 웃마름 뒤 재 하나를 넘어야 탈 수 있었다. 어쩐 연유로 이곳에 터를 잡았는지 알 수 없는 몇 대 조상들의 뒤를 따라 자영의 부모도 그곳에서 천수답과 수미산 자락을 누비며 살았다. 그리고 그 일이 터지기 전까지 못내 마을을 떠나지 못하고 있었던 것이다.

경호 아버지의 시신이 발견된 것은 저수지 바닥에서였다. 익사체였으나 물 위로 떠오르지 않았다. 그렇다고 그 산골에 잠수부가 동원되어 발견한 것도 아니었다. 댐 건설을 위해 웃마름 재에서 건너편 산등성이로

넘어가는 도로를 닦기 시작했다. 그동안 천수답에 물을 대던 조그만 저수지의 물길을 돌리고 흙으로 메우는 작업이 한창이었다. 그 저수지 위쪽은 기암괴석이 솟아 있어 풍광이 좋았으나 경사가 심했다. 그러니 저수지를 메우고 길을 낼 수밖에 없었다. 시신은 진흙에 덮여있어 형체를 분간하기 어려웠다. 그러나 이미 남편임을 직감한 경호의 어머니는 저수지 둑 위에서 실신했다. 남편이 사라진 보름 동안 이미 피폐해질 대로 피폐해진 그녀였다. 읍내에서 형사 둘이 나와 경호를 상대로 신원을 확인하는 동안 마을 사람들이 저수지로 몰려들었다. 아버지가 사라진 뒤 밤낮없이 집으로 찾아와 악다구니를 써대던 사람들이었다. 그러나 처참한 시신 앞에서는 차마 입이 떨어지지 않는 모양이었다. 저마다 고개를 돌리고는 집으로 돌아갔다. 자영의 아버지조차도 먼발치에서 바라보고는 발길을 돌렸다. 경호 아버지의 사인은 자살로 인한 익사로 추정되었다. 시신의 오른쪽 발목에 밧줄로 매달려 있는 커다란 돌멩이가 그 증거가 되어 주었다. 수몰 예정인 마을의 보상금 일부를 착복한 혐의를 받고 있었으므로 자살 동기는 충분했다. 이틀 동안 시신은 거적에 덮인 채 둑 위에 방치되었다.

어둠을 더듬으며 경호의 외삼촌이 삼베 필을 들고 집으로 들어섰을 때 경호의 어머니는 삽을 내밀었다. 그때 그녀의 눈빛에서는 한밤중 산짐승에게서나 볼 법한 광채가 났다. 별빛마저 구름 속으로 숨은 괴괴한 밤, 경호는 외삼촌과 함께 삼베로 둘둘 만 아버지의 시신을 집 뒤 야트막한 산자락에 묻었다. 경호의 집은 아랫마름에서도 아래쪽에 있었으므로 물이 차기 시작하면 가장 먼저 잠길 터였다. 그러나 그런 것을 생각할 만한 경황이 있을 리 없었다. 그날 밤 경호의 가족은 숨소리도 내지 않고 마을을 떴다. 보따리를 짊어지고 웃마름 재를 넘으며 경호는 어둠 속에 서 있는 미루나무를 바라보았다. 칼로 가슴을 찢는 것 같은 통증이 찾아왔다.

경호와 자영은 웃마름, 아랫마름을 통틀어 시내에 있는 고등학교에 진학한 유일한 남녀 학생이었다. 자영은 친구 집에서 하숙을 했고, 경호는 작은 방 하나를 얻어 자취를 했다. 웃마름, 아랫마름으로 나뉘어는 있었으나 한 마을이나 다름없는 동네에서 함께 자란 사이였다. 게다가 둘의 아버지들은 절친한 친구 사이였으니 어쩌면 둘의 사이는 오누이라 해도 무방할 터였다. 어느 여름날, 갑자기 내리는 소나기에 자영의 얇은 웃옷이 젖고 막 봉긋해진 그녀의 젖가슴이 경호의 눈에 들어오기 전까지는. 자영과 같이 우산을 쓰며 그 가슴이 경호의 팔뚝에 살짝 스치기 전까지는.

날이 갈수록 경호에게 자영은 특별한 아이가 되어갔다. 또래보다 풍만한 가슴을 가지게 된 자영은 책을 좋아했다. 게다가 반에서 일이 등을 다툴 정도로 공부도 잘했다. 자영이라면 산골사람치고는 학식도 풍부하고 활동적인 아버지도 자신의 짝으로 인정해 줄 것 같았다. 자영 또한 고등학생이 되고부터 나날이 키가 커지는 경호가 달리 보이기 시작했다. 경호가 운동장을 뛰는 것을 볼 때마다 자영은 가슴이 터질 듯이 뛰었다. 은근히 뒤로 다가가 그의 땀 냄새를 맡기도 했다. 그해 가을 추수를 돕기 위한 일 주일간의 휴교 기간이 되자 둘은 손을 꼭 잡고 집으로 가는 버스를 탔다. 그리고 일부러 몇 정거장 앞에 내려 숲길을 걸었다. 마을 입구 미루나무는 한쪽이 비스듬한 언덕에 가려져 있었다. 헤어지기가 못내 아쉬웠던 경호와 자영은 그곳에서 입을 맞춰가며 서로의 가슴을 더듬었다. 미루나무 꼭대기로 산그늘에 꼬리가 잘린 가을 해가 기울고 있었다.

미루나무 아래서 자영과 헤어진 경호는 집으로 내려오며 마을 공기가 전과는 달라졌다고 느꼈다. 우연히 마주친 몇몇 어른들이 경호에게서 고개를 돌렸다. 다음날 해도 뜨기 전에 경호는 그 이유를 알게 되었다. 새벽부터 경호의 집을 지켜보던 웃마름 자영의 아버지가 경호의 어머니와 한참을 두런거리고 돌아간 뒤, 그녀는 아들을 불러 앉혀 놓고 한숨부터 쉬었다.

"암만해도 느그 아버지 이 세상 사람이 아닌갑다. 집 나간 지 열흘째여. 떨어져 있는 너까지 걱정할까 해서 기별을 안 한 …."

경호의 어머니는 말을 끝내지 못하고 눈물을 쏟았다.

한참 동안 이어진 그녀의 말은 통곡에 가까웠다. 드문드문 알아들을 수 있는 말들을 조합해 보면 사정은 이러했다. 읍장이 국토건설부에서 나온 높은 사람과 몇몇 공무원을 대동하고 마을을 찾았을 때 마을 사람들을 이끌고 대표로 맞은 사람은 경호 아버지였다. 댐 건설이 확정되고 수몰지구 보상 문제를 해결하기 위해서였다. 돈이 걸린 문제다 보니 너나없이 예민했다. 시일이 가자, 그래도 말도 잘하고 글도 아는 경호 아버지에게 마을 사람들의 권리가 일임되었다. 경호 아버지는 마을 사람 중 한문을 읽고 쓸 줄 아는 유일한 사람이었다. 가끔 마을을 비우고 외지로 떠돌았던 이력도 그를 넓은 세상을 아는 사람으로 만들었다. 댐 공사를 위한 도로 계획이 잡히자, 보상금 일부가 지급되었다. 문제는 그때부터였다. 온갖 소문이 마을을 휩쓸었다. 누구의 입에서 나온 것인지도 모르는 말들이었다. 그 말들이 칼처럼 서로의 가슴을 베었다. 급기야 이면계약이 있어 보상금 일부를 경호 아버지가 착복했다는 소문이 돌았다. 누군가가 시청에 투서를 넣고 경찰서에 고발도 했다. 가을걷이도 내팽개친 마을이 뜨거워진 솥처럼 달아올랐다.

그때 돌연 경호 아버지가 실종되었다. 가족 입장에서나 실종이지 마을 사람들에게는 하늘이 공노할 도둑놈이 보상금을 들고 도망친 것이었다.

마을 사람들이 경호의 집으로 찾아와 악다구니를 써댔다. 그들 중 몇몇은 평소 형제같이 지냈다는 이유로 자영의 집으로 몰려가기도 했다. 경호의 식구들은 불과 보름 만에 마을 사람들의 철천지원수가 되어 버렸다. 누구는 경호의 아버지가 그 돈을 노름에 탕진했다고도 했고, 누구는 외지에 남몰래 얻어놓은 작은 마누라와 자식들이 있는 것이 분명하다고도 했다. 그러나 죽은 사람은 말이 없었으니, 누구도 그 진위를 확인할 길은 없었다.

경호네가 마을에서 자취를 감춘 그해 가을걷이를 끝으로 자영네도 마을을 떠났다. 경호로부터 어떤 연락도 받지 못했고 아무 소식도 들을 수 없었다. 경호네의 야반도주에 대한 소문은 학교를 졸업하기까지 수미시에 머문 자영에게 깊은 상처를 남겼다. 학교를 졸업한 자영은 울산 근교에 있는 한 기계부품 판매점에 취직이 되었다. 울산이 도심을 키워가며 팽창하던 시기였다. 울산에서는 자영의 부모도 막일을 구하기가 쉬웠으니, 셋이나 되는 동생들의 학업을 위한 최선의 이주지였다.

수미댐에 다녀온 후 자영은 남편의 청혼을 받아들였다. 가게에서 판매원으로 일하던 사람이었다. 듬직한 체구가 마음에 들었다. 큰 체구에 비해 달변이라 실적도 좋았다. 삶의 터전을 옮긴 가족들에게 이런저런 도움을 주기도 한 사람이었다. 자영은 이런 사람이라면 두 번 다시 디디고 선 땅이 수몰되지는 않으리라 생각했다.

자영의 판단이 옳았던지, 시대의 흐름이 좋았던지 자영의 남편은 승승장구하더니 드디어 자신의 가게를 가지게 되었다. 아이들이 태어나고 아파트도 샀다. 자영은 지력을 받아야 건강하다는 남편의 의견을 무시하고 맨 꼭대기 아래층을 분양받았다. 남편은 자영의 고향이 수몰되었다는 것은 알았지만 그 기억 때문에 자영이 높은 집을 원한다고는 생각하지 못했다. 다만 높은 층이 더 재산 가치가 있다는 말에 수긍했을 뿐이다. 하기야 한 달 중 태반을 출장으로 집을 비우는 판이니 아무래도 상관없는 일이기도 했다. 자영은 입주하면서 통유리로 된 베란다 창을 뜯고 여러 개로 된 쪽창을 달았다. 아무리 비바람이 몰아쳐도 쪽창은 거의 흔들리지 않았다.

부산 외곽에서 장의사를 하던 외삼촌의 골방으로 경호의 식구는 스며들었다. 어찌어찌 수소문 끝에 그곳까지 찾아온 마을 사람들도 있었으나 검은 글씨로 크게 쓰인 '장의사'라는 간판과 가게에 놓인 검은 관을 보는 순간 스스로들 발길을 돌렸다. 얼마 후 경호의 어머니는 남동생의 권유로 수의를 만들기 시작했다. 대부분 사람이 꺼리는 일이다 보니 노동에 비해 수입이 괜찮았다. 하얀 목실을 끊어 머리에 얹고 수세포 가를 공글리며 경호의 어머니는 후우 한숨을 내쉬곤 했다. 뒤늦게 경호가 전문대에서 회계학을 공부할 수 있었던 것도 다 어머니가 만든 수의 덕분이었다.

혜숙의 부모로부터 결혼 날짜를 전해 받은 경호의 어머니는 수의 한 벌을 싼 보퉁이를 들고 집을 나섰다. 경호가 그 뒤를 따랐다. 시외버스를 타고 수미시에 내린 뒤 두 번이나 버스를 갈아타고도 한참이나 산길을 걸었다. 비탈 나무들 사이로 푸른 수면이 보였다. 경호의 어머니는 마치 길이라도 나 있는 듯 휘적휘적 잡목을 헤치고 아래로 내려갔다. 비탈 아래 작은 바위에 이르니 발아래로 거대한 호수가 나타났다. 수미산 어귀를 막아 생긴 수미댐이 만들어 낸 인공호수였다. 아직 그 수위를 다 채우려면 십 년이 더 걸린다고 했다. 그때가 되면 전국에서 가장 큰 인공호수가 될 터였다.

잠긴 고향이 어디쯤인지 가늠조차 되지 않았다. 다만 수미산의 모양새를 보고 어림짐작을 해볼 뿐이었다. 이상하게도 경호의 어머니는 한숨도 쉬지 않을뿐더러 슬픈 기색도 보이지 않았다. 마을을 떠나던 그날 밤처럼 눈에 살짝 광채가 돌기도 했다.

"경호야. 큼지막한 돌멩이 하나 주워 오너라."

경호가 구해온 몇 개의 돌멩이를 마다하고 어머니가 고른 돌멩이는 한 자가 넘는 비교적 납작한 돌멩이였다. 그 돌멩이를 수의 위에 얹고 단단히 보퉁이를 다시 쌌다. 경호가 그 보퉁이를 힘껏 수면 위로 던졌다. 보퉁이는 잠시 둥실 떠가는 것 같더니 한쪽이 기울며 가라앉기 시작했다.

"두 번 수장 당한 사람은 느그 아버지뿐일 것이다. 느그 아버지 ..."

보퉁이가 완전히 가라앉자, 어머니의 입에서 흐느낌이 통곡이 되어 쏟아져 나왔다. 경호는 그 울음소리를 들으며 자영의 얼굴이 보퉁이에 얹혀 함께 가라앉는 것을 보았다.

경호와 혜숙의 결혼생활은 비교적 순탄했다. 그도 그럴 것이 경호가 다니는 건설회사는 날로 번창하고 있었고, 복잡한 것을 싫어하는 혜숙은 경호의 바깥 생활에는 관심을 두지 않았다. 피차 부딪힐 일이 별반 없었던 셈이다. 혜숙은 크고 의미가 깊은 일보다는 작고 일상적인 것들을 즐길 줄 알았다. 늘 밝고 가벼웠다. 이런저런 어려움들은 처가 형제들을 거치면 손쉽게 해결되곤 했다. 거창한 목표나 야망도 없었다. 그러한 혜숙의 성향 덕분으로 그들의 가정에는 그늘이나 습기가 비치는 일은 없었다. 경호가 바라던 가정이었다.

경호는 혜숙에게 고향에 관한 이야기는 하지 않았다. 그러려면 아버지 이야기도 해야 할 것 같았다. 좋은 이야기도 아닐뿐더러 혜숙이 깊이 받아들일 것 같지도 않았다. 어차피 도움이 되지 않을 것이 뻔했다. 혜숙도 구태여 알려고 들지 않았다. 혜숙에게는 경호의 지난 시간은 중요하지 않았다. 지금 눈앞에 보이고, 팔을 뻗어 만질 수 있는 경호가 그녀가 아는 경호였다. 그녀는 그녀에게 필요한 만큼의 경호이면 충분하다고 생각했다.

경호가 물에 관한 꿈을 꾸기 시작한 것이 언제부터였는지는 분명하지 않다. 고향을 떠난 직후에는 간간이 집이 물에 잠기거나 누군가가 떠내려가는 꿈을 꾸기는 했다. 그러나 경호는 고향에서의 일들을 잊으려고 노력했다. 아니 고향 그 자체를 잊고 싶었다. 그래서 더욱 악착스럽게 공부했다. 그 덕분인지 시간이 흐르자 점점 잊히기도 했다. 가정을 꾸리고 직장 일에 파묻혀 지내다 보니 꿈도 꾸지 않는 세월이 흘렀다. 그런데 언젠가부터 그 악몽이 다시 시작되었다. 조금씩 디테일은 달랐지만 주로 물이 흘러들었고, 꿈이 거듭되자 꿈속에서도 꿈이라는 자각도 할 수 있게 되었다. 엄습하는 두려움 속에서도 그 자각을 붙잡고 깨어나려고 애를 썼다. 그리고 대부분 발목에 격렬한 통증을 느끼거나, 발이 땅에 붙박여 있거나, 발목이 사라지는 환상 같은 것들로 꿈에서 깨어났다. 꿈에서 깨어나면 아버지의 발목에 묶여있던 돌멩이가 생각났고 회사의 회계 장부가 떠올랐다.

그즈음 몸집을 불린 경호의 건설회사는 남모르게 비자금을 조성하고 있었다. 지방에서 작은 아파트들을 지어 팔던 시대를 마감하고 처음으로 대규모 아파트 단지를 건설하는 중이었다. 윗선으로 쓰일 돈이 만만치 않았다. 경호는 어쩔 수 없이 그 일에 깊숙이 연루되었다. 사실 건설업계에서 그런 일들은 공공연한 비밀에 불과했다. 눈만 뜨면 아파트 가격이 오르던 시기였으므로 기실 그 돈들이 입주자 개개인의 주머니를 터는 것으로 느껴지지도 않았다. 다만 회사의 내부 정보들을 너무 많이 알고 있는 것이 부담이 되기는 했다. 그러나 어찌 생각하면 그것들이 회사 내에서 자신의 위치를 견고히 해 줄 수 있으리라는 생각도 들었다. 회사에서 경호에 대한 대우가 달라지기 시작한 것이 그때부터였다. 부수입도 적지 않았다. 꼬박꼬박 뒷돈을 가져다주며 평수를 넓혀 이사 간 아파트 명의 까지 혜숙의 앞으로 해 주자, 그녀는 벌어진 입을 다물지 못했다. 너무나 행복했던 그녀는 남편이 자신의 옆에서 간간이 악몽을 꾸며 진땀을 흘리 는 것을 꿈에도 알지 못했다.

비자금의 규모가 커지자, 분식회계를 통해 세탁할 수 있을 만큼의 크 기로 쪼개었다. 그 뭉칫돈들은 여러 개의 차명계좌로 나뉘어 관리되었 다. 그러나 입이 많으면 말이 새는 법이다. 회사 내에 소문이 돌기 시작 했다. 경호의 승승장구를 시기하는 세력도 한몫을 거들었다. 누군가가 검찰청에 투서를 넣었다. 공교롭게도 윗선과 관계가 있는 첨예한 정치 사 안이 대두된 시기였다. 기류가 변하는 느낌이 들었다. 경호는 조만간 자 신이 표적이 될 것을 예감했다. 이미 검찰에서 보낸 출두명령서가 경호의 책상 위에 놓여 있었다. 출두명령서가 도착한 날 저녁, 경호는 사표를 써 서 양복 안주머니에 넣어 두었다.

경호는 침대에서 일어나 절룩거리며 주방으로 가 찬물 한 잔을 마셨 다. 이렇듯 선명한 꿈을 꾸고 난 뒤에는 실제로 발목이 욱신거렸다. 자 신도 모르게 오른쪽 다리를 절었다. 창밖에는 며칠 전부터 예고된 태풍 이 불고 있었다. 거실 벽에 걸려있는 전자시계가 녹색으로 깜박이며 새 벽 세 시를 나타내고 있었다. 검은 하늘에서 양동이로 들이붓듯이 쏟아 지는 빗줄기를 경호는 한동안 망연히 바라보았다. 불현듯 경호는 자신의 몸에서 나는 물비린내를 맡았다. 자신이 서서히 물속으로 가라앉고 있 다는 생각이 들었다.

며칠이 지나자 태풍 피해를 보도하던 화면에는 가을 단풍들이 비치기 시작했다. 북쪽에서부터 내려오는 단풍은 남쪽 지방에서 절정을 이룰 예정이었다. '지방시대'라는 프로에서 가족과 나들이 가기 좋은 장소들을 소개했다. 가을 단풍도 즐기고 케이블카를 타거나 번지점프도 할 수 있는 명소로 수미댐이 전파를 탔다. 완공된 지 이십 년이 된 수미댐의 인공 호수는 이번 태풍이 뿌린 강수량으로 거의 만수위를 자랑하고 있었다. 다음 주 말이면 댐의 양쪽으로 하나씩 수문이 열려, 그곳으로 쏟아지는 장대한 물줄기와 포말을 볼 수도 있다고 리포터가 전하고 있었다. 수미 댐 위로 조각 공원을 조성하고 인공호수를 건너 수미댐 정상을 연결하는 왕복 케이블카와 푸른 수면이 내려다보이는 번지점프대를 설치한 것은 수미시의 숙원사업이었다. 모든 지방자치제가 관광 사업에 박차를 가하고 있었다. 출장에서 돌아와 TV를 보던 자영의 남편이 한마디를 했다.

"다음 주말에 아이들 데리고 수미댐에 놀러 갈까? 저기 당신 고향이잖아?"

경호는 채널을 돌리다 화면에 나오는 번지점프대를 언뜻 보았다. 되돌린 화면에는 발목에 밧줄을 묶고 아래로 떨어져 내리는 사람이 보였다. 푸른 수면을 향해 곤두박질하더니 어느 순간 튕기듯이 위로 솟았다가 다시 출렁이며 떨어졌다. 그는 곤두박질칠 때는 마치 날개인 양 양 팔을 벌리더니 튕겨 오를 때는 손으로 브이 자를 그려 보였다. 경호는 아찔한 현기증을 느꼈다. 동시에 오른쪽 발목에 둔중한 통증이 찾아왔다. 그 사람이 점프대에서 내려오자, 리포터가 다가가 번지점프를 한 기분이 어떤가를 물었다.

"내 발목에 묶인 밧줄을 믿고 그냥 뛰어내리는 거예요. 한 번 뛰고 나면 그 믿음이 나에 대한 믿음으로 바뀌죠."

경호는 양복 안주머니에 있던 사표를 등산복 안주머니로 옮겨 넣었다. 혜숙에게는 현장 사람들과 산행을 간다고 말해 두었다. 여느 때처럼 혜숙은 개의치 않는 표정이었다. 경호는 차에 앉아 수미댐을 떠올렸다. 아버지의 수의가 든 보퉁이를 들고 어머니와 함께 산길을 더듬어 찾아간 뒤로 십오 년의 세월이 흘렀다. 푸른 물속으로 가라앉던 보퉁이와 함께 자영의 얼굴이 스치고 지나갔다. 자영을 생각하자 발목이 욱신거렸다. 경호는 번지점프대에 올라 발목에 밧줄을 묶는 자신의 모습을 상상했다. 그 밧줄을 믿고 푸른 수면 위를 한 번 날고 나면 아버지의 밧줄을 풀 수 있을까. 모든 것을 버리고 새로운 시작을 할 수 있을까. 경호는 물끄러미 오른쪽 발목을 한 번 바라보고는 시동을 걸었다.

자영은 같이 케이블카를 타자는 남편의 권유를 끝내 뿌리쳤다. 도저히 저 시퍼런 심연을 내려다보며 호수를 가로지를 마음이 생기지 않았다. 밑에서 기다리고 있을 테니 아이들과 재미있게 타고 오라고 남편을 타일렀다. 아이들은 빨리 결정하라며 한 손으로 햇살을 가리고 눈살을 찌푸렸다. 매표소를 향해 걸어가는 남편과 아이들을 바라보며 자영은 벤치에 앉아 손을 흔들었다. 청명한 하늘에 색색의 케이블카들이 매달려 있었다. 아이들이 노란색 케이블카 안으로 사라지고 나서 무심히 번지점프대 쪽으로 눈을 돌린 자영은 비릿한 물비린내를 맡았다.

한 남자가 자영을 지나쳐 번지점프대 쪽으로 걸어갔다. 등산복 차림을 한 남자의 뒷모습을 보며 자영은 경호를 떠올렸다. 언뜻 스친 옆모습이 경호를 닮은 것 같기도 했다. 심장이 잠시 덜컥 멈추었다가 다시 뛰었다. 그러나 자영은 이내 그럴 리는 없다고 생각했다. 그 남자는 오른쪽 다리를 심하게 절룩이며 번지점프대 쪽으로 천천히 걸어가고 있었다.

리본장어

김영욱

호모 나랜스의 꿈

프레드릭이란 생쥐가 있었습니다. 다른 동료 생쥐들이 춥고 배고픈 겨울날을 대비해 부지런히 낱알을 모으는 동안, 프레드릭은 그들 곁에서 시를 짓고 노래를 불렀지요. 마침내 겨울 나날이 되었을 때, 등 따뜻하고 배부른 생쥐들은 막상 뭔가가 허전했어요. 우중충한 겨울은 길고 길기만 한데, 옆집 앞집 뒷집 생쥐들은 따분하기만 했지요. 그러던 어느 날 그들로부터 게으름뱅이라고 욕을 듣던 프레드릭이 이웃 생쥐들을 불러 모아 이야기를 시작합니다. 그 덕분에 작고 갑갑하기만 했던 각자의 동굴 집에서 벗어나 지금껏 가보지 못한 세상으로 멀고 먼 여행을 떠나게 되지요. 물론 상상 속 여행이지만, 이를 가능하게 해준 것은 프레드릭의 무궁무진한 상상력이 지어낸 이야기의 힘이 아니랄 수 없습니다. 지금까지 전해드린 짤막한 생쥐 이야기는 레오 리오니의 그림책『프레드릭』의 핵심 내용이었습니다.

서른 중반, 저는 해외 그림책을 골라 국내에 소개하는 일을 한 적 있습니다. 그때 발견한 주옥같은 그림책 중에서도 레오 리오니의 작품들은 제 상상력을 한껏 자극했지요. 이야기를 좋아하면 가난해진다고 어른들이 말씀하셨지만, 한 번 사는 인생을 제멋대로 살아보고 싶었거든요. 그러면서도 가끔은 이야기의 효용 가치에 대해 곰곰이 생각해 보곤 했고요. 제가 좋아하는 신화학자 조지프 캠벨은 우리가 이야기하기를 멈추지 않는 까닭을 다음과 같이 이야기한 바 있거든요. "각자의 짧은 생애에서 이룰 수 있는 경험치는 한정되어 있기에, 이야기를 만들고 전달하는 과정에서 세상과 사람에 대한 이해의 폭을 넓혀갈 수 있기 때문이다."

호모 나랜스(Homo Narrans), 이는 '이야기하는 인간'을 뜻합니다. 그런데 저는 사람들 앞에서 이야기를 전달하는 이야기꾼도 좋아하지만, 제 노트북 속 가상의 공간에다 이런저런 캐릭터를 만들어 놓고 요런 저런 사건에 엮이게 한 뒤 저들끼리 이야기를 끌고 가도록 만드는 걸 더 좋아합니다. 글쎄요. 저는 이런 창작의 재미를 AI에게 빼앗기고 싶지 않은데, 우리 인간들의 이야기를 엿들어 온 AI들이 '호모 나랜스'의 창조력을 능가하는 시대가 머잖아 온다고 하네요.

수상 소식을 전화로 들은 저녁, 얼떨떨했습니다. 이미 여러 차례 최종심에서 낙방한 경험이 있기에 응모 후에는 잊어버리는 습관을 길러 놨지만, 처음엔 현실감이 느껴지지 않았어요. 그런데 그 이튿날에는 한강 님의 노벨문학상 수상 소식까지 들려오지 않겠어요. 놀라지는 않았어요.

흥분하지도 않았어요. 사실 저는 한강 님이 이룬 문학적 성취에 함께 들뜨기보다 이참에 그분이 문학을 대하는 태도를 배우고 싶었거든요. 기대했던 대로 조용히 당신의 글쓰기 루틴을 이어 나아가는 모습을 보고, 역시 대가다운 면모에 절로 숙연해져 버렸고요. 그래요, 저 역시 일희일비하지 않으려고요. 그러나, 제게 큰 상을 허락해 주신 심사위원님들과 좋은 취지를 갖고서 큰 문화 사업을 펼쳐온 동서식품에 감사의 마음은 꼭 전해드리고 싶어요. 늦다면 늦은 나이지만, 끝까지 매달려 한 작품, 한 작품을 완성해 가는 프레드릭으로 거듭나도록 할게요. 기대해 주세요.

리본장어

김영욱

　아쿠아리움에서 처음 본 리본장어는 수컷이었다. 턱 밑으로 세 갈래 수염이 나 있었다. 뾰족한 얼굴에서 등줄기로 이어지는 노란 지느러미를 제외하면 온통 푸른색이었다. 기다란 물고기들은 앳된 체조선수들이 허공 속으로 던진 리본처럼 유선형의 몸짓을 팔랑거리고 있었다. 하지만 사육사가 내 엄지 마디 하나 크기의 열대어들을 풀어 주자, 그 중 한 마리를 덥석 한 방에 물었다. 수컷들이 사냥하는 동안 암컷들은 바위틈에 숨어 있는 걸까. 나는 수조 안쪽을 기웃거리며 혼잣말했다. 그건 아닐 걸. 가장 크고 힘이 센 놈들이 암컷이 된다잖아. K도 수조에 바짝 붙어서며 안쪽을 두리번거렸다. 치렁치렁한 K의 머리칼이 내 눈앞을 가렸다.

　리본장어의 수명은 십 년이다. 삼백 년을 산 올란도의 우여곡절을 단 십 년으로 압축해서 물속에 사는 종(種)이랄 수 있다. 그러나 대부분의 리본장어는 포획된 상태에서는 한 달 이상 사는 경우가 극히 드물다고 했다. 누나, 그 형은 너무 아름다워. K가 집으로 인사를 드리러 온 첫날 막내 동생은 미학적 차원에서 내 걱정을 했다. 맞아, 맞아. 솔직히 결혼과는 어울리지 않는 사람 같아 보였어. 오랜 고교 동창들은 처음 K를 만난 자리에서조차 저희끼리 쑥덕거렸다. 그들이 뭐라고 생각하든 내 결정은 흔들리지 않았지만, 부모님의 극심한 반대 앞에서는 휘청거릴 수밖에 없었다. 보아하니 그 집안에 아들 유학시킬 돈도 없는 듯한데, 요즘 세상에 국내 영문학 박사해서 시간강사밖에 더 하겠냐는 것이 주된 이유였다. 내가 일하면 되잖아요? 정신 차려. 이것아. 할아버지할머니까지 멀쩡히 살아계시던데, 장손 집 맏손자며느리로 사느니 차라리 너 혼자 즐기며 살아. 장담하는데, 네 성격에는 반년도 못 버틸 거야. 엄마는 이미 당신이 K에 대해 알아낼 수 있는 만큼 알아내기 위해 발품을 팔고 다녔다.

K는 1층과 2층 사이 층계참에 서 있었다. 꺾어진 계단에서 슬쩍 엿본 순간부터 숨이 막혔다. 지난 1년 동안 온라인 문학 카페에 올린 그의 글들을 통해 키워온 내 환상만큼이나 K의 외모는 비현실적이었다. 영화 〈베니스에서의 죽음〉에서 미소년 타지오 역을 맡은 비요른 안데르센의 금발을 검게 물들여 놓은 듯했다. 지나가는 사람들도 슬쩍 눈길을 흘리고 마는, 윤곽이 뚜렷한 조각 미남이었다. 제법 굵은 목선을 따라 층을 내어 자른 곱슬머리가 탐스러웠다. 무릎까지 내려오는 헤링본 코트 덕에 다소 호리호리한 몸매는 가려졌지만, 두툼한 코트의 무게를 버티고 있는 각진 어깨가 좁은 얼굴형을 더욱 작아 보이게 했다. 대번에 나를 알아본 K는 손을 내밀며 악수를 청했지만, 나는 머뭇거렸다. 겨울엔 제 손이 차가워서요. 제 손이 따뜻하니까 괜찮은데요. 그렇게 눈빛 다음으로 서로의 손과 손이 닿았다.

이름 때문에 오해 좀 받으셨겠어요. K는 한쪽 팔을 굽혀 턱을 괴고 다른 손으로 탁자를 톡톡 두드리며 물었다. 길고 마디가 분명한 손가락이었지만, 예민한 터치가 가능한 피아니스트의 손이었다. 그런데 이름이 남자 이름 같으세요. K가 말문을 먼저 열었다. 예. 하마터면 군에 입대할 뻔했어요. 나는 슬쩍 미소를 지으며 대답했다. 네? 그게 무슨 말씀

이죠? 흠, 무슨 일이 있었는지, 실례가 되지 않는다면 여쭤봐도 될까요? 나는 즉각적인 대답 대신 고개를 끄덕였다. 순간, K가 침을 꿀꺽 삼키고 있는 걸 볼록 튀어나온 목젖을 통해 알 수 있었다. 음, 어디서부터 이야기할까요. 그러니까 대학 입학식을 앞두고 병역판정신체검사를 받으라는 통지서가 날아왔거든요. 그 전에 부모님이 제 주민등록번호가 '1'로 시작되는 걸 알아내고 고쳤는데, 호적부에까지 정정되지는 않았나 봐요. 나는 이야기를 멈추고 K의 얼굴을 슬쩍 훔쳐봤다. 그 뒤로 대학병원에 가서 여자임을 입증하는 수모를 당한 사실까지는 말하고 싶지 않았다. 행정 소송감이네요. K가 창 쪽으로 시선을 돌리고 나지막하게 말했다. 군대는요? 잠시의 정적을 깨고 내가 질문을 던졌지만, K로부터 곧장 돌아오는 답변은 없었다.

K의 각진 턱선을 옆에서 바라볼 때는 더욱 근사했다. 무엇엔가 몰두할 때면 한쪽 손으로 턱을 괴고 다른 손은 건반을 두드리는 시늉을 했다. 하지만 그날은 하얗고 긴 손가락을 쭉 펼치고서 왼손과 오른손의 손톱을 번갈아 보고 있었다. 크림슨 레드와 피치 블랙 중에서 어느 쪽이 더 좋아? 나는 매니큐어가 빨리 마르도록 손부채질을 하며 물었다. 왼손은 좀 클래시컬하고 오른손은 하드록하달까? K는 둘 다 썩 마음에 드는 건 아닌지, 다음에는 인조손톱을 붙여보고 싶다고 했다. 진심이야? 그럼 자기가 좋아하는 기타도 키보드도 칠 수 없을 텐데? 나는 곁눈질로 K의 기대에 찬 표정을 읽어냈다. K는 전설의 단거리 육상선수였던 그리피스 조이너처럼 알록달록한 손톱을 하고 우리 둘이 해보고 싶다고 덧붙였다. 어째서 뾰족하고 아찔한 손톱 페티시냐고 되물었지만, 그의 시선은 텔레비전 앞에서 떨어지지 않았다.

흑백의 화면 속에서는 무표정한 피아니스트의 얼굴과 핏기 하나 없는 하얀 손이 교차되며 아린 선율이 그 위를 흐르고 있었다. 데스마스크를

쓴 것 같잖아. 음악은 무진장 아름답고 따뜻한데 손도 석고로 뜬 것 같고 얼굴도....... 쉿. K는 내 말문을 막고 무릎걸음으로 화면 앞에 바짝 다가가 앉았다. 나 역시 피아노 연주에서 눈을 뗄 수가 없었다. 왈츠를 치는 왼손과 느린 사라반드를 연주하는 오른손이 밀당이라도 하듯 서로 어긋나면서도 정성껏 건반을 어루만지고 있었다. 연주자 손가락의 떨림으로 전해지는 긴장과 이완 속에서 건반을 애무하는 3분간의 피아노 모놀로그가 끝나고 플루트로 넘어가는 대목에서는 지금껏 살포시 눌러놓았던 내면의 슬픔이 왈칵 떠올랐다. 울어? 나는 K의 어깨가 들썩이는 걸 보았다. 역시 라벨의 피아노 협주곡 2악장은 미켈란젤리 연주로 들어야 해. 그가 코를 훌쩍이며 대답했다. 어느덧 치렁치렁해진 머리칼이 턱선을 가려 답답해 보였지만, K는 손등으로 흘러내린 옆 머리칼을 어깨 뒤로 쓸어 넘기고는 밖으로 나가자고 했다.

제주도로 내려간 옛 지도교수가 SNS를 통해 내게 친구 신청을 했지만, 여전히 학위 논문도 쓰지 않고 도망다니는 입장이라 선뜻 수락할 수가 없었다. 오지랖이 넓은 지도교수는 굳이 내 결혼식의 주례를 서주겠다고 했다. 다만 박사논문부터 쓰고 나서 면사포를 쓰라는 조건도 덧붙였다. 연애로 학위 논문을 미루고 있는 핑계를 댄 것이 후회스러웠다. 지도교수는 마당발이었고, 궁금한 것은 확인해야 직성이 풀리는 분이었다. 오랜만에 지도교수의 전화를 받았을 때도 아, 별다른 건 아니고. 내 출판 기념회에 둘이 오는 거 맞지, 라며 운을 띄우셨다. 음, 그리고 자네 만나고 있다는 그 친구 말일세. 혹시 대학로에서 연극도 하나? 아뇨, 아닌데요. 난 화들짝 놀란 티를 숨길 수 없었다. 왜요? 선생님. 네? 그, 그게 무슨 말씀이시죠? 내 목소리가 떨렸다. 아, 아니네. 내가 비슷하게 생긴 배우와 착각했나 보네. 그럼 곧 다함께 보세. 평소답지 않게 지도교수 역시 당황한 듯 말꼬리를 돌렸다.

비가 내리고 있는 청계천 수족관 상가 거리에는 인적이 드물었다. 옛 지도교수의 희한한 말 따위는 빗소리로 흘려보내려 해도 배수가 잘 되지 않는 길바닥에 고인 빗물처럼 찰박거리기만 했다. K가 교통체증으로 늦어질 것 같다며 문자를 보냈지만, 답을 하지는 않았다. 며칠 전에 교수는 〈킹키 부츠〉를 보고 나오던 길이라고 했다. 뮤지컬의 내용을 설명하려다 귀찮은지 직접 보라고 하시더니, 아, 그런데 말이지. 여장남자로 나오는 롤라 역의 배우와 똑 닮은 남자를 길에서 만났지 뭔가. 서로 눈이 마주쳤는데, 누가 먼저랄 것도 없이 피해버렸네. 그런데 바로 그때 내 뒤쪽에서 자네 남친 이름을 부르기에 돌아봤지. 그 친구도 돌아보고 있더군. 혹시나 했는데 역시나 아니었군. 왠지 이때 교수의 목소리에서 실망감이 느껴졌다면, 내 오해일까? 하릴없이 길거리로 내놓은 알록달록한 관상어 수조 쪽으로 눈이 갔다. 보글보글 기포가 올라오고 있는 수조 안쪽처럼 유리창의 바깥쪽에도 방울방울 빗방울이 맺혔다가 주르륵 흘러내리고 있었다.

K는 리본장어를 찾고 있었다. 몇몇 열대어 가게에 들러 리본장어가 있느냐고 물었지만, 다들 고개를 저었다. 어떤 주인은 예쁘긴 한데 살아 있는 물고기만 먹으려 해서 갖다 놓지는 않는다고 했다. 또 어떤 주인은 온몸이 노란 리본 같은 암컷을 직접 보기는 힘들 거라고 했다. 왜죠? K가 물었다. 워낙 야행성인데다 암컷이 되면 알부터 보호하려고 물속 바위틈으로 숨어 버린다는 대답이 돌아왔다. 마지막으로 들른 가게에서는 늙수그레한 주인이, 요즈음은 여자인지 남자인지 구별할 수 없는 젊은것들이 싸돌아다닌다면서 K의 긴 머리칼을 노골적인 시선으로 훑어 내렸다. 그러고는 혀를 끌끌 차며 나까지 쳐다봤다. 이 노인네가. 뭐라고요? K가 고개를 쳐들고서 주인을 노려봤다. 사내자식이면 사내답게........ 주인도 팔짱을 끼고 어디 쳐볼 테면 쳐보란 식으로 버티고 섰다. 이내 불안

해진 나는 K의 팔을 잡아끌었다. 가게 문을 닫고 나오는 등 뒤로, 저런 것들은 군대 짬밥 맛 좀 봐야 한다는 비아냥거리는 소리가 들려왔다. 저 꼰대를 확....... 하지만 난 주먹 쥔 K의 손이 떨리는 걸 보고 말았다.

세 형제 중 장남인 K는 어릴 적부터 피아노와 복싱을 배웠다. 그의 집으로 인사를 드리러 갔던 날, 두 동생들은 각자의 방에서 나와 가볍게 목 인사만 하고는 금세 방 안으로 들어가 버렸다. 한참 동안 이 집안에 흐르는 묘하고도 서늘한 기운을 형제지간이라도 서로 간섭하지 않으려는 서울 토박이 특유의 쿨한 정서로 여기려 했다. 어색하고 긴 침묵 뒤에 K의 아버지가 입을 열었다. 그는 당신네가 얼마나 유서 깊은 가문인지, 당신 형제들이 얼마나 자랑스러운 학자가 되었는지를 자분자분 설명했고, 그때마다 나는 '네, 네,'하며 경청하는 척을 했다. K의 어머니는 간단한 차와 다과를 내놓고 앉은 뒤로는 남편의 이야기에 한마디 끼어들지도 거들지도 않았다. 정경부인처럼 다소곳하고 정갈한 분위기를 자아냈지만, 어딘지 주눅이 들어있는 인상이었다. 내게 궁금한 것이 분명히 있으실 텐데, 애써 말씀을 아끼고 있는 티가 났다. 식구들이 하나 같이 뭔가를 숨기고 있다는 느낌이 들면서도, 어쩌면 그것이 아들의 여자 친구와도 일정 거리를 지키려는 세련된 정서일 것만 같아 부럽기도 했다. 나중에야 그분들이 K보다 연상인 내 나이를 트집 잡지 않았던 이유를 헤아릴 수 있었다. 아무래도 나를 속이려 했던 심사가 어처구니없으면서도 불쾌했다.

K가 맨주먹으로 어항의 유리를 깼다. 손에서 피가 뚝뚝 떨어지고 있었지만, 눈이 뒤집힌 그는 주먹을 풀지 않았다. 란제리의 레이스가 피로 얼룩덜룩해지고, 어항 바깥으로 빠져나온 리본장어가 방바닥을 구불구불 기어다니기 시작했다. 노란 암컷이었다. 나는 내 쪽으로 기어 오는 그것을 피해 의자 위로 올라섰다. 키보드의 책상 하나, 침대에 어항 하나

뿐인 신혼집이었다. 아니, 엄밀하게 말하자면, K의 아버지가 신접살림을 채워 넣으라고 구해준 18평 미분양아파트였다. 결혼식까지는 달포가 남아 있었지만, 나는 뭉그적거리고 있었다. 딸자식을 걱정하는 엄마의 직감과 남동생의 미학적인 관점에서 비롯된 염려와 좀 놀아 본 친구들의 남자 보는 눈썰미를 인정하기 싫지만 받아들여야 한다고, 내 무의식이 경고를 해왔다. 거기에다 K의 아름다움을 추구하는 이기심이 결혼생활과는 맞지 않으리란 판단이 서서히 그에게 홀려 있던 내 자신을 각성시키고 있었다. 그러나 극심하게 반대를 해왔던 사람들 앞에서 내 고민을, K의 기괴한 행위들을 까발릴 수는 없었다. 다만 나는 결단을 내리지 못하고 있는 내 나약함과 게으름을 더 미룰 수 없는 때가 다가옴을 위태롭게 느끼고 있었다. 시끄러운 불협화음이 시작되었다. 빨간색 란제리를 입은 K는 'C'와 'F#' 건반을 동시에 누른데 이어 'G'와 'D♭'을 두드려대기 시작했다. 노란 리본 장어가 방바닥에서 펄떡펄떡 뛰다가 미끄러지다가 K의 발등 위에서 축 늘어져 버렸다. K는 바닥에 무릎을 꿇고 앉아 리본 장어를 쓰다듬었다. 가장 완벽한 수컷만이 암컷이 되는 거야, 올란도처럼. 알아들어? 자, 보라고. 얼마나 아름다운지 네 눈으로 자세히 보라고. 그러면서 K는 팔을 뻗어 내 발목을 잡아끌었다. 그 바람에 난 그만 몸의 균형을 잃고 의자와 함께 엉덩방아를 찧었다. K는 한 손아귀에 노란 리본장어를 쥐고 꿈틀거리는 그것을 내 얼굴에 바짝 갖다 댔다. 곰치과의 리본장어 얼굴은 길고 턱은 뾰족했는데, K의 손아귀에 붙잡혀 아가리를 쩍 벌리고 있었다. 온몸에 소름이 돋아났다. 미쳤어, 저리 치워. 부탁이야. 난 울부짖으면서 두 다리를 버둥거렸다. 그럴수록 깨진 어항에서 쏟아진 물에 다 젖어 힘이 쭉 빠졌지만.

신기하게도 아랫도리가 질퍽거렸다. K가 벗어 던진 팬티가 손끝에 닿았다. 꽉 움켜쥐었더니, 핏물이 배어 나왔다. 분홍빛이었다. 그의 몸은 어느새 리드미컬하게 내 몸 위에서 움직이고 있었다. 가랑이 사이로 그의 정수리가 보였다. 그의 긴 머리칼이 내 음부를 가리고 있었다. 뭐해? 지금 뭐 하는 짓이냐고? 난 재빨리 방안 어딘가에 리본장어가 있길 바라며 둘러보았다. 보이지 않았다. 하지 마. 제발 하지 말라고. 나는 울고 있었지만, 그는 대답 대신 제 페니스를 내 입안으로 밀어 넣었다. 올란도, 흑, 올란도, 헉, 헉, 절정에 이른 그의 입에서 신음이 새어 나왔을 때, 내 입안으로는 비릿한 것이 쏟아졌다.

너바나의 '스멜스 라이크 틴 스피릿'이 귀청을 때리는 지하 라이브 바. 연애 초기에는 그가 긴 머리채를 흔들며 헤드뱅잉을 보여줄 때, 나는 그가 속한 세상이 멋지다고 생각했다. 이따금 기다란 거울에 제 모습을 비춰 보는 그의 나르시시즘도 그만의 특권이라고 인정해 버렸다. 색색이 조명 빛이 닿은 그의 풍성하고 탐스러운 머릿결을 쓰다듬으면, 호흡을 고르며 내 어깨에 머리를 기대왔다. 록그룹을 만들어 키보드를 치고 싶었지만, 아버지가 반대했거든. 그때가 언제인데? 중학생 때. 그땐 자기도 머리를 빡빡 밀었겠지만, 두상은 예뻤겠는데. 나는 그의 긴 목덜미에 입김을 불어 들러붙어 있던 머리칼을 떼어내려 했다. 간지러워, 이렇게. 그러면서 K는 내 팔뚝을 손가락으로 살금살금 누르기 시작했다. 떨리는 그의 손끝이 내 솜털을 일으켜 세웠다. 무슨 곡인지 알겠어? 글쎄, 간지러운 곡인 게 분명한데, 뭐야? 나는 그의 귀에 대고 속삭이며, 혀로 귓속을 핥기 시작했다. 여기서 이러면 안 돼. 나가자, 무슨 곡인지 제대로 들려줄게. 그러면서 주위를 쓱 둘러보더니, 내 손을 잡아끌어 볼록하게 솟아오른 바짓가랑이로 가져갔다.

SNS에 올라온 옛 지도교수의 사진 속에서 짧은 치마를 입은 여자가 눈에 띄었다. 키가 얼마나 큰지, 다른 사람들보다 머리통 하나 정도가 솟아 있는데, 긴 머리카락에 가려진 얼굴은 짙은 화장 탓에 야해 보였다.

섬 문화 연구원들과 만나 방어를 먹으며 회포를 풀었다는 설명글이 없었더라면, 큰 오해를 할 뻔했다. 다 함께 모여 해수 온도 상승으로 인한 섬 근해 어종의 변화를 걱정했다는 내용도 더해져 있었다. 옛 지도교수의 관심사가 다방면으로 뻗어 있는 건 익히 알고 있었지만, 정년퇴직 후에 제주도로 내려가 구체적으로 무슨 일을 도모하고 있는지는 자세히 알지 못했다. 다만 오래전 당근밭을 사둔 것이 크게 올랐다며, 귀농인 티를 내셨던 것이 기억났다. 정말이지 너무 짠돌이야. 안 한다고 하길 잘했지. 난 K에게 기껏 우리를 그 먼 섬으로 초대해 놓고 농막에서 점심으로 푸성귀에 된장이나 내놓은 지도교수를 흉보기 시작했다. 잘했어. 나와는 초면인데도 당신 제자 대하듯 해서 조금 불쾌했거든. 어쨌거나 자기가 그 선생 밑에서 생고생하지 않게 되어 다행이야. K는 내 손등을 토닥거렸다. 그래도 너무 하신 거야. 자기와 함께 섬으로 내려오라고 했으면, 그 근처 바닷가 음식점에서 만나자고 할 수도 있었잖아. 그럼 내가 선생님이 계산하시도록 내버려두었겠어? 나는 계속해서 툴툴거렸다. 나쁜 쪽으로만 생각하지 마. 우리가 계산할까 봐 미리 배려하신 건지도 모르잖아. 그만하고 딴 이야기하자. K는 슬슬 짜증이 나는지, 잡고 있던 내 손을 놓았다. 순간 문득, K가 돈벌이 없는 대학원생임을, 게다가 박사까지 남아 있는 갈 길이 먼 석사 과정 중임을 염두에 둔 스승님의 배려가 오히려 K의 자존감을 건드린 것일 수도 있겠다는 생각이 들었다. 내심으론 결혼을 핑계로 솔깃한 일자리를 물리친 것이 아쉽지 않은 것도 아니었다. '선생님, 저 결혼할 사람이 생겼어요.'라고 알렸을 때, '그래, 잘 결심했어. 생활이 안정되는 게 우선이지.'라며 기뻐하셨다가 대학원생이란 이야기에 '그래도 생활이 우선이야.'라며 말끝을 흐리셨던 것이 뒤늦게 떠올랐다.

〈킹키 부츠〉의 롤라는 드래그 퀸이었다. 낮에는 유능한 구두 디자이

너로 활약하지만, 밤에는 비키니 옷을 입고 무대 위에서 춤을 추는 쇼걸이었다. 롤라가 게이인 거야? 나는 뮤지컬이 끝나고 한껏 들떠있는 K에게 물었다. 아니. 여장을 좋아할 뿐이지, 권투도 하는 남자잖아. 나처럼....... 나는 뭔가 더 할 말이 있는 듯한 K의 눈치를 살폈다. 왜 있잖아. 남자애들도 어릴 때는 엄마나 이모들이 장난으로 여자아이 옷을 입히고 예쁘다고 하잖아. 혹시 자기네도 그랬어? 나는 내 찝찝한 기분에서 벗어나고자, 답이 뻔한 질문을 하고는 금세 후회했다.

그날 밤 우리는 대학로에서 평화시장까지 걷고 또 걸었다. K가 꼭 사고 싶은 것이 있다고 했다. 하필이면 오늘같이 비 오는 날 가야 해? 뭔데? 걸을수록 하이힐이 발을 조여와 짜증이 났지만, 택시마저 잡히질 않았다. 그냥 맥주나 마시러 가자고 졸라대도 K는 내가 자기 대신 사줘야 한다면서 발길을 재촉했다. 도대체 그게 뭔데 그래? 차츰 내 목소리도 높아지고 있었다. 가터. K는 단답식으로 대답했다. 가터? 그게 뭔데? 나는 진짜 몰라서 되물었다. 아까 롤라처럼 망사스타킹에 그걸 하면 섹시할 것 같아서. 상상만으로도 흥분이 되었는지, K의 목소리는 들떠 있었다. 난 싫어. 그런 거 한 번도 사본 적도 입어본 적도 없어. 앞으로도 절대 없을 테고. 내 목소리의 볼륨 역시 지나치게 커져 있었다. 다행히 대로의 차량 소음에 묻혀 지나가는 사람들이 엿들을 수는 없었지만, 그래도 신경이 쓰였다. 난 우산으로 얼굴을 가렸다. 롤라처럼 야한 속옷차림인 내 모습은 상상조차 하기 싫었다. 사실 그때까지만 해도 나는 내가 검은색 망사스타킹을 신고, 스타킹이 흘러내리지 않게 고정해 준다는 가터벨트를 하게 되는 줄 알았다. K도 딱 한 번만이라며, 간곡히 부탁까지 했으니까, 그런 줄로만 알았다.

일전에 지도교수의 SNS에서 보았던 야한 여자는 새롭게 업로드된 사진 속에서 앞트임이 있는 빨간 하이힐을 신고 있었다. 모델이겠지? 저 키에 누구든 저렇게까지 요란하게 하고 다닌다면, 누구나 그녀가 모델이겠거니 생각하기 마련일 듯했다. 그런데 선생님이 왜? 늘그막이 바람난 걸 동네방네 자랑하고 싶은 건 아니실 텐데, 혹시 멋진 모델을 동행하고 다니게 되면 남자들 세계에서는 선망의 대상이 되는가 싶었다. 나로서는 알려고 하면 할수록 그녀의 신분에 쓸데없는 의심과 천박한 호기심만 덕지덕지 늘어났다. 나는 고개를 절레절레 저으며, 헛된 망상에서 벗어나려 애썼다. 그러니까 내 쪽에서 먼저 선생님께 마지막 연락을 취한 건 청첩장을 만들고 파혼을 결심했을 때였다. 선생님은 이유를 묻지 않았다. 그저 결과적으로는 내게 잘된 일일 수도 있다면서, 애매한 위로의 말씀만 건넸다. 그것이 벌써 몇 해 전의 일이었던가, 손가락으로 헤아려보려다 헛웃음이 나왔다. 그 시절은 인터넷으로 은밀히 물건을 구매하는 것조차 꿈꿀 수 없던 때였다. 그러자 사진 속 저 여자는 저 따위 야한 옷을 어디서 구매하는 건지, 궁금증이 다시 고개를 들었다. 기어코 엄지와 검지를 벌려 사진을 확대해 봤다. 헉, 망사스타킹, 허걱, 속눈썹. 도대체 뭐 하는 여자일까? 은퇴한 노교수의 사회관계망 속에서 저렇게 제 스스로를 거침없이 노출해도 되는 신분이라면, 혹시?

　'모리스 라벨의 피아노 협주곡은 2악장만 듣게 된다. 라벨의 억압된 욕망은 빈틈없이 재단한 양복 속에서 숨죽이고 있다. 그런 욕망을 감춰두는 것은 빅토리아 시대의 여류 문인들의 작품에서도 유사하게 발견된다.' 나는 K가 펼쳐 놓은 노트를 여기까지 읽었다. 후기 빅토리아 시대부터 2차 세계 대전 초기까지를 살다 간 버지니아 울프의 삶과 그녀의 작품〈올란도〉속에 반영된 무의식의 흐름을 고찰하는 K의 소논문은 진도가 지지부진했다. K는 실제 그녀의 동성 애인으로 알려진 비타 색빌-웨스트와의 사랑이 많이 왜곡된 것 같다고 말한 적이 있었다. 아무래도 출판업자인 그녀의 남편을 의식해 두 여인의 관능미를 의도적으로 숨기고 있는 듯 보인다며 아쉬워했다. 자, 봐. 이렇게 치렁치렁한 크리놀린 드레스 속에서 두 다리를 배배 꼬고 있는 거야. K는 길쭉한 제 다리를 X자로 꼬아 보이면서 웃었다. 화장을 해달라는 속뜻이 담긴 비굴한 미소였다. 나는 21호 파운데이션을 꺼내 그의 이마와 볼에 펴 바르기 시작했다. 아직 눈썹과 입술을 칠하지 않은 얼굴이 미켈란젤리의 데스마스크처럼 허옇게 변해가고 있었다. 난 자기가 좋아. K는 두 팔로 내 허리를 감쌌다. 왜? 이렇게 화장까지 해줘서? 이건 자기가 직접 발라. 나는 화를 억누르며 마스카라를 건넸다. 손이 부들부들 떨렸다.

거울 속에 비친 K의 모습은 어느 여자와 다를 바가 없었다. 마스카라 솔로 눈썹을 부드럽게 쓸어내리는 손동작은 미켈란젤리가 건반을 터치하는 모습과 꽤 닮아 있었다. 어째서 여자들은 마스카라를 바를 때 입을 헤벌쭉 벌리는지 모르겠어. 난 이 말을 해놓고 잠시 후회했다. 그 역시 입술을 슬쩍 벌리고 있었기 때문이었다. 자기는 여자가 부러워? 나는 얼른 화제를 바꿔 버렸다. 아니. 화장하고 예쁜 속옷 입고 하이힐 신는 것은 부러운데, 그게 다야. K가 눈을 치켜뜨고 마스카라가 마르도록 손부채질을 하며 대답했다. '거짓말, 거울까지 침대맡에 놔두고서 흥분한 자기 모습을 쳐다보잖아.'라고, 참았던 말을 토해내고 싶었지만, 실수로라도 튀어나올까 싶어져 입술을 앙다물었다. 난 뭐랄까, 꽤 음악적이야. K는 인조 속눈썹 풀을 조심스레 눈까풀에 묻히며 말했다. '갑자기 음악적이라니?' 여자가 된 제 모습에 홀딱 빠진 나르시시스트의 같잖은 비유지만, 나는 잠자코 있었다. 그거 알아? 감히 동성애를 입에 올리지도 못했던 후기 빅토리아 시대에도 레즈비언은 조금 용인되었는데, 남성 동성애는 철저히 금지되었거든. 그래서 게이들은 예스러운 완곡어법으로 '음악적'이라고 말했대. 난 내 자신이 음악에 재능이 있다는 걸 알기 전에도 내가 '음악적'이란 걸 알았거든. 그러면서 K는 인조 속눈썹을 제 눈덩이에 올리려고 한쪽 눈을 가느스름하게 떴다. 나는 이를 꽉 물고 두 눈을 질끈 감아버렸다.

그에게는 음악적 커밍아웃이었지만, 내게는 눈앞이 하얘지는 화이트 아웃이었다. 이렇게 문학을 빙자해 제 성 취향을 밝히는 그의 교활함이 넌더리가 났지만, 한편으로는 장난이었다는, 놀려서 미안하다는 사과의 말이 듣고 싶었다. 난 마네킹처럼 그의 뒤에 뻣뻣하게 서 있었다. 그가 무슨 말인가를 하는 듯싶은데, 내 귀에는 들려오지 않았다. 그의 움직임도 눈치채지 못했다. 어느새 그가 내 목덜미를 두 팔로 감싸 안고, 남자를 성적으로 사랑하지는 않는다고 속삭였다. 그만 해. 그만하라고. 나는 소리를 힘껏 질러댔다. 넌 날 사랑하는 게 아냐. 넌 날 네 이용하는 거야. 나는 내 입에서 '너는 미쳤어.'라는 막말만은 나오지 않기를 바라면서 화장대 위에 있는 그의 화장품들을 집어던지기 시작했다. 제발 오해하지 마. 난 널 여자로 사랑하고 있어. 그만, 그만 흥분하고, 가자. 그러면서 그는 내 등을 밀어 침대에 눕혔다.

내가 음악적이라고 말해서 게이라고 생각한 거야? 하지만 난 진짜 자기를 내 여자로서 사랑하고 있어. 어떻게 자기한테 설명해야 할지 난감하네, 음~. K는 증명할 수 없어 답답한지 제 가슴팍을 주먹으로 두드려댔다. 마른 가슴팍에서 갈빗대를 울리는 퍽퍽 소리가 났다. 무서웠다. 나는 눈알을 굴려 가며 곁눈질했다. 어느덧 가슴팍이 아닌 침대를 내리치는 주먹이 보였다. 주먹 쥔 손등 위로 불거진 힘줄들이 보였다. 나는 그가 눈치채지 못하도록 슬그머니 고개를 돌려버렸다. 침대맡 거울 속에는 두 여자가 앉아 있었다. 새하얀 면 팬티 차림의 여자와 새빨간 레이스 코르셋 차림의 여자였다.

K가 두고 간 〈올란도〉의 접힌 면을 펼쳐 읽기 시작했다. "올란도는 여자가 되었다. 이것은 부인할 수 없다. 그러나 모든 점에서 올란도가 남자였던 이전과 똑같았다. 성의 변화가 비록 그들의 미래를 바꿔놓기는 했

으나, 그들의 정체성을 바꾸지는 않았다." 눈으로 읽는데, 미래를 바꿔 놓았다는 대목이 목구멍에 걸렸다. 마른침을 억지로 삼켰다. 아무래도 일종의 예언 같았다. 머리 좋은 K가 언제든 내가 읽기 바라는 마음으로 일부러 접어둔 것만 같았다. 나는 '그들의 미래'를 '우리의 미래'로 바꿔 보았다. 내 미래가 빤히 보였다. 어쩌지도 못하는 내 자신에게 짜증이 났다. 나는 아무렇게나 책장을 앞쪽으로 넘겼다. 그럴 때마다 시곗바늘이 과거로 거슬러 가는 것처럼 느껴졌다. 하지만 책에서 손을 놓으니, 책갈피가 저절로 뒤쪽으로 넘어갔다. 마음에 걸렸던 구절에서 서른 쪽 뒤쯤이었다. 반듯하게 빨간 줄이 처진 구절이 보였다. "이 사랑이란 생각은 살과 피를 붙이고, 망토와 페티코트, 스타킹과 조끼를 붙여주지 않으면 끝내 만족할 줄 모른다. 그리고 지금까지 올란도의 사랑이 여자의 모습을 하고 있었던 것처럼, 지금은 살아 있는 몸이 본질적으로 심히 느리게 적응하기 때문에, 그녀 자신이 여성인데도 그 사랑의 대상 또한 여전히 여성이다." 한 번 읽고, 두 번 읽고, 세 번째 읽으면서 마지막 문장에 있는 '그녀 자신'을 '그 자신'으로 바꿔 보았다. 여장한 K의 모습이 어른거리기 시작했다. 그가 왜 〈올란도〉에 집착하고 석사논문을 버지니아 울프로 쓰려고 했는지 알 듯 모를 듯했다.

리본 장어는 인도양과 대서양, 태평양에 널리 서식한다고 알려져 있지만 최근에는 수온 상승으로 제주 앞바다에까지 출몰한다고 했다. 나는 인터넷 기사를 검색하다 말고, 방바닥을 구불구불 기어다녔던 노란 암컷을 떠올렸다. 그날 어디에다 버렸을까? 그 부분은 기억에서 완전히 삭제되어 있었다. K는 어항 하나, 책상 하나가 덩그마니 있던 텅 빈 집에 불이란 불은 다 꺼두고, 어항을 밝히는 푸른빛 형광등만 켜두곤 했다. 신혼살림을 살까 말까 고민 중인 나와 달리 물속에서 너풀너풀 춤을 추고 있는 리본장어에 홀딱 빠져 있었다. 난 파란 수컷일 때가 더 좋은데,

라고 말하면 K는 형광빛 반사라고 퉁명하게 대꾸했다. 물뱀처럼 징그러운데 뭐가 좋으냐고, 나랑 결혼해서도 계속 키울 거냐고 물으면 죽기 전에 방생해 주겠다고 했다. 하지만 바로 그날, 암컷 상태로 한 달 남짓 사는 자연의 법칙마저 무참히 깨어지고 말았다. 방바닥에 흩어져 있는 유리 조각들을 쓰레받기에 주워 담으면서 헤어질 결심을 했다.

기억이란 심해처럼 무서웠다. 불쑥불쑥 떠오르던 리본 장어도 란제리와 커터 벨트를 입은 K도 이제 다 잊었다고 생각했는데, 우연한 알고리듬으로 생성된 유튜브 화면에서 리본 장어를 보자마자 목덜미가 뻣뻣해졌다. 화면이 재생되고 있는 동안, 나는 기억의 바다를 허우적거리고 있었다. 그렇게 멍해져 있는 내 정신을 깨운 것은 그 여자의 목소리였다. 처음엔 내 귀를 의심했다. 분명 작은 박스 화면 속에 등장해 설명하고 있는 사람은 내 옛 지도교수의 사진 속에서 보았던 그 여자였다. 나는 두 눈덩이를 문지르고 나서 떨리는 손으로 화면을 키웠다. 그녀가 맞았다. 짙은 화장과 짧은 치마, 높은 하이힐과 긴 머리칼이 그 증거였다. 하지만 그녀의 목소리는 걸걸했다. 자세히 보니, 여자에겐 없는 목젖도 도드라져 보였다. 여자가 아니고 남자였다고? 코웃음이 나왔다. 어이가 없었다. 이윽고 그녀는 이마로 흘러내린 머리 올을 귓바퀴 뒤로 넘겼다. 그 순간, 남몰래 훔쳐보고 있는 것도 아닌데, 내 심장이 두근거리기 시작했다. 그녀가 꼰 다리를 풀고 자리에서 일어섰다. 배경 화면이 바다로 바뀌고 맨발로 모래사장을 걸어가는 그녀의 모습이 커지고 있었다. 바람 소리에 그녀의 말소리가 잘 들리지 않았다. 볼륨을 키웠다. 초록바다거북은 알이 부화할 때 주변 모래 온도가 27.7도보다 낮으면 수컷으로 태어나지만, 31도보다 높으면 암컷으로 태어난다고 이야기할 때 어쩐지 그녀는 좀 외로워 보였다.

지도교수를 몇 해 만에 다시 만나게 된 곳도 출판 기념회에서였다. 이미 스테디셀러로 자리매김한 〈세계의 해양문학과 문화〉에서 해녀와 해남의 미시사를 추가한 개정판을 낸 것을 자축하기 위해 마련한 자리였다. 파혼 이후 사람 만나길 꺼리던 내게 이혼을 몇 번씩 한 사람들도 버젓이 청첩장을 보내는 시절이라면서, 언제까지 그렇게 방구석에 처박혀 지낼 거냐며 꼭 나오라고 했다. 느닷없었다. 가타부타 대답도 못 하고 참석하지 못할 핑계만 쥐어 짜내려는데, 그럼 그날 다 함께 보는 걸로 알고 있겠다며 먼저 전화를 끊어버리셨다. '여보세요? 여보세요? 그래서 그 여자분은 누구냐고요?' 난 핸드폰을 내려놓지 못하고, 구시렁거렸다. 그런 자리에 나를 불러낸 어떤 의도가 있긴 한 것 같은데, 여쭐 수 없었다. 갈 수 없는 사정이 있다고, 문자를 보낼까 싶어 핸드폰을 매만졌다. 혹시 〈킹키 부츠〉를 이야기하셨을 때부터 K의 실체를 눈치채고 계셨으면서도 날 위해 모른 척하셨던 건 아닌지 신경 쓰였다.

　늦은 평일 오후, 가랑비가 내리는 정릉 길은 고즈넉했다. 내 앞으로는 한 우산을 쓰고 가는 젊은 연인들이 이따금 보일 뿐, 혼자인 사람들은 어디론가 가기에 바빴다. 하필이면 정릉 길인 것도 내키지 않았지만, 둘이 다니던 길을 나 혼자 걷고 있다는 생각에 움츠러들었다. 이제는 날 알아볼 사람이 없다는 걸 알면서도 우산으로 얼굴을 가렸다. 그 바람에 앞사람들의 하반신만 보였다. 어느 순간, 두 개의 우산이 느린 내 걸음을 앞질러 갔다. 한 우산 밑으로는 통 넓은 바짓자락이 젖어 있었고, 다른 우산 밑으로는 빨간 비옷에 어울리는 물방울 장식이 알록달록한 장화가 보였다. 정강이쯤 올라오는 장화 위로는 작은 알통이 도드라졌지만, 쭉 뻗은 다리가 늘씬했다. 자기관리를 꾸준히 해온 다리 같았다. 신경 쓰지 않으려 해도 자꾸만 눈이 갔다. 오래전에 지도교수가 내게 했던 질문도 덩달아 떠올랐다. '내가 잘못 봤겠지.'라며, 한 발짝 물러서는 것 같았지만, '요즈음은 별별 사람이 다 있으니까.'라는 덧말로 당신이 본 것을 다시 강조했다. 그때 곧바로 따져 묻지 않았던 게 후회스러웠다. 그 즉시 그게 무슨 말씀이냐며 캐물었더라면. 정말로 그랬다면, K와 복잡하게 얽히기 전에 헤어질 수 있었을까. 코웃음이 나왔다. 솔직히 내가 받아들일 수 없었던 건 독특한 K의 취향이 아니라, 그런 K가 곁에 있을 때면 느껴지던 내 존재의 위기감이었다. 그의 요구가 대담하고 당돌해질수록 보통의 여자에서 멀어지고 있는 내가 보였다.

"뭘 그렇게 두리번거리고 있나? 저 쪽에 빈자리가 있는데." 지도교수가 가리킨 원형 탁자에는 초면이 아닌 여자가 앉아 있었다. 아니, 직접 만나긴 처음이지만, 어쩐지 오래전부터 알고 있던 여자라는 생각이 들었다. 그리고 그 옆에는 50대 초반쯤으로 보이는 또 다른 여자가 국자로 냄비를 휘젓고 있었다. 난 순간 멈칫했다. 내 인기척을 느낀 두 여자가 내 쪽으로 고개를 돌렸다. 눈이 딱 마주치는 순간, K를 다시 만난 듯이 등골이 오싹해지면서 식은땀이 났다. "인사들 하게. 오래전에 해녀 인터뷰를 부탁하려던 내 제자인데. 아무튼. 사정이 있어 못하게 되었지만, 앞으로는 자주 보게 될 걸세. 오늘은 사모님 옆에 앉아서 이야기들 하고......." 지도교수는 억지로 나를 그 둘의 맞은편에 앉히고는 서둘러 다른 테이블로 움직였다. 민망했다. 나는 아는 얼굴이었지만, 둘은 나를 전혀 모르는 사람이었다. 여자의 의자 등받이에는 빨간 비옷이 걸려 있었다. 긴 머리칼은 한 갈래로 묶여 등 뒤로 넘겨져 있었고, 손톱에는 검은 매니큐어가 칠해져 있었다. 평범해 보이는 50대 초반의 여자가 그녀 앞에 국수 그릇을 내려놓으려 하자, 여자가 내 쪽을 손으로 가리켰다. "여보!" 딱 한 마디의 한 단어였지만, 그로써 두 사람의 관계가 드러나 버렸다. 하지만 난 놀란 티를 내지 않으려고 고개를 숙여버렸다. 얼떨결에 국수 그릇을 받아 들고 그 그릇에 코까지 박아버렸다. 지금 내가 유튜브에서 찾아낸 그녀가 그 자신의 '여보'와 나란히 앉아 있다니, 느닷없이 내가 소설 속의 인물이 된 것처럼 혼란스러웠다. 젓가락으로 국수를 떠 올려야 하는데, 한 가닥도 집어들 수가 없었다. 나만큼 조용하긴 두 사람도 마찬가지였다. 후루룩 소리조차 들리지 않아 침도 제대로 삼킬 수가 없었다. 머릿속 생각들은 이미 불어 터진 국수 가락처럼 엉켜버렸다. 어쩌면 그때 지도교수로부터 K에 대한 당신만의 짐작과 당신이 경험한 그런 사람들 이야기를 듣지 않은 게 차라리 다행스럽게 느껴졌다. 하지만 이제 와서 갑자기 왜 날 여기 이 두 사람과?

돌아오는 택시 속에서 유튜브 화면을 열고 그녀, 아니 그 남자를 다시 보았다. 오늘 낮에 우산 밑으로 드러난 늘씬한 다리를 다시 강조하듯 짧은 치마를 입은 그/녀는 리본 장어처럼 다리를 이리저리 꼬아댔다. K가 올란도의 다리 이야기를 꺼낸 적이 있던가? 아님 내가 직접 읽은 건가? 헷갈렸지만, 내 집 책꽂이에서는 벌써 그 책이 치워진 뒤였다. 다만 올란도가 남자였을 때 한 쌍의 멋진 다리로 여자들의 환심을 살 수 있었다는 내용이었는데, 그 대목에서 난 버지니아 울프를 한껏 비웃어주었던 게 기억났다. 하지만 오늘 내 눈으로 직접 본 그/녀 때문에 내 생각은 흔들리고 있었다. 울프는 자신에게 헌신적이었던 남편을 진심으로 사랑했을까? 아니, 아아니, 고개가 가로저어졌다.

목적지를 바꾼 택시가 멈춰 선 곳은 청계천 수족관 상가 거리였다. 낮 동안 가게마다 내어놓았던 수족관에는 대형 비닐이 덮여 있었지만, 야행성 관상어들을 취급하는 가게들은 수족관 조명등을 켜둔다던 K의 말은 사실이었다. 입영통지서를 받은 스무 살의 K는 낙원동 초입에 사는 할아버지 할머니께 인사를 드리러 갔다가 악기 상가에 들렀다고 했다. 원하는 기타는 있었지만 살 수는 없는 우울해진 마음으로 거리를 돌아다녔다고 말할 때, 목소리가 촉촉했다. 그날 우연히 노란 리본 장어를 봤어. 어둠이 내린 거리에서. 수족관에 갇혀 있었는데, 꼭 꺼내주고 싶었거든. K는 코까지 훌쩍거렸다. 울어? 지금 우는 거야? 난 그의 어깨를 살짝 내 어깨로 밀치며 분위기를 가볍게 만들려 했지만, 소용없었다. 너바나의 커트 코베인은 너무 일찍 죽었어. 나는 머리를 깎기 싫었을 뿐인데…… 도무지 무슨 말을 하려는지, 또한 무슨 비밀을 감추려는지, 도통 알 수가 없었다. 그럴 수 있지. 응, 그럴 수 있어. 나라도 그랬을 것 같아. 나는 고개를 주억거리며, 머리를 깎은 그의 모습을 상상했다. 아름답지 않아. 그러면 아름답지가 않으니까 견딜 수가 없었어. 그래서? 난 K에게 손수건을 건넸다. 그러자 K는 그 수건을 제 머리 위에 뒤집어썼다. 그날 밤에도 수족관을 이렇게 덮으려 했어. 내가 그 앞에서 어슬렁거리니까, 주인이 꺼지라며 날 밀쳤어. 그래서? 그래서 어쨌는데? 나는 흥분한 티를 내지 않으려고 커지려는 목소리의 볼륨을 줄였다. 언어논리가 탁월한 평소의 K 답지 않게 두서없는 말들이 드문드문 이어지던 그날 밤, 어항 속에 갇혀 있던 노란 리본장어는 해방되었고, 우리의 관계는 사실상 깨어졌다. 커트 코베인은 아름다워서 일찍 죽었던 거야. 그만큼 아름다운 올란도도 일찍 죽게 될까 봐 두려웠던 거야. K는 무섭게 웃어대기 시작했다. '그게, 그게, 어항을 깨고 네 손으로 장어를 죽인 이유라는 거야?'라며 따져 묻고 싶었지만, 나는 차분하게 올란도는 소설 속 주인공이라고 말했다. 물론 그는 내 말을 듣지 못했다.

빗방울이 다시 굵어지고 있었다. 우산을 택시에 내리고 온 걸 알아챘지만, 차라리 잘 됐다 싶은 마음이 들었다. 우산 아래 드러난 늘씬한 다리, 그리고 물방울 무늬 장화. 또 다른 우산 아래 축 젖은 바지가 떠올랐다. 그 축축하게 젖은 바지가 오늘 저녁 딱 한 번 입을 열고 내게 던진 질문 역시 떠올랐다. "누군가를 사랑하는 마음과 아름다움을 사랑하는 마음 중에 어떤 것이 더 아름다운가요?" 나는 그녀가 내 대답을 기다리지 않는다고 생각하고는 서둘러 인사를 건네고 일어났다. 그것이 그녀가 끈질기게 매달려온 질문이란 걸 그때는 몰랐다. 빗방울이 거세지고 있지만, 난 이제 아무래도 좋았다.

불씨

이문희

　수상소감, 이라는 말을 읊조려보니 가슴이 벅차오릅니다. 현실 같지 않은 일이 일어난 것 같습니다. 기쁘다는 말로는 다 표현할 수 없는 기분입니다.

　제가 소설을 쓰게 된 계기는 상실이었습니다. 상실은 순간이지만, 그 뒤에 남게 되는 아픔은 시간이 지나도 사라지지 않았습니다. 그 아픔을 끌어안고 어찌할 줄 모를 때 소설을 만나게 되었습니다. 소설은 제게 다른 세계를 열어주는 창구입니다. 동시에 현실을 느끼게 해주는 또 하나의 감각이기도 합니다. 소설을 쓰면서 저는 제 부족함을 깨닫기도 하고, 사랑하는 존재를 더 깊이 사랑하게 되기도 합니다. 소설이 잘될 때보다 잘되지 않을 때가 압도적으로 많았고, 그것 때문에 본인을 힘들게 하기도 했습니다. 괴로운 일이었지만, 돌이켜보니 그것 또한 감사한 일이었습니다. 그 괴로움 덕분에 저는 계속해서 글을 쓸 수 있었고, 성장할 수 있었습니다.

　감사해야 할 사람들이 많습니다. 제게 소설이란 무엇인가에 대해 가르쳐주신 서유미 선생님께 감사드립니다. 강태식 선생님, 조해진 선생님, 문지혁 선생님께도 큰 가르침을 얻었습니다. 사랑하는 나의 남편과 아이, 그리고 목동 식구들과 부암동 식구들, 오랜 문우인 린 언니, 지혜 언니, 여경, 윤지, 그리고 저를 응원해 주는 친구들에게도 감사 인사를 전합니다. 무엇보다 저를 사랑하고 인도해 주시는 하나님께 감사드립니다.

비로소 독자를 만나게 된 제 소설에게도 심심한 축하를 보냅니다. 제 소설을 좋게 평가해 주신 심사위원들께도 깊은 감사를 드립니다. 지치지 않고 더 좋은 작품을 향해 나아갈 수 있도록 정진하겠습니다. 감사합니다.

불씨

이문희

　사람의 마음을 움직이게 하는 것은 무엇일까. 견고하면서도 쉽게 부서지기도 하는 마음을 포기하지 않고 견인해 나가는 힘은 어디에서 나오는 것일까. 나는 이경 씨를 보면서 스스로 질문을 던졌다. 이경 씨는 아틀리에에서 조금 특별한 존재였다. 어린이들로 구성된 아틀리에의 수강생 중에서 이경 씨는 혼자 어른이었다.

　이경 씨는 형체를 알아보기 힘든 것들을 그렸다. 그녀는 세밀한 묘사는 과감히 생략한 채, 색색의 선들을 겹쳐 그리는 것으로 캔버스를 채워나갔다. 구불구불한 녹색 선, 완만한 포물선을 그리는 파란 선, 강렬한 빛을 뿜는 듯한 붉은 색 선. 선들은 얽히고 겹치면서 옆으로, 위로, 뻗어나갔다. 나는 그 선들이 캔버스를 벗어나서 지켜보는 나에게까지 닿는다는 느낌을 받았다. 형체 없는 감정, 보이지 않지만 분명히 존재하는 것, 사람을 끌어당기는 강력한 힘. 이경 씨의 낙서 같은 그림에는 그게 있었다.

　나는 이경 씨가 그리는 것을 지켜보면서 그녀가 끈질기게 갈구하는 것은 무엇일까, 생각했다. 늘씬한 키에 부드럽게 구불대는 긴 머리가 어울리는 그녀는 누가 봐도 미인이라고 할만했다. 그런 그녀의 오른손에는 흉터가 있었다. 그건 마치 나무껍질처럼 마르고 딱딱해 보였다. 그곳은 이경 씨의 우아한 외모와 달리 쭈글쭈글한 주름이 가득했다. 마치 고집스럽게 거기로만 나이를 먹은 것처럼. 그 손으로, 이경 씨는 있는 힘껏 그림을 그렸다. 그녀가 캔버스 앞에 설 때는 주변 공기가 달라졌다. 그녀가 그림을 그리는 시간 동안은 내 몸의 온도도 조금 올라가는 기분이었다. 그건 조용히 타오르는 불을 마주하는 것과 같았다.

이경 씨를 처음 만난 건, 꽃샘추위가 아직 남아 있던 겨울의 끝, 2월의 오후였다. 겨울 내내 무리하게 돌아가던 히터가 작동을 멈추었고, 동시에 도화지에 물감으로 색칠하던 아이들의 눈이 동그래졌다. 하필 제일 어린 유치부 아이들 수업 시간이었다. 고사리 같은 손들이 벌겋게 얼어가는 걸 지켜보면서 나는 학부모들에게 전화를 돌렸다. 거듭된 사과와 요청의 말을 건네는 것과 동시에 아이들에게 핫팩을 나눠주고, 외투를 입혀주었다. 아이들은 돌발 상황이 재미있는지 자기들끼리 핫팩을 던져서 주고받으며 낄낄거렸다. 학부모들이 도착하는 대로 아이들을 내보내면서 교실을 정리하는데, 누군가 나지막하게 나를 불렀다.

"저, 선생님."

윤이 나는 카멜색 코트를 걸친 여자가 커피를 들고 서 있었다. 그녀는 커피를 내게 내밀며 자신이 정다겸의 엄마, 한이경이라고 소개했다. 커피를 건네는 손에는 긴 흉터가 나 있었다. 실례인 걸 알면서도 나는 이경씨의 손에서 눈을 뗄 수가 없었다. 흉터에 정신이 팔린 채로 커피를 건네받자, 그녀는 뜨거우니까 천천히 드세요, 라고 말했다. 그제야 나는 내손에 들린 커피의 온도를 느낄 수 있었다. 종이컵 너머로 전해지는 뜨거운 커피의 온도가 느껴지자, 아이들을 챙기느라 몰랐던 추위가 나를 덮쳐왔다.

다겸이는 늘 자기를 데리러 오던 보모 대신 엄마가 온 것이 신났는지 분홍색 케이프 코트를 펄럭이며 빙글빙글 돌았다. 귀여운 진달래꽃 같은 다겸이는 그대로 아틀리에의 문을 박차고 계단을 내려갔다. 이경 씨도 얼른 다겸이를 따라갔다. 나는 두 모녀의 뒷모습을 눈으로 배웅하면서 양손으로 종이컵을 감싸 쥐었다. 그리고 커피를 조심스럽게 한 모금 마셨다. 추위로 마비되어 가던 입술 위로, 혀끝으로, 그리고 손끝으로 온기가 스며들었다.

그 무렵, 그러니까 아직 추웠던 날의 나는 온기가 도는 것이라면 무엇이든 움켜쥘 준비가 되어 있었다. 붓을 들지 못한 지 삼 년이 넘어가고 있었다. 처음이었다. 어릴 때부터 온갖 상을 휩쓸던 나였다. 그리기가 어렵다고 생각해 본 적이 없었다. 그렸다 하면, 모두가 감탄했다. 사람들의 칭찬이 당연했다. 내가 보기에도 내 작품은 아름다웠다. 자신감이랄까 오만함이랄까, 그 사이쯤 어딘가에서 맴돌며 스스로 도취해 있었다.

깨닫는 건 순간이었다. 환경에 대한 관심을 촉구하는 캠페인에 참가하게 되었는데, 나로서는 새로운 시도였다. 뚜렷한 목적성을 가진 작품은 잘 다루지 않았기 때문이다. 그러나 나는 내 작품을 의심하지 않았다. 아름다운 것을 추구하는 것이 나의 모토였고, 사람들도 그것을 좋아해 주었으니까. 그래서 별생각 없이 변화를 시도했고, 내가 별생각이 없다는 걸 들켜버렸다. 처음 보는 사람이었는데, 아마 관객이었던 것 같다. 그 사람이 내 그림을 보면서 그랬다. 나이브한 관조에 불과하다고. 삶의 끝이 물리적인 죽음만을 의미하는 게 아니라면, 나에게 죽음이란 아마 그 순간이었을 것이다.

나는 점점 이렇다 할 작품을 내지도, 전시회를 열지도 못하면서 집에만 틀어박히게 되었다. 텔레비전을 보고, 요리도 해보고, 책도 읽어보았다가, 모든 것을 포기하고 하루 종일 침대에 누워 있기도 했다. 그렇게 쉬면서도 좋은 그림을 그려 내야만 한다는 강박에서 벗어나지 못했다. 그런 내게 세훈은 조용히 아틀리에의 열쇠를 내밀며 말했다.

"당신 작업실 하나 가지면 좋을 것 같아서. 여기에서 하고 싶은 거 다 해봐."

그는 내가 무엇을 하든 지지한다고 했다. 다만 일상에 지장을 받지 않을 정도로 압박을 느끼지만 말라고, 뭐든 즐겁게 하라고 덧붙였다.

세훈의 이런 태도가 내게 안정감을 주던 때가 있었다. 미술 하는 사람 특유의 날카로움과 예민함을 이해해 주는 남자는 찾기 힘들었다. 특히 그것을 꾸준히 이해해 주는 사람은 더더욱 드물었다. 주변에서는─심지어 나를 낳고 길러준 부모조차도─모두 내게 결혼을 잘했다고 부러워했다. 여유 있는 경제력과 아내에 대한 이해심을 두루 갖춘 신랑감. 나는 그게 내게 필요한 온기라고 믿었고, 조금 필사적인 기분으로 세훈과 결혼했다.

세훈의 말대로 내 아틀리에에서 나는 하고 싶은 것을 뭐든 할 수 있었다. 내게 주어진 나만의 공간에서 잠시 자유로움을 느끼기도 했다. 그러나 처음 결심과 달리 나는 아틀리에에서 제대로 된 그림을 그릴 수 없었다. 빈 캔버스 앞에 몇 시간씩 앉아 있다가 집에 돌아오는 일이 허다했다. 세훈은 저녁을 먹으면서 오늘은 무얼 했느냐고 자주 물어보았다. 나는 그때마다 그리지도 않은 그림들을 묘사해 주다가, 한번은 스스로 그 무의미한 위선에 질려서 그에게 버럭 내질러 버렸다.

"그만 물어봐. 사실은 제대로 그린 게 하나도 없으니까."

세훈은 눈을 몇 번 깜박이다가 다시 물었다.

"그러면 그동안 나한테 그렸다고 말한 그림들은 뭐야?"

"뭐긴. 다 다른 사람들이 그린 것들이지. 내가 그리고 싶지만, 나는 그릴 수 없는 것들. 그게 뭔지 당신은 이해해?"

세훈은 조용히 한숨을 내쉰 후, 내게 다가와 어깨를 안아주었다.

"다른 건 몰라도 당신이 부담을 느낀다는 건 알겠어. 아틀리에를 해준 건 그냥 내 마음이야. 뭔가를 보여줘야 한다고 생각하지 말았으면 좋겠어."

나는 그의 가슴에 얼굴을 묻고 서럽게 울었다. 그런 나를 다독이면서 그가 말했다.

"잠시 그린다는 생각은 접어두고 다른 걸 해보면 어때? 학생들을 가르쳐 봐도 좋고."

그의 조언에 따라 나는 원생들을 모집했다. 에너지가 넘치는 아이들과 수업하면, 그 안에서 나름대로 성취감을 느낄 수 있었다. 아이들은 형광 물감만 보여주어도 흥분했다. 자기들이 알록달록하게 색칠한 그림이 어둠 속에서 반짝이는 것을 보면서 마치 거장의 작품을 마주한 것처럼 감동했다. 좋아하는 아이들의 모습을 볼 때면, 이대로도 괜찮은가 싶은 순간이 스쳐 가기도 했다. 하지만 그 와중에도 내게 앙금처럼 남는 허무함이 있었다.

'뭔가를 보여줘야 한다고 생각하지 말았으면 좋겠어.'

세훈의 그 말이 변해가는 계절 사이에서, 아이들을 가르치는 시간 사이에서, 문득문득 고개를 들었다.

날이 풀리기 시작한 3월의 봄날, 다겸이는 보라색과 분홍색 테이프를 잘게 잘라 완성한 유니콘을 내게 보여주면서 속삭이듯 말했다.

"선생님. 저 이제 정다겸 아니고, 한다겸이에요."

나는 눈을 동그랗게 떴다. 다겸이는 해맑기 그지없는 표정으로 나를 바라보았다. 나는 가까스로 당혹감을 감추고 한다겸이 훨씬 더 예쁜 이름인 것 같다고 칭찬했다. 다겸이는 자기 엄마도 똑같은 말을 했다고 대답했다.

다겸이의 엄마.

한이경 씨.

나는 입속에서 그녀의 이름을 소리 없이 불러보았다. 그녀가 궁금해졌다. 정다겸이 한다겸으로 바뀐 변화의 배경에 무엇이 있었을까.

그날, 유치부 수업이 다 끝나도록 이경 씨는 다겸이를 데리러 오지 않았다. 다른 아이들이 모두 집으로 돌아가고, 다겸이가 유니콘을 3마리나 더 완성했는데도 이경 씨는 올 기미가 없었다. 학부모 연락처에 기재된 번호로 연락해 보았지만, 전화기가 꺼져 있다는 안내 메시지만 반복될 뿐이었다. 저녁 7시가 넘어가고 있었다. 출출해진 나는 다겸이를 데리고 편의점에라도 가기로 했다.

다겸이의 손을 잡고 아틀리에의 계단을 내려가는데, 건물 1층 구석에 서 있는 이경 씨를 발견했다. 카키색 셔츠를 입고, 아이보리색 리넨 모자를 쓴 그녀는 고개를 숙이고 뒤돌아 서 있었다. 내가 알아본 것처럼, 다겸이도 대번에 자기 엄마를 알아보았다. 다겸이는 발끝을 세워서 살금살금 이경 씨에게 다가갔다. 나는 다겸이가 이경 씨에게 닿기 전에 이경 씨를 불렀다.

"다겸이 어머니 아니세요?"

내가 부른 덕분에 이경 씨는 다겸이가 자신에게 다다르기 전에 스스로를 추스를 찰나를 벌었다. 이경 씨는 부드럽게 웃으며, 엄마를 놀라게 하려던 계획이 실패해서 입이 뾰로통하게 나온 다겸이를 꼭 안아주었다. 다겸이는 너무 배가 고프다고 칭얼댔고, 시계를 확인한 이경 씨는 놀란 얼굴로 시간이 이렇게 된 줄 몰랐다며 사과했다.

"저 때문에 선생님께서도 식사를 못 하고 계셨겠네요. 제가 저녁 사 드릴 테니 같이 나가요."

나는 괜찮다고 거절했지만, 다겸이가 선생님도 같이 가자고 졸라대는 바람에 할 수 없이 아틀리에 문을 닫고 그들을 따라나섰다. 아틀리에 근처에 있는 분식집에 자리를 잡으며, 이경 씨는 부실하게 대접해 드려서 죄송하다고 다시 사과했다. 나는 신경 쓰시지 말라며 손사래를 쳤다. 다겸이는 자기가 얼마나 멋진 유니콘을 완성했는지 엄마에게 설명하다가, 내 쪽으로 고개를 돌리며 자랑스럽게 말했다.

"우리 엄마도 그림 되게 잘 그려요."

이번에는 이경 씨가 손사래를 쳤다. 아니라는 그녀의 말에 나는 다겸이가 엄마를 닮아 그림에 재능이 있나 보다고 말했고, 그 칭찬이 싫지 않은지 이경 씨는 어쩔 줄 몰라 하면서도 미소를 지었다.

우리는 음식을 기다리는 짧은 시간 동안 그림에 대한 이야기를 나누었다. 그러면서 우리가 모두 프리다 칼로와 조지아 오키프를 좋아하고, 슈베르트의 〈마왕〉을 즐겨 듣는다는 것을 알게 되었다. 그리고 대학 때 회화과를 졸업했고, 지금은 더 이상 그림을 그리지 않는다는 사실도. 이경 씨는 자신이 작은 소품 가게를 한다고 말했다. 주로 지인들이 만든 소품들을 가져다 파는데, 사러 오는 것도 결국 대부분 지인이라고. 그녀의 자조 섞인 말은 내 안의 무언가를 건드렸다. 그래서인지, 내 입에서 이런 말이 튀어나왔다.

"괜찮으시다면, 수업 없는 시간에 아틀리에에 나오셔서 다시 그림을 그려보시는 건 어떠세요?"

말을 뱉어놓고서, 나는 이것이 얼마나 생각 없는 말이었는지 뒤늦게 알아차렸다. 나는 다겸이에게 음식을 덜어주고, 물을 따라주는 이경 씨의 손을 바라보았다. 손이 움직일 때마다 흉터의 주름이 미세하게 달라지고 있었다. 더 이상 그림을 그리지 않는 게 아니라 물리적으로 못 그리게 되었을 수도 있는데 너무 가볍게 권한 것은 아닌가, 후회되었다. 그런데 뜻밖에도 이경 씨는 아틀리에가 비는 시간을 묻더니 바로 금요일부터 시작해도 되겠느냐고 물었다. 나는 얼결에 고개를 끄덕였다. 다겸이가 유치원에 가고 이경 씨가 가게의 문을 열기 전, 오전 10시에서 11시. 약속은 그렇게 정해졌다.

금요일이 되자, 이경 씨는 편안한 트레이닝 복장에 높은 플랫폼 슈즈를 신고 나타났다. 나는 미리 준비해 둔 이젤 위에 빈 캔버스를 올리고, 4B 연필을 이경 씨에게 내밀며 말했다.

"우선 가볍게 그려보고 싶은 그림을 하나 그려보시겠어요? 이경 씨 스타일을 파악해 보려고요."

그러나 이경 씨는 연필을 받아 가지 않고 가만히 보기만 했다. 나는 조금 당황했다. 내 표정을 살피던 그녀가 시선을 바닥으로 떨어뜨렸다.

"죄송해요, 선생님. 제가 오른손잡이인데, 하필 오른손을 다쳐서요. 연필로 세밀하게 그리는 건 불가능해요."

나는 속으로 또다시 당황했지만, 겉으로는 아무렇지 않은 척, 도구함 쪽으로 걸어갔다. 뭉툭한 목탄과 굵은 페인트 붓 중 어느 것이 더 다루기 좋을까 고민하는데, 여러 굵기의 붓들 사이에서 미술용 나이프가 반짝이는 것이 눈에 띄었다. 나는 그것을 집어 들었다. 유화물감을 거칠게 칠하는 나이프 페인팅이라면, 손의 근육을 크게 쓰지 않아도 될 것 같았다. 이경 씨는 나이프를 받아 들며 감사를 표했다.

"고마워요."

그러나 이경 씨는 나이프를 들고 아무것도 그리지 못했다. 그저 빈 캔버스를 바라보기만 했다. 정지 화면처럼 멈춰버린 그녀의 뒷모습을, 나도 바라보기만 했다. 그림은 그리겠다는 의지만으로 되는 것이 아니었다. 도구가 다 있어도, 시간이 있어도, 그리고 싶은 마음이 있어도, 그릴 수 없는 때가 있었다. 나는 그 마음을 알고 있었다. 이경 씨는 결국 그날 아무것도 그리지 못하고 아틀리에를 떠났다. 그녀가 가고, 남아있는 빈 캔버스와 깨끗한 나이프가 내 마음을 흔들었다.

그날 밤, 자다가 문득 깨었는데 사위가 깜깜했다. 아직 한밤중인 듯했다. 옆에서 세훈이 숨소리를 쌕쌕 내면서 자고 있었다. 피곤했는지 초저녁부터 하품하더니 일찍 잠이 든 그였다. 그는 내가 이렇게 새카만 밤 한가운데에서 혼자 눈을 뜨곤 한다는 사실을 까맣게 몰랐다. 이렇게 세상모르게 자는 그를 볼 때면, 하루를 꽉 채워서 바쁘게 살아낸 사람만의 곤함이 느껴졌다. 그에 비해 나는 밤에 깨어 잠들지 못해도 내일이 부담스럽지 않은 사람이었다. 다시 말해, 해야만 하는 일이 딱히 없는 사람이었다. 오롯이 나만 할 수 있는 일이란 게 아주 오래되어 기억에서 희미해진 기분이었다.

세상에서 내가 제일 그림을 잘 그린다고 착각하던 시기도 있었다. 내가 그리는 모든 것이 마스터피스인 것 같았다. 그땐 내게도 하루하루가 너무나 짧았다. 내가 아주 중요한 사람이 된 것 같았다. 그러나 내가 붓을 놓은 지 한참 되었는데도, 세상은 아주 잘 굴러가고 있었다. 오히려 더 잘 굴러가는 기분이었다. 이런 비틀린 생각에 사로잡혀 밤을 견디고 나면, 남는 것은 허탈함이었다.

다음날, 비뚤어진 마음과 견딜 수 없는 허함을 달래기 위해 미술관을 찾았다. 프리다 칼로 전시회가 열리고 있었다. 세훈에겐 친구들과 간다고 했지만, 혼자였다. 팸플릿을 들고, 천천히 프리다의 세계로 흘러 들어갔다. 도슨트가 〈부서진 기둥〉 앞에서 사람들에게 설명하고 있었다. 그림 속에서 프리다는 머리를 풀어 헤치고 눈물을 흘리고 있었다. 프리다의 몸에는 붕대가 감겨 있고, 그녀의 몸을 가로지르는 척추는 부서진 채

드러나 있었다.*

포니테일을 한 여자가 그림 속의 프리다를 보며 미간을 잔뜩 찌푸렸다. 아우, 아팠겠다. 전시회 내내 그런 표정을 한 사람들을 계속 마주쳤다. 소아마비, 교통사고로 부서진 척추, 남편의 외도, 외도하는 남편에 대한 증오와 애정, 아픈 마음. 프리다의 작품 세계는 모두 그런 것들로 채워져 있었다. 사람들은 그림을 보면서 프리다를 동정하고, 그럼에도 강렬한 색채의 걸작들을 그려낸 프리다에게 감탄했다. 친구로 보이는 여자 둘이 속닥이는 소리가 들렸다.

"아무리 세계적인 화가로 이름을 날리면 뭐 하니. 평생을 고통스럽게 살았는데. 난 절대 저렇게는 못 살 것 같다."

그런가. 보통 그렇게들 생각하려나. 나는 속으로 다른 생각을 했다. 병상에 누워 할 수 있는 게 그림뿐이었던 프리다. 그림으로 결국 이름을 남긴 그녀. 그림으로밖에 이름을 남길 수 없던 그녀를, 나는 동경했다. 사랑하는 사람이 배신하고, 몸의 고통으로 괴로울 때 그림 하나에 매달려 자신의 삶을 힘껏 껴안을 수 있었던 그녀가 부러울 정도였다. 그녀에 비하면 나는 잃은 게 없었다. 가지지 못한 것을 헤아리기 어려울 정도로 많이 가졌다. 하지만 아무리 부족한 게 없어 보여도, 그림이 빠진 삶이 내게 무슨 의미가 있을까. 그림을 그릴 때 비로소 나는 나일 수 있었는데, 그림을 그릴 수 없는 나는 도대체 무엇일까.

갑자기 갈증이 일었다. 목이 많이 말랐다. 전시회를 보고 있어도 보는 것 같지 않았다. 나는 프리다를, 그녀의 그림을, 더 깊이 느끼고 싶으면서도 거기에서 도망가고 싶은 마음이었다. 전시회장을 가로질러 출구를 찾아 나가다가, 나는 그녀를 만났다. 한이경 씨. 우리는 프리다의 거대한

---

* 프리다 칼로, 〈부서진 기둥(1944)〉 참고

자화상 앞에서 마주쳤다. 이경 씨의 눈이 놀라움으로 커졌다가 반가움으로 변했다. 목례하는 그녀에게 나는 혹시 전시를 같이 보지 않겠느냐고 물었다. 누군가와 함께라면, 다시 전시를 제대로 볼 수 있을 것 같았다. 그녀는 승낙했다.

우리는 두 걸음 정도 거리를 두고 그림을 감상했다. 수많은 자화상 속에서 프리다가 우리를 지켜보았다. 나는 그녀의 짙은 눈썹 아래 드러난 강렬한 검은 눈동자들과 눈을 맞추며 그림들 사이를 건너다녔다.

이경 씨는 내가 보았던 〈부서진 기둥〉 앞에서 오랫동안 서 있었다. 나는 그녀의 얼굴을 스치는 고통과, 그것이 지나간 뒤에 서서히 번지는 빛을 가만히 바라보았다. 나는 이경 씨가 손등 말고도 부서진 곳이 있구나, 생각했다. 손등의 흉터처럼 보이는 게 아니라서 아무도 눈치챌 수 없는 부서진 곳이, 그녀에게도 있었다.

전시를 보고 나오는 길에, 비가 내렸다. 우산은 없었지만, 빗방울이 거세지 않아서 우리는 그냥 비를 맞고 걷기로 했다. 길을 따라 일정하게 서 있는 가로수들의 색감이 비를 맞아 생생하게 살아나고 있었다. 초록이 뚜렷해진 세계에서 나는 프리다의 그림에서 느껴지던 강렬한 색채와 그 힘을 떠올렸다. 나는 혼잣말처럼 물었다.

"산다는 건 대체 무엇일까요? 무엇이기에 그녀는 계속해서 그림을 그리고, 질긴 삶을 계속 이어갈 수 있었을까요?"

이경 씨는 곰곰이 생각하다가 이렇게 대답했다.

"불같이 사는 사람이 있죠. 프리다는 불이었어요. 활활 타오르지 않으면 견딜 수 없는 사람. 저는 그 불이 프리다에게만 있다고 생각하지 않아요. 누구에게나 불은 있어요. 세기는 저마다 다르겠지만요."

나는 이경 씨의 대답에 동의하기 어려웠다. 누구에게나 있다는 불이 나에게만 없는 것 같았다. 나와 프리다는 전혀 다른 사람인 것 같았다.

"이미 불이 다 꺼져버리고, 타다 만 장작더미만 끌어안고 살아가는 사람도 있지 않을까요?"

"장작은 상태일 뿐이에요. 다시 타오를 수 있는 상태요."

갈림길에 서서 이경 씨는 잠시 걸음을 멈추었다. 나도 그녀를 따라 걸음을 멈추었다. 그리고 무심코 그녀를 향해 고개를 돌렸다가 조금 놀랐다. 어느새 이경 씨의 흰 블라우스가 비에 다 젖어 있었다. 손목까지 내려오는 블라우스는 비에 젖어 그녀의 살갗에 바짝 달라붙어 있었다. 그리고 달라붙은 옷 너머로 그녀의 흉터가 두드러졌다. 나는 이경 씨의 흉터가 그렇게 큰 줄 몰랐다. 블라우스 아래로 비치는 그녀의 흉터는 손등부터 거의 어깨까지 이어지고 있었다. 그것은 생각보다 길고, 깊고, 진했다. 옷을 입고 벗을 때마다 그것을 의식해야 했을 이경 씨의 마음을, 나는 아마도 평생 헤아릴 수 없을 것 같았다. 그래서 다만 나는 이렇게 말했다.

"추워 보여요. 걸칠 것이 필요할 것 같네요."

나는 입고 있던 카디건을 벗어서 그녀에게 건네주었다. 그제야 상황을 파악한 이경 씨는 감사하다는 인사와 함께 카디건을 받아 입었다. 이경 씨가 말했다.

"저는 오늘 프리다의 그림을 보면서, 그녀의 불이 제게 옮겨붙는 기분이었어요."

이경 씨는 잠시 망설이다가 나를 보며 물었다.

"선생님. 저, 계속 아틀리에에 나가도 될까요?"

나는 고개를 끄덕였다. 나는 매일 빈 캔버스만 바라봐도 괜찮다고 말했고, 이경 씨가 조금 웃었다. 우리는 갈림길에 서서 조금 더 얘기를 나누다 헤어졌다. 불같은 프리다, 몸의 기둥이 부서져도 굴하지 않는 그녀의 불같은 삶. 이경 씨는 계속 불을 얘기하다 돌아섰다. 그녀와 헤어져서 돌아오는 길에 나는 그녀가 했던 말을 되뇌어 보았다.

'창작은 상태일 뿐이에요. 다시 타오를 수 있는 상태요.'

집에 와서 따뜻한 물에 목욕하면서도 계속 그 말이 생각났다. 나는 궁금해졌다. 나도 다시 타오를 수 있을지. 목욕을 마친 후엔 책장에 먼지를 뒤집어쓰고 박혀 있던 스케치북을 꺼내 들고 소파에 편하게 앉았다. 어느새 빗소리가 굵어져 있었다. 시원하게 쏟아지는 빗소리를 배경 삼아 나는 프리다의 〈부서진 기둥〉을 따라 그려 보았다. 똑같이 그리는 건 자신 있었다. 사람들은 내가 그린 것을 보고 "마치 사진 같다."며 놀라곤 했었다. 나는 내 눈에 보이는 사물을 있는 그대로, 혹은 그보다 더 아름답게 그려낼 줄 알았다. 스케치북에서 완성된 흑백의 프리다를 들여다보면서 나는 씁쓸하게 미소 지었다.

이경 씨는 금요일 오전마다 아틀리에에 찾아왔다. 나는 내가 쓰지 않던 물감이나 도구들을 아낌없이 그녀에게 내주었다. 이경 씨는 처음에 내가 권했던 나이프를 주로 사용해서 그림을 그렸다. 그녀는 나이프로 거칠게 그린 선의 우연성을 이용해서 그림을 완성해 갔다. 붉고, 노랗고, 까만 선들이 그려지고, 그 위에 또다시 붉은 선이 두껍게 뒤덮였다. 그녀는 선 하나하나를 대담하게 그어 내렸다. 그녀의 오른손이 움직일 때마다 내 몸이 조금씩 움찔거렸다. 봄이 다 지나갈 때까지 그녀는 매주 그렇게 그림을 하나씩 완성해 나갔다.

그녀가 가고 나면, 나는 그녀가 쓰던 이젤에 새 캔버스를 올리고 프리다의 〈부서진 기둥〉을 따라 그렸다. 부서진 척추를 그릴 때면 이경 씨의 숨겨진 상처를 떠올렸고, 프리다의 눈물을 그릴 때면 비에 젖어있던 이경 씨의 얼굴을 떠올렸다. 나는 그림을 다시 그리기 시작하는 이경 씨를 보면서 그녀의 내면에서 타오르는 불을 느낄 수 있었다. 그때의 그녀는 마치 프리다의 현신처럼 보였다. 나는 그 느낌을 놓치고 싶지 않았고, 그래서 그녀가 가고 나면 아틀리에에 머무르며 〈부서진 기둥〉을 계속 새로 그렸다.

아틀리에에 머무르는 시간이 길어지자, 세훈이 한마디 했다. 그는 내 얼굴을 보기가 힘들어졌다며, 지금 그리고 있는 그림이 언제쯤 완성이 될지 물어보았다. 완성이 되면, 이제 저녁 먹기 전에는 집에 들어왔으면 좋겠다고. 나는 그 말을 하는 그를 가만히 쳐다보았다. 그는 내가 무언가를 그리기 시작했다는 것만으로도 모든 것이 해결되었다고 생각하는 듯했다. 그는 내가 계속해서 같은 그림을 그리고 있다는 것을 알까. 나는 그에게 말했다. 내 안의 어딘가가 부서져 있는 느낌이라고. 그걸 어떻게 해야 고칠 수 있을지 모르겠다고. 세훈은 미간을 찌푸렸다. 입술을 몇 번 달싹이던 그는 이렇게 말했다.

"내가 도울 수 있는 게 있다면 말해줘."

그런 그에게 나는 다만 이렇게 대답했다.

"고마워. 생각나면 말해 줄게."

세훈은 뭔가를 더 말하려다가 그냥 고개를 끄덕였다.

또다시 금요일이 되었다. 이경 씨는 여느 날과 다름없이 집중해서 그림을 그리고 있었다. 그러다가 그녀는 손이 아픈지, 나이프를 내려놓고 오른손을 쥐었다 폈다 했다. 그녀의 이마에 땀이 송골송골 맺혀 있었다. 나는 그녀에게 수건을 내밀었다. 그녀는 수건으로 이마를 훔치며 한숨을 길게 쉬었다. 나는 그녀에게 잠깐 차를 마시며 쉬자고 권했다. 그러나 그녀는 시계를 확인하더니, 그림을 마저 그리겠다고 대답했다.

이경 씨는 잠시 캔버스를 노려보다가 맨손에 물감을 묻혀서 캔버스에 문질렀다. 그녀는 다섯 손가락을 쫙 펴고, 캔버스 중앙에 천천히 둥근

원을 그렸다. 그녀는 마치 의식을 치르듯이, 한참 동안 원을 반복해서 그렸다. 물감이 그녀의 손등을 타고, 흉터 위로 흘러내렸다. 주름진 상처는 붉은 물감을 머금고 다시 벌어지는 것처럼 보였다. 그 모습은 만개하는 꽃처럼 화려하고, 또 강렬했다.

이경 씨는 손에 묻은 물감을 씻어내고, 그림을 그리는 동안 걷어 올렸던 소매를 다시 내렸다. 날씨가 점점 더워지고 있었지만, 그녀는 언제나 긴소매를 입었다. 그림을 그리는 동안만큼은 그녀도 내게 긴 상처를 보여주었지만, 그 시간이 지나면 다시 그것을 가렸다. 나는 그녀의 마음을 존중했다. 필요 없는 시선을 받을 여지는 남기지 않는 게 좋으니까. 그리고 중요한 건 보이는 흉터가 아니니까. 나는 이경 씨를 볼 때마다 차분한 겉모습 속에 가려진 그녀의 온도를 가늠해 보곤 했다.

돌아갈 준비를 하는 이경 씨에게 나는 지난주에 그녀가 그린 그림을 건네주었다. 이경 씨는 물감이 마르고 나면, 꼭 그림을 챙겨서 돌아갔다. 나는 그녀에게 물었다.

"가져간 그림은 다 보관하고 계신 거죠? 꽤 많이 모였겠네요."

이경 씨는 고개를 끄덕이며, 선생님 덕분이라고 대답했다. 그리고 잠시 망설이다가 내게 시간이 있으시냐고 물었다. 아이들 수업 시간까지는 시간이 충분히 남아 있었다. 무슨 일이냐고 묻자, 이경 씨는 자신의 가게에 같이 가보자고 했다.

"보여드리고 싶은 게 있어요."

나는 이경 씨의 차를 타고, 그녀의 가게로 향했다. 약간 언덕진 골목 사이로 아기자기한 카페와 작은 갤러리들이 스쳐 지나갔다. 이경 씨는 연갈색 문이 달린 작은 가게 앞에 주차했다. 문을 열고 안에 들어가자, 갖가지 소품들이 눈에 들어왔다. 와인 잔, 리넨 셔츠와 바지, 뜨개로 만든 코스터와 파우치, 이국적인 문양을 한 그릇들. 그리고 그 소품들을 둘러싼 네 개의 벽에 일렬로 걸려 있는 그녀의 그림들. 그녀가 그린 그림들이 모두 그곳에 모여 있었다. 그곳은 이경 씨만의 작은 갤러리였다.

이경 씨는 미니 냉장고에서 차가운 음료수를 꺼내왔다. 나는 그녀가 건네주는 음료수를 마시며 천천히 그녀의 그림을 감상했다. 모두 다 내가 본 그림들인데, 이경 씨의 가게에 걸려 있으니까 마치 처음 보는 그림처럼 새로웠다. 이경 씨는 사람들이 가끔 그림도 파는 거냐고 묻는다고 말해주었다. 나는 팔린 그림도 있냐고 물어보았다. 이경 씨는 가볍게 고개를 흔들면서, 하나도 안 팔렸다고 대답했다. 우리는 서로를 마주 보면서 웃었다. 이경 씨가 말했다. 선생님을 만나 다행이라고. 다시 그림을 그릴 수 있어서 행복하다고.

다시 아틀리에로 데려다주겠다는 그녀를 거절하고, 나는 혼자서 천천히 걸었다. 머리에는 이경 씨가 선물로 준 리넨 모자를 쓰고 있었다. 나는 그녀가 준 모자를 쓰고, 그녀만의 작은 갤러리를 떠올렸다. 그녀의 뜨거움이 내게로 전해지는 기분이었다. 그녀는 알까. 불편한 손으로 다시 붓을 잡은 그녀가 내게 어떤 힘을 주고 있는지. 처음 만났을 때, 그녀가 건네준 커피의 뜨거움 덕분에 나는 내가 추위를 느끼고 있다는 사실을 깨달았다. 그리고 아틀리에에 나와서 그림을 계속해서 그리는 그녀 덕분에, 그 그림들로 자신의 세계를 꾸며가는 그녀 덕분에 깨달았다. 사람의 마음은 타오를 준비를 하고 있는 장작이라고. 그리고 그 장작을 다시 타오르게 하는 건, 아주 작은 불씨만으로도 충분하다고.

아틀리에에 도착한 나는 그동안 내가 그려왔던 〈부서진 기둥〉들을 일렬로 세워보았다. 벽을 따라 똑같이 생긴 그림들이 세워지자, 나는 똑같이 부서진 척추를 드러내고 있는 프리다들에 둘러싸이게 되었다. 나는 그들의 시선을 느끼면서 이젤 위에 새 캔버스를 올렸다. 연필을 새로 깎고 있는데, 세훈에게서 전화가 왔다. 나는 그에게 오늘도 집에 늦게 갈 것 같다고 말했다. 그는 내게 자기가 도와줄 게 없냐고 물었고, 나는 그에게 부드러운 목소리로 고맙다고, 생각나면 말해주겠다고 대답했다.

비어 있던 캔버스에 나의 크로키가 꽃처럼 피어났다. 그림 속에서는 벌거벗은 여인이 풀숲에 비스듬히 누워서 미소를 짓고 있었다. 그녀의 한쪽 팔은 온통 주름이 져 있었다. 그리고 그 주름에서부터, 나무의 뿌리가 뻗어나가고 있었다. 팔에서 뻗어나간 뿌리는 거대하고 튼튼한 나무의 몸통과 연결되어 있었고, 그 몸통을 또 다른 여인이 끌어안고 있었다. 그 여인 역시 벌거벗고 있었다. 나무의 가지 위로, 잎사귀가 무성하게 달려 있었다. 가지를 뒤덮은 잎사귀 중 일부는 땅으로 떨어지고 있었다. 여인들을 위로하듯 그녀들의 머리와 어깨에 내려앉은 잎사귀도 있었다.

크로키를 끝낸 후, 붓과 팔레트를 가져왔다. 그리고 본격적인 채색 전에 잠시 팔레트의 무게를 느껴보았다. 이것이 그렇게 무겁게 느껴질 때가 있었다고 생각하니, 색색의 물감을 머금고 있는 팔레트가 새삼스럽게 느껴졌다. 나는 프리다 전시회를 관람하고 나서 이경 씨와 보았던 가로수들을 떠올렸다. 비를 맞아 생기에 넘치던 초록의 세계가 나를 둘러싸는 것 같았다. 나는 붓을 들어 잎사귀를 정성껏 색칠하기 시작했다. 나는 부서진 나를 장작 삼아 불을 지펴보기로 했다. 장작은 타올라야 불이 될 수 있는 것처럼, 그림은 붓을 쥐어야만 완성될 수 있었다. 나는 화가였다. 화가여야 했다. 나는 붓질로 그림에 생기가 도는 과정을 지켜보았다. 그리고 깨달았다. 사람은 결국 모두 마음속에 있는 불, 각자의 프리다를 마주하는 것으로 삶을 움직인다고. 나는 나의 프리다를 마주하게 되었다. 부서진 내 마음에 이제야 불씨가 닿은 느낌이었다.

이것은 집이 아니다

김지경

소설의 바다로

산다는 것, 소설을 쓴다는 것은 버티는 것이다. 적어도 내게 있어서는. 버티는 것이 어려울 때마다 나는 바닷가를 찾았다. 파도는 돌격하듯, 무서운 소리를 지르며 해변으로 몰려왔다. 잿빛 구름은 바다까지 어둡게 했다. 헝클어진 머리카락 같은 해초들이 모래밭으로 밀려와 쓰러졌다. 내 속의 어두운 그림자인 그것들을 발목에서 떼어낼 때, 바다 가운데 섬의 등대불이 켜졌다. 빨간불이 반짝이며 내게 신호를 보냈다. 헤엄쳐서 등대가 있는 곳으로 오라는 듯. 나는 바다로 들어갔지만, 파도를 헤쳐 나갈 기력이 빠졌다. 힘을 주고 나갈수록 물 밑으로, 밑으로만 가라앉았다. 소설은 나 자신을 알아가는 과정이라는 것을 깨달은 후, 몸에 힘을 뺄 수 있었다. 물 위에 내 몸이 떴다는 것을 안 것은, '삶의향기 동서문학상 동상'이라는 사무국장님의 전화 덕분이었다. 아, 뜨긴 떴구나. 속으로 그렇게 외쳤다. 이젠, 헤엄쳐 가자. 등대까지 헤엄쳐 갈 수 있는 기력을 다시 얻었다.

이 상은 나의 첫 문학상이라, 의미가 크고 감사하다. 도전할 수 있는 기회를 준 주최 측, 물밑으로 가라앉는 나를 건져준 심사위원님들, 사무국장님에게 고개 숙여 감사드린다. 나는 소설을 포기하고, 다른 길을 택한 과거가 있다. 그런 나를 지켜보며, 다시 소설로 돌아오길 기다렸던 소중한 친구들이 있다. 소설가 배이유와 울산 소설가협회장 김태환 소설가의 우정에 감사하다. 항상 응원하는 친구 안정옥, 동생 지희도 고맙다. 나를 믿고 바라봐 주는 그들을 실망시키고 싶지 않다.

"늦었지만, 열심히 헤엄쳐 갈게. 깊고도 넓은 소설의 바다로."

이것은 집이 아니다

김지경

　그 집은 산동네에 있었다. 번지수도 모르는 채, 이백여 집들 중에서 마에가 사는 곳을 찾아야만 했다. 내게 마에라고 불리는 그의 집을. 마을 버스가 거대한 아파트단지를 가로질러 가파른 길을 몇 정거장만 올라가면 달동네가 있다는 것이 놀라웠다. 동네는 산으로 둘러싸였고, 계곡을 따라 오목한 곳에 집들이 모여 있었다. 녹음이 우거진 산들이 화려한 색색의 양철지붕들을 품었다. 수풀 너머로 졸졸 흐르는 물소리가 들렸고, 봄바람이 숲속의 향기를 몰고 왔다. 도시로부터 멀리 떨어진 시골 같은 정취를 느낀 것은 잠시였다. 멀리서 볼 때 아름답던 풍경이, 가까이서 보니 폐가처럼 허물어진 집들뿐이었다. 땅 밑에서 올라온 검은 곰팡이가 담과 벽을 뒤덮은 집이 대부분이었고, 형체를 제대로 갖추지도 못한 집들은 페인트칠이 벗겨져 회색의 속살을 거침없이 드러냈다. 지붕이 처지고 문틀은 녹슬고, 시커먼 판지나 커튼으로 감춰진 실내는 햇빛이 닿을 수 없었다. 내가 사는 아파트단지에서 보는 사물들과는 너무나 다른 모습들이었다. 충격으로 다가오는 가난의 풍경에 나도 모르게 카메라 셔터를 눌러댔다.

마에는 자신의 개인 전시회를 위해 나에게 도움을 요청했었다. 포스터, 리플릿에 담을 사진 촬영을 맡아달라는 것이었다. 우리는 어제 저녁에 만나서 사진 촬영에 대해 기획하기로 했었다. 마에는 약속 장소에 나타나지 않았고, 전화도 안 되는 것이 불길했다. 다른 것은 몰라도, 시간 약속만은 철저하게 지키는 그였다. 내향성인 그는 친구도, 친척도 없었다. 이 세상에서 마에를 걱정해 줄 사람이 없다는 것이 제일 불안한 일이었다. 그에게 무슨 일이 생긴 건가 싶어, 나는 초조해진 마음으로 주소도 모르는 채 무작정 이 동네로 왔다.

집을 찾을 단서는 리어카가 그려진 벽화였다. 마에는 폐지를 모아서 생활했던, 죽은 친할머니를 기리기 위해 리어카를 벽화로 그렸다고 했다. 마당이라고 부르기에는 너무 작은 공터에 시멘트로 지은 집이 보였다. 옥상에는 대략 십 톤들이 파란 플라스틱 물탱크가 있었다. 벽 가장자리에 붙은 양철 문이 햇빛에 번쩍여서, 눈을 제대로 뜰 수가 없었다. 문 옆에 수묵화 느낌의 할머니 초상화와 리어카의 극사실적인 묘사가 대조를 이룬 벽화가 있었다. 벽 아래쪽에 검정 곰팡이가 번식해서, 할머니가 공중에 뜬 유령처럼 보였다. 래커 스프레이로 그리는 일반 그래피티와는 분위기가 달랐다. 그 벽화는 작가 소개에 유용한 내용이 될 것 같아 카메라 초점을 맞추었다.

문 근처를 아무리 살펴도 벨은 없었다. 양철 문을 두드리다 한 손으로 밀어보았다. 삐걱, 문 한쪽이 땅 위로 푹 내려앉았다. 허술한 문에 기대어 있던 바람이 나를 밀치고 먼저 들어갔다. 휘청, 몸이 바람에 밀려 집 안으로 들어섰다. 순간, 사람 사는 집이 아닌 쓰레기처리장에 들어섰다고 착각했다. 실내는 검정, 하양, 주홍, 파란색의 비닐봉지들이 산더미처럼 쌓여 있었다. 안을 제대로 채우지 못한 비닐봉지들이 바람을 맞아 파르르, 눈부신 여름 햇빛에 온몸을 떨어대는 플라타너스 잎들 같았다.

묵은 먼지를 털어내려는 듯 온몸을 부르르 떠는 것 같기도 했다. 막혀 있던 공기가 비닐을 퉁기면서 떨음소리를 만들었다. 이상한 소리는 그뿐이 아니었다. 골판지도 펄럭거리며, 통곡하듯 바닥을 치고 있었다. 박자를 맞추듯 일정한 소리를 냈다. 한 공간에 있는 사물들이 무반주로 화음을 맞추는 아카펠라 합창을 시작했다. 빈 페트병과 쓰러진 깡통이 좀비처럼 옆으로 몸을 비틀었다. 비닐봉지 위에 네임펜으로 일련의 번호가 적혀 있었다. 연도, 날짜, 장소와 간단한 메모가 적혀 있었다. 나름 중요한 추억과 의미가 담긴 비닐봉지들이었던 것이다. 타임캡슐 같은 것인지도 몰랐다. 모든 사물들이 생물처럼 꿈틀댔고, 잡동사니들로 바닥이 보이지 않았다.

마에 형. 방안을 향해 그를 부르며 발길을 떼었다. 해외직구로 구입한 고급 청바지에 잡동사니들이 몸을 비비며 우르르 달려들었다. 신발로 잡동사니들을 양옆으로 밀치면서 길을 만들었다. 비닐 뭉치들이 산사태처럼 무너져 내렸다. 잘못하면 쓰레기에 깔려 죽을 판이었다. 방과 부엌의 경계선이 없었다. 안방으로 보이는 곳은 박스가 쌓여 있었다. 이젤, 화판, 캔버스, 쪼그라든 튜브물감 같은 것도 보였다. 방바닥에 사람이 이불을 덮고 누워있었다. 쓰레기더미와 분간이 되지 않는 이불 근처로 다가갔다. 이불을 걷자, 마에의 얼굴이 보였다. 몸속의 모든 피가 다 빠져나간 듯 창백하고 핼쑥한 얼굴이었다. 안구는 깊이 들어갔고, 눈 밑에 다크 서클이 진했다. 이미 숨을 거둔, 세상의 고행을 마친 사람처럼 고요하고 평화로워 보였다. 그의 몸을 흔들었다. 의식이 없는지, 기운이 없는지 눈을 뜨지 못했다. 형, 마에 형, 눈 떠봐. 떨리는 손으로 그의 두 뺨을 번갈아가며 때렸다. 뺨을 맞고도 눈을 뜨지도, 신음소리도 없었다. 마음이 급해져 119에 전화했다.

병원 응급실로 실려 온 그의 병명은 영양실조였다. 수액주사를 맞히자, 의식이 돌아왔다. 그는 어렵게 얻어낸 기획전시회를 위해, 모아둔 돈을 깨지 않으려고 먹는 것까지 절약했다고 실토했다.

"목숨이 중요해요, 전시가 중요해요?"

"할머니 목숨 값으로 받은 돈이 얼마 남지 않았단 말이야."

할머니와의 약속을 지키기 위해서라도 개인전을 꼭 해야 된다고 강조했다. 마에가 여섯 살 시절, 이혼한 부모는 각자 제 갈 길을 가면서 할머니에게 자식을 맡겼다. 혼자서 손자의 양육을 맡은 할머니는 재래시장 길모퉁이에서 채소를 팔았다. 하루 종일 허리도 제대로 펴지 못하고, 작은 식칼로 마늘, 생강, 쪽파를 다듬었다. 어린 손자를 집에 홀로 둘 수 없어, 시장에 데리고 갈 때는 어린 마에에게 스케치북과 12색 크레파스를 손에 쥐여주었다. 어린 마에가 할머니 옆에서 그림을 그리면 기적이 일어났다. 지나가던 사람들이 어린 마에의 그림을 보고 한마디씩 했다. 손주가 천재네요, 할머니는 행복하겠어요. 그런 칭찬을 하는 행인들은 마늘이나 쪽파든 무엇 하나는 사주었다고 한다. 그러면 할머니는 행복한 미소를 지었다. 깊은 주름이 활짝 펴지며 젊어진 할머니 얼굴을 보면, 어린 마에도 행복했었다. 어린 마에는 할머니를 위해서라도 화가가 되어야겠다고 결심했다.

마에 형의 고등학교 시절, 그 재래시장은 없어졌다. 근처의 집들과 함께 재개발에 들어갔기 때문이었다. 그때부터 형의 할머니는 리어카를 끌고 다니며 폐지를 주웠다. 이 년 전, 할머니는 밤에 리어카를 끌고 집으로 돌아오다 산 너머에서 내려오던 차에 치였다. 불빛도 제대로 없는 산길에서 할머니는 차가 지나가길 기다렸다. 운전자에게는 검정 옷을 입은 할머니가 짙은 나무 그늘에 가리어 보이지 않았다. 할머니는 입원한 지 일주일 만에 돌아가셨는데, 운전자와 삼천만 원에 합의했다. 할머니는 죽기 직전 의식이 돌아왔다. 마지막으로 손자에게 남길 간절한 말이 있었다.

"장례식은 필요 없다. 합의금이라도 나오면, 네가 바라던 개인전을 해서 꼭 유명한 화가가 되어라."

손자는 할머니가 남긴 유산을 생활비로 조금씩 축내고 있는 중이었다.

내가 미대 지망생이었던 고2 시절, 미술 입시학원에서 마에 형을 만났다. 그림을 배우기 위해 학원 원장과 면담을 마쳤을 때, 한 청년이 원장실에 들어왔다. 낡은 점퍼에 무릎 위가 찢어진 청바지, 어깨까지 내려오는 곱슬머리에 깡마른 얼굴, 마른 다리로 흐느적거리며 걸어왔다. 옷에서 좋지 못한 냄새가 풍겼다. 습한 벽지에서 자라는 곰팡이 냄새 같은 게 내게 먼저 다가왔다. 원장은 실기 실력이 워낙 좋아서, 학생들이 그를 '마에스트로'라고 부른다고 소개했다. 원장은 둘이 이야기를 나누라며 원장실을 나갔다. 실기 선생은 물끄러미 나를 바라보다가 천천히 다가왔다.

"마용필이라고 해."

왼손잡이인 그는 나의 왼손을 잡고 악수했다. 그때 팔목에 난 면도날 자국을 발견한 그가 왜 이런 짓을 했냐고 내게 물었다. 학교 성적만 강요했던 부모에게 반항하기 위해, 나의 길을 찾기 위해 손목에 칼을 대었다고 설명했다. 나의 과거를 듣고 난 그는, 자유를 쟁취하기 위한 투쟁은 거룩한 것이라며 상처에 입맞춤했다. 예술가에게는 저항 의식이 필요하다며, 큰 예술가가 될 거라고 경이로운 눈으로 나를 바라보았다. 우리의 첫 만남이야말로 세기에 기록될 순간이라고도 했다. 홀린 듯 얼떨떨해서 나를 놀리는가 싶었다. 너무나 진지한 태도와 나를 꿰뚫어 보는 그의 눈빛에 놀라고 말았다. 철학적인 말과 태도에 빨려들어, 위대한 예술가가 된 미래의 내 모습을 머릿속에 그려보았다. 그 강렬한 첫 만남에 그를 나의 마에스트로, '나의 마에'라고 여겨버렸다.

　그는 미술 입시학원 강사로 겨우 생계를 이어갔다. 내가 대학생이 된 후, 그는 자신을 부르는 호칭을 바꾸자고 제안했다. 선생이란 단어가 부담스럽다는 것이다. 그때부터 나는 그를 형이라고 불렀다. 그는 성인이 된 나를 종종 불러냈는데, 식사와 술값이 부족해서였다. 나도 돈벌이가 없는 신분이어서, 어머니 명의로 된 신용카드를 사용해야만 했다.

　형이 맞은 링거 수액이 다 되었고, 우리는 병원에서 나왔다. 내가 앱으로 택시를 부르려고 하자, 형은 택시비로 식당에 가자고 했다. 또, 술이야? 뻔한 수법을 아는 나는 째려보며 물었다. 식당에 가서 식사를 하자고 해놓고, 항상 술이 주식이 되었다. 형은 영양 보충을 위해 고기를 먹자고 애걸했다. 할 수 없이 돼지고기를 파는 식당으로 갔다. 돼지목살과 소주 한 병을 시켰다. 낮술이네. 나는 바보처럼 번번이 속는다며, 소리나게 수저를 식탁 위에 놓았다.

　"전시할 작품들은 어디에 있어요?"

　"집 안에 보관해놨지."

　"집에 쓰레기들뿐이던데, 무슨 작품이 있다고."

　"쓰레기들 아니야. 삶의 기억물이고, 컬렉션이지."

　아까 형 집에서 보았던 수많은 비닐봉지에 매직으로 적혔던 연도, 일련번호가 기억났다. 앤디 워홀의 '타임캡슐'도 자연스레 떠올랐다. 골판지 상자, 캐비닛, 트렁크로 이루어진 앤디 워홀의 '타임캡슐'에서 나온 수집품은 칫솔 케이스, 식사 계산서, 헌 속옷 같은 것들이었다. 그것은 앤디 워홀의 수집품이라고 하지만, 실상은 버리지 못한 잡동사니를 모아둔 것이 아닐까. 그 잡동사니마저 비싸게 팔렸지만, 형은 앤디 워홀이 아니다.

형의 잡동사니는 기억을 수집한다는 명목 아래 모아둔 가치 없는 쓰레기일 뿐이다. 쓰레기장 같은 형 집을 떠올리고, 나도 모르게 고개를 절레절레 저었다.

형은 집게를 들고 고기를 구우며, 자신의 전시회에 대한 계획을 이야기했다. 설치미술이라 용달차를 빌릴 건데, 그전에 우리 집 아파트 폐기물처리장에서 가전제품이나 인테리어용으로 쓸 만한 물건이 있으면, 자신에게 보내 달라고 했다. 나는 전시회의 주제를 물었다.

"집이야. 노숙자, 전세 사기에 걸려 오갈 데 없는 사람들을 위한 전시가 될 거야. 집이 안식처가 되어야 하는데 오히려 집 때문에 고통받는 자들을 위한 위로와 치유의 전시랄까."

"그런 것은 정치가나, 돈 많은 자선사업가가 하는 거죠."

"왜 이래, 미술 한다는 놈이. 사회문제 제기라고 할까. 나는 돈이 없어서 판자촌에서 살아. 하늘거리는 실크로 천상계를 연상하게 하는 집이나, 철제로 만든 집은 비슷한 흉내도 낼 수 없어. 미술이 아름다워야 하는 것도 아니고."

"도록에 수록할 작품 사진 찍으라고, 사진기 들고 오라고 한 것 아니었어요?"

"포스터 만들 사진만 찍어줘. 제목은 '이것은 집이 아니다'로 할 거야."

화면 가운데 파이프를 사실적으로 그려놓고는 그 밑에 '이것은 파이프가 아니다'라고 글을 적은, 제목이 '이미지의 배신'인 초현실주의 작가 르네 마그리트의 그림이 떠올랐다. 나는 이 그림을 볼 때마다 '말과 사물' 사이의 차이와 유사성을 생각해보곤 했다.

"르네 마그리트의 '이것은 파이프가 아니다' 오마주? 그림 속의 담배 파이프로는 담배를 피울 수 없다, 라는 거죠."

"오마주, 차용……그런 것 아니야. '이것은 집이 아니다', 전시장의 집은 거주할 수 없으니깐. 그렇게 이야기해도 되겠네."

형은 농담하듯 허허, 웃으며 말했다. 집게로 집은 돼지고기를 입에 넣기 바빴다. 왜 자신의 작품세계에 대해 대답을 못하는 걸까. 자기 예술에 대한 철학이나 미학이 성립되어 있지 않은 것이 아닐까, 하는 의심이 순간 들었다. 형을 과대평가하고 있는지도 몰랐다. 마침 철판에 고기가 거의 없어졌다. 얼른 계산하고 집으로 가자고 했다. 아직 해가 남아있으니, 오늘 할 촬영을 하자고 형을 자리에서 일으켜 세웠다.

정말이지, 형 집에는 두 번 다시 들어가기 싫었다. 형만 집 안으로 들여보내고, 사진을 찍을 만한 장소를 물색했다. 다행히 해는 천천히 아랫마을로 내려갈 모양이었다. 형이 집에 들어가 옷을 갈아입고 나올 때까지 주변 사진을 찍었다. 깨어진 벽돌, 쓰러진 의자, 낡은 물건들이 벽을 의지하며 세워져 있는 것에 초점을 맞추었다. 쓰레기도 찍고 보니, 작품이 되었다. 사진을 찍고 있을 때 형이 집에서 나왔다. 봄인데도 누더기 외투를 겹쳐 입고, 벙거지를 쓰고 나왔다. 주변의 물이 오른 연둣빛과는 도저히 어울리지 않은 차림이었다. 폐지가 가득 든 리어카를 끌고 큰길로 나왔다. 위쪽에서 찍으면, 역광이 돼서 얼굴이 제대로 나오지 않는다고 하니까, 형은 그것을 노렸다고 했다. 나는 가파른 산길을 한참 올라가서, 형이 올라오는 모습들을 여러 장 찍었다. 집으로 돌아가는, 리어카를 끄는 뒷모습을 동영상으로 찍기도 했다. 동영상, 사진을 인쇄소에 메일로 보내면 나의 일은 끝났다.

드디어, '마용필 첫 개인전'이 열렸다. 큰 빌딩 안에 식당, 사무실, 갤러리 등이 있었다. 갤러리는 넓은 지하실이었다. 지상에서 지하로 내려오는 입구 벽에 캔버스 이백 호 정도의 실크스크린으로 만든 포스터가 걸렸다. '마용필 첫 개인전'이라는 큰 고딕체가 눈에 쏙 들어왔다. '이것은 집이 아니다'라는 제목 밑에 '리어카를 끄는 예술가'라는 뭔가 서사를 느끼게 하는 문구가 적혀 있었다. 입구 옆에 비닐봉지를 잔뜩 실은 리어카가 대기했다. 리어카에 실린 하얀, 파란 비닐봉지에 적힌 글을 자세히 보았다. '할머니에 관한 기억들', 연도와 일련번호가 매겨져 있었다. 지나가던 사람들이 리어카를 훔쳐보며 인상을 썼다. 거대한 빌딩숲의 깨끗한 거리에 이런 폐기물이 존재한다는 자체가 불쾌하다는 표정이었다.

지하 계단으로 내려갔다. 전시장 입구에 있는 작은 책상 위에는 작가, 전시 일정, 갤러리 위치를 알리는 전시 브로슈어 수십 장뿐이었다. 첫 개인전 개막식인데도 초대 손님도, 차려놓은 음식도 없었다. 회색 벽에는 "모든 관람객은 사회 개선을 위해 다양하게 작품에 참여해야 한다."는 프린트물이 라벤더색 바탕에 흰 글씨로 붙어있었다. 전시 내용과는 전혀 어울리지 않는 아름다운 바탕색이었다. 전시장에는 파란 플라스틱 물탱크가 몇 개 누워있었다. 가까이 가서 보니, 그곳은 작은 방으로 꾸며져 있었다. 밑에 담요를 깔았고, 위에는 전구를 달았다. 베개와 책들도 있었다. 다른 플라스틱 물탱크에는 작은 무드 등과 빗, 거울 등을 두어 여자의 방이 연상되도록 꾸며져 있었다. 이불과 수건, 작은 책상까지 만들어 꾸며놓았다. 그곳에 들어가서 노숙자들을 위한 집을 체험하라는 것이었다. 나는 이미 형을 통해 가난을 간접 체험하고 있던 터라, 그곳에 들어갈 마음은 추호도 없었다.

푹신한 보라색 쿠션으로 된 고양이 집도 보였다. 호사스럽게도 가장자리에 꽃무늬 천이 둘러져 있었다. 그곳에 고양이 한 마리가 고른 숨소리를 내며 잠자는 중이었는데, 갈색과 노란 털이 섞인 귀여운 고양이었다. 벽에 붙은 제목은 '모든 동물은 예술가다'였다. '모든 사람은 예술가다'라는, 독일 현대미술의 거장이자 개념미술가 '요제프 보이스'의 문구를 가져온 것으로 추측되는 제목이었다. 형이 이렇게 남의 것 도용을 잘하는 사람인지 처음 알았다. 예술은 남의 것을 훔치는 것이라고 하더니, 형은 '요제프 보이스'의 문구를 훔쳤다.

반대편 벽면에 해체된 박스들이 일 미터 높이로 두 군데 쌓여 있었다. 박스들은 '집짓기'에 필요한 자재였다. 골판지를 여러 장 올려서 침대처럼 만들어 놓은 것도 있었다. 깨끗한 흰 천이 깔려있어 눕기에 거부감은 없었다. 나는 웃옷을 벗어 모서리에 걸쳐 두고 그곳에 누웠다. 제법 편안한 느낌이었다. 누워서 눈을 감으니, 어디선가 사람들의 소리가 낮게 들려왔다. 벽 모서리의 검정 커튼 안에서 들려오는 소리였다. 나는 박스 침대에서 일어나, 검정 커튼을 걷고 안으로 들어갔다. 작은 방안에 빔 프로젝터가 돌아가고 있었다. 새소리와 물소리가 들려오는, 형이 사는 동네의 정경이었다. 한쪽 벽을 가득 메운 스크린에는 산동네 벽화를 그리는 형의 일상이 상영되었고, 그 앞에는 긴 나무의자 네 개가 놓였다.

뱅크시의 작업은 남의 집 벽과 길거리에 허락을 받지 않고 하는 불법적 행위였기에, 스텐실이라는 판화기법을 이용해 스프레이를 뿌리는 방식이었다. 뱅크시는 사회비판, 전쟁반대의 이슈를 가지고 남몰래 작업을 해서 얼굴 없는 예술가로 유명해졌다. 그런 반면, 마용필은 얼굴 있는 화가였다. 동네 사람들의 부탁으로 사람들이 보는 곳에서 작업을 했다. 스크린을 통해 사회 참여 예술을 실천하는 형의 모습을 볼 수 있었다. 형이 작업하는 중에 막걸리를 갖다주는 산동네 어르신들도 보였다. 나는 검정 커튼 방 벤치에 앉아서 형이 작업하는 영상을 감상했다.

첫 개인전을 축하합니다. 목소리와 외모가 아름다운 여자인 큐레이터가 전시실에 나타났다. 그녀는 이 전시를 자신이 기획한 것이라, 전시가 성공해야 한다고 운을 뗐다. 큐레이터는, 작가는 신비감이 있어야 하므로 형에게 관객과 한마디 말도 하지 말라고 당부했다. 형은 언제나 그렇듯 무표정한 얼굴이었다. 갤러리 측에서 섭외한 신문사의 문화부 기자가

왔다. 큐레이터는 기자에게 형을 인사시켰고, 형은 잘 부탁한다는 등의 인사치레 대신 악수만 했다. 형은 큐레이터 말대로 신비성을 유지하기 위해 침묵하기로 작정했다. 큐레이터와 기자는 이야기를 나누며 전시장을 둘러보았다.

언제, 고양이는 잠에서 깨어 밖으로 나갔을까. 소리도 없이 전시장에서 사라졌다. 먹을 것을 주지 않은 것은 형의 잘못이었다. 자신이 굶는다고 동물도 굶주리게 해서는 안 되었다. 고양이를 찾으러 밖으로 나가야 하나, 망설일 때 건물 경비원이 왔다. 빌딩 입구에 있는 리어카를 치워달라고 했다. 민원이 들어왔다고, 구청에서 빌딩사무소로 전화가 왔다는 것이다. 빌딩 앞이 너무 지저분해서 시민들이 격분했다고 전했다. 리어카에 있는 비닐봉지를 고양이가 찢어서, 쓰레기들이 터져 나왔다고 경비원이 설명했다. 그 이야기를 들은 형이 진지한 표정으로 말했다.

"모든 동물은 예술가입니다. 그 고양이는 행위예술을 한 것입니다."

동물이 행위예술을 한 것은 처음 본다며, 기자는 수첩에 볼펜으로 메모했다. 형과 나는 기자와 함께 지상으로 나갔다. 리어카의 비닐봉지가 터져서 '할머니에 관한 기억들'이 거리에까지 흩어져 있었다. 기억들은 살이 부러진 검정 우산, 음료수의 침전물이 말라붙은 종이컵, 요즘 보기 드문 참빗 같은 쓰레기들이었다. 행위예술을 했다는 고양이는 어디로 갔을까. 형 말로는 산동네에서 떠돌던 야생 고양이가 도시의 길냥이가 되었다는 것이다. 그 고양이는 도시의 가공식품에 길들여져, 퉁퉁 불은 몸매로 도시의 밤거리를 누비고 다닐 것이라고 예언했다. 고양이도 도시의 풍요로움에 젖어 게으른 삶을 살 것이라고도 했다. 떠돌이 고양이를 찾을 마음은 없어 보였다. 경비원은 리어카를 치워달라고, 빌딩 사람들이 지금 난리라고 재차 말했다. 나는 경비원에게 이만 원을 쥐여주며 청소를 부탁했다. 경비원은 알겠다며 빗자루를 가지러 갔다.

그날 밤, '마용필 첫 개인전'은 문화계 소식이 아닌, 사건 사고로 TV 뉴스에 나왔다. 시청자 제보로 방송국에 동영상을 보낸 것이었다. 갤러리 입구의 포스터와 함께 리어카에 실린 비닐봉지들이 클로즈업되었다. 쌓인 비닐봉지가 움직이더니, 고양이가 비닐을 날카로운 앞발로 풀어헤치는 모습이 드러났다. 지저분한 오물들이 보도블록과 차도를 더럽혔다. 영상은 거리에서 전시장 안으로 바뀌었다. '모든 동물은 예술가다'라는 전시장의 글씨를 보여주었다. 전시장 전체 모습도 잠시 찍혔다. 한 중년 남자가 길을 지나가다 갑작스레 흙탕물을 뒤집어쓴 것 같은 표정으로 인터뷰에 응했다. 이 거리를 지나면서 이렇게 불쾌감을 느낀 적은 없었다고, 보기 싫은 걸 억지로 받아들여야 하는 광고보다 더 짜증스럽다고 말했다. 아나운서는 정자세로 고쳐 앉으며, 시청자들을 향해 이런 논평으로 끝맺었다.

"예술이란 이름으로 도시의 미관을 더럽히는 일이 많습니다. 폐기물은 폐기물처리장으로 가야 될 것 같습니다."

다음날 아침, 전시장에 두었던 리어카를 다시 지상으로 올려놓았다. 리어카에 담긴 비닐봉지를 찢는 고양이의 행위예술을 보려는 사람들이 일부러 갤러리를 찾았다. 안타깝게도 고양이는 형의 예언대로 돌아오지 않았다. TV 뉴스를 보고 찾아온 관람객들은 박스로 집을 만들었고, 자신이 만든 집 속에 들어가서 눕기도 했다. 심지어는 고양이 집을 깔고 앉는 만행까지 저지르는 적극성을 보였다. 무심코 거리를 지나가다가 리어카의 파랑, 검정, 하얀색의 비닐봉지를 보고 갤러리로 들어오는 사람도 있었다. 검정 커튼 방 안에 있는 네 개의 긴 나무의자에 사람들이 꽉 차서, 박스를 가져와서 그 위에 앉아 영상을 관람하는 사람들도 생겼다. 그들은 형이 산동네의 허물어진 벽에 그림을 그리는 모습을 진지하게 보앉다. TV 방송국에서 기자와 촬영기사까지 와서 거지 차림으로 앉아있는 형을 인터뷰했다. 형은 최대한 말을 아꼈고, 큐레이터가 대변인이 되어주었다. 이번 전시는 사회 참여 예술이다. 현대 사람들에게 집이란 무엇인가, 라는 질문을 던진다고 설을 풀었다. 형 할머니의 죽음, 산동네 벽화 작업에 대한 이야기를 큐레이터는 감칠맛 나게 말했다. 듣는 사람들은 앞으로 대가가 될 한 작가의 신화를 듣는 것 같았다.

전시가 끝난 한 달 뒤, 형이 산속에서 막걸리라도 같이 하자며 산동네로 놀러오라고 했다. 일요일, 나는 마을버스 종점에서 내렸다. 이상하게도 젊은 사람들이 산동네에 많이 와 있었다. 휴대폰으로 이곳저곳 사진을 찍어대는 것으로 보아서 다른 동네 사람들로 짐작했다. 그들은 마용필의 벽화를 구경 온 사람들이었다. 걷다가 사람들이 모인 곳으로 가보면, 그곳에 형이 그린 벽화가 있었다.

사람들이 가장 많이 모인 곳은 버스종점과 몇백 미터 떨어진 버스정류소였다. 버스정류소 앞, 구멍가게 벽에 그려진 벽화를 보았다. 작은 체구에 외투와 머플러를 두른 할머니가 머리 위에 두 팔로 X자를 만든 채, 공포에 질린 채 서 있었다. 옆에는 '여기 사람 있습니다.'라는 글이 적혀 있었다. 형의 할머니가 거기서 사고를 당한 모양이었다. 전설을 이야기하듯 그림에 대해 해석해 주는 사람도 눈에 띄었다. 대학생으로 보이는 남자였는데, 도슨트나 문화해설사도 아니었다. 자칭 마용필 작가의 열혈팬이라고 했다. 할머니의 죽음에 대해서 나보다도 더 상세하게 알고 있었다. 그림 설명이 끝나자, 모인 사람들은 남자를 따라 다른 벽화로 줄지어 걸어갔다.

형 집이 가까워지자, 놀라운 광경이 펼쳐졌다. 집 안에 있는 비닐봉지들을 마당에 내놨다. 많은 사람들이 좁은 마당에 줄 서 있었다. 사람들은 '할머니에 관한 기억'을 사려고 지갑을 꺼냈다. 사람들은 비닐봉지 속에 무엇이 들었는지 알 수 없는데도, 무조건 하나에 십만 원씩 주고 샀다. 멀지 않아 몇백 배, 몇천 배 오를 것을 기대하며 작품에 투자한다는 것이다. 미술품은 사다 놓으면 가격이 내려가는 일이 없어서, 시간이 지나가길 인내하면 된다고도 했다. 사람들은 마용필이 한국의 '요제프 보이스'나 '앤디 워홀'이 될 것으로 생각했다. '할머니에 관한 기억'을 팔 때마다 형의 허리춤에 찬 전대가 점점 불룩해졌다. 앤디 워홀의 말이 떠올랐다. 돈을 버는 것도 예술이다. 아, 나의 마에!

다른 하나

은미숙

'자기'를 찾아가는 길

나는 평소 '내가 누구이며 어디에서 와서 어디로 가고 있는지, 어떻게 살아야 하는지'에 대해 궁금했다. 말하자면 내가 본질적으로 가지고 있는 특성이자 개성에 대한 물음을 포함하여 그것을 발현하려면 무엇을 어찌해야 하는지 알고 싶었다.

분석심리학자 융은 인간의 궁극적인 목적이 심층에 내재하는 원형, '자기(Self)'를 실현하는 것이라 했다. 즉 자신의 가치나 내면의 자아에 집중하여 본질적인 개성을 찾아가는 것을 말한다. 그것이 내게는 소설을 공부하고 쓰는 일이 아닌가 싶다. 이 일에 재능이나 소질이 있는지 확신이 서지 않아서 고통스럽고 괴롭기도 하지만 소설이 주는 행복은 만만치 않다.

융의 논리에 따르면 인간은 '자기'를 찾는 것이 삶의 목표라고 했다. 인간이 자신의 정체성을 찾고 확립하는 과정은 일생에 걸쳐 다양한 형태로 나타나고 수많은 과정을 거듭하며 진행된다는 것이다. 지금 내가 '자기'를 찾아가는 여정에 있다고 생각하면 기쁘기도 하다.

여전히 나는 '내가 누구이며 어디에서 와서 어디로 가고 있는지, 어떻게 살아야 하는지'에 대한 물음이 계속되고 있다. 소설을 포기하지 못하는 이유이기도 하다. 어떻게든 노력하며 진정으로 이루고 싶은 꿈이 있지만, 거기에 도달하기 어려워서 좌절하다가도 소설을 꿈꿀 때 행복해하는 나를 발견하곤 한다. 소설을 공부하고 쓰는 동안은 그 물음에 대한 답을 찾게 되고 '나답게' 살고 있다는 생각이 든다. 나답게 살 수 없는 현실과 불화하면서 나를 잃어버리지 않을 수 있을까. 나의 화두는 나답게 살지 못할 때, 그 절망과 고통이 얼마나 치명적인지에 대한 물음일 수 있다.

삶의향기 동서문학상에서 큰 상을 받아 기쁘다. 내 습작이 과연 소설이 될 수 있는지 알고 싶었는데 이번 기회로 심사위원 선생님들께 인정을 받은 것만으로도 감사할 따름이다. 소설이 무엇인지 앞으로도 꾸준히 배워가다 보면 언젠가는 소설다운 소설을 쓰게 될 날이 오리라 기대한다. 그때쯤에는 나의 원형인 '자기'를 찾아 '진정한 나'답게 살아가게 될까. 그 꿈을 이루고 싶다.

여러모로 부족한 글을 뽑아주신 심사위원 선생님들께 감사드립니다. 소설을 공부하고 쓰는 일에 더욱 힘쓰겠습니다. 이 상을 계기로 새롭게 힘을 얻습니다. 도대체 나는 어떤 존재인가, 내가 나답게 살려면 무엇을 어떻게 해야 하는가에 대한 질문에 대해 작은 실마리를 찾게 되었습니다. 오랜 시간 소설을 포기했다가 다시 소설을 꿈꾸게 되어 기쁩니다. 좋은 소설 쓰는 날을 바라봅니다. 큰 상 받았다고 누구보다 기뻐해 주고 칭찬해 주는 남편과 두 딸, 올여름에 식구가 된 큰사위에게도 사랑을 전합니다.

다른 하나

은미숙

　남옥은 젖은 수건으로 얼굴을 문질렀다. 한 시간이 넘도록 전신 맛사지를 하느라 이마에서 진땀이 흘렀다. 탈의실 평상에 앉아 휴대폰을 열었다. 부재중 전화가 두 통이 떴다. 휴대폰으로는 좀처럼 전화를 걸지 않던 큰 시누이는 전화해달라는 문자까지 남겼다. 버튼을 누르자 큰 시누이는 뜬금없이 큰 시숙 험담부터 했다.

　"큰오빠도 참, 하늘이 무섭지도 않은가벼. 우리가 이렇게 시퍼렇게 살아있는데 어째 그런디야? 그 용한 양반이 젊어서는 안 그랬는데 노망이 들었나? 보나 안 보나 큰올케가 쏘삭거렸을 겨. 욕심이 좀 많아야지."

　"시골에 무슨 일 났어요? 아주버님이 사고라도 내셨어요?"

　"사고라면 큰 사고지. 이 노릇을 어쩐대? 큰오빠가 올케네 땅을 팔아 먹었디야."

　"우리 땅을 팔다니요? 벌초 때만 해도 아무 말 못 들었어요."

　"추석 전에 팔았대."

　상의도 없이 큰 시숙이 남편 소유의 땅을 처분했다는 말이다. 큰 시숙과 한동네에 사는 작은 시누이한테 들었다는 것이다.

　"저 시골에 갔다 온 지 석 달밖에 안 됐어요. 그때도 아무 말씀 없으셨는데 그 사이 땅을 팔아요? 아무리 몇 마지기 안 되는 밭이래도 그렇게 빨리요?"

시아버지가 살아계실 때 삼 형제에게 땅을 나눠주었다. 땅문서는 없었지만 딸들도 아는 일이었다.

"딸들한테는 밭뙈기 한 평도 안 줬어. 평생 부려먹기만 했지. 난 큰 딸이라구 국민학교 댕길 때도 동생들 키우고 집안일 하느라 쎄가 빠졌어. 친구들이랑 놀고 싶어도 동생들 때문에 맘 편히 놀아본 적이 없어. 오죽하면 막내를 포대기에 싸서 업고 팔방놀이를 했다니까."

수십 년 전 일까지 들먹이며 부아를 쏟아내던 큰 시누이는 조만간 큰집에 다녀오자며 전화를 끊었다. 지난 벌초 때만 해도 별다른 일이 없었다. 남옥은 이번에는 작은 아들하고 시골에 다녀왔다. 목재 공장에 다니는 큰아들은 바쁘다고 했기 때문이다. 벌초를 마치고 큰 시숙 내외와 시내 횟집에 가서 점심식사를 했다. 큰 시숙은 소주 한 병에 홍어회 큰 접시를 거뜬히 비웠다. 남옥은 큰 시숙이 아버지처럼 의지가 됐다. 큰 시숙은 간간이 '이제 대전만 걱정이여, 다들 밥 먹고 사는디'라며 남옥의 처지를 딱해했고 마음을 써주었다.

남편은 큰 시숙과 많이 닮았다. 축구를 좋아하던 남편은 운동선수처럼 건장했다. 누구도 사십 중반을 넘기자마자 세상을 떠날 거라고 생각지 못했다. 김장을 담그던 날이었다. 남편은 하필 왜 눈 오는 날 김장을 하느냐고 타박했다. 그러면서도 돼지고기 보쌈에 막걸리를 곁들여 푸지게 저녁을 먹었다. 한밤중에 가슴이 답답하다며 식은땀을 흘리던 남편은 김장이 목에 걸린 것 같다고 켁켁거렸다. 연거푸 밭은기침을 하더니 손을 쓸 사이도 없이 거목이 쓰러지듯 거꾸러졌다. 구급차에 실려 응급실 가는 사이 숨이 끊어졌다. 심근경색이었다.

남옥은 졸지에 닥친 남편의 죽음을 받아들이기 어려웠다. 저녁때면 남편이 퇴근해서 돌아올 것만 같은 생각이 들었다. 남편이 부르는 듯한 환청에 시달렸다. 잠깐 눈을 붙였다가도 남편이 현관문을 열고 들어오는 소리에 놀라 깼다. 사람이 들어왔는데도 나와 보지 않는다며 부엌에서 투덜대는 남편의 목소리는 또렷하고 생생했다. 그것은 남편의 목소리 같기도 했지만 때로는 악몽의 잔영처럼 여겨지기도 했다.

한창 사춘기를 지나는 삼 남매도 아버지를 잃은 상실감에서 헤어나오지 못했다. 하지만 남옥은 그것조차 살필 겨를이 없었다. 큰딸 소영이와 큰아들 성훈이는 그나마 고등학교까지 다녔지만 작은아들 영훈은 중학교만 졸업하고 진학을 포기했다. 워낙 공부를 싫어하는 영훈은 가정형편도 어려운 데다가 학벌까지 없으면 더 천대받는다고 말해도 듣지 않았다. 남옥은 마음을 독하게 먹었다. 누구의 도움도 받지 않고 삼남매를 키워야 했다.

돈벌이가 될 만한 일을 찾아 나섰다. 건물 청소를 다니면서 밤에는 식당 주방 설거지도 했다. 해보지 않은 일이라 건물 청소를 하던 중 다리를 다친 적도 있었다. 창문을 닦고 내려오다가 맨 밑을 못 보고 발을 헛디뎠다. 일당보다 병원비가 더 나갔다. 식당에서는 쌓아놓은 식기를 넘어뜨려 망신을 당하기도 했다. 설거지만 했는데 몸살이 나 여러 날 앓아누웠다.

십여 년간 목욕탕 일을 하는 동안 재정난으로 목욕탕이 없어지기도 하고 주인이 여러 번 바뀌는 바람에 이리저리 옮겨 다녔다. 이 년가량 일하던 목욕탕이 코로나가 닥치면서 반년 동안 폐업을 했다가 다시 문을 열었다.

단골들이 다른 목욕탕으로 옮겨갔는지 여러 달이 지나도록 보이지 않았다. 때를 밀고 나서 전신 맛사지까지 받던 단골들 덕분에 근근이 수입을 유지했는데 요즘은 때를 미는 손님도 줄었다. 목욕탕은 냉탕과 온탕에 건식 사우나실만 갖춘 작은 규모이다. 그렇지만 물이 깨끗하다고 소문이 나 단골들로 북적였다. 전에는 목욕탕 쉬는 날만 빼고 매일 나갔다. 요즘엔 평일 이틀과 주말에만 나갔다. 일 없는 날 일찍 시골에 다녀오자는 큰 시누이 등쌀에 그러겠다고 했지만 이미 벌어진 일인데 되돌릴수 있을까 싶어 마음만 언짢았다. 남편이 살아있어도 큰 시숙이 그런 일을 벌였을까. 아버지처럼 의지하고 믿었던 터라 더 서운했다.

*

점심때가 다 되도록 손님이 없었다. 오늘도 공을 치려나. 남옥은 혼잣말을 중얼거렸다. 탕 안에 손님이 거의 빠져나갔다. 남옥은 안쪽 휴식실로 들어갔다. 나무 의자 위에 놓인 전기밥솥이 뜨거운 수증기를 내뿜었다. 가방에 있는 밑반찬을 꺼내며 남옥이 매점을 향해 말했다.

"애심아, 밥 다 됐어, 어여 와."

냉장고에서 알타리 김치와 갓김치를 꺼내 온 애심이 조심스럽게 입을 열었다.

"언니, 뭔 일 있어요? 얼굴이 상한 것 같네. 손님이 없어서 그래요? 나 같은 사람도 사는데 뭐. 언니도 보다시피 이제 음료수도 안 나가요. 커피도 그렇구. 식혜 해 봤자 본전도 못 건져. 식혜 하나는 잘 팔렸는데. 아무리 봐도 여기 오래 못 갈 거 같아요. 내놔도 팔리지 않아서 문만 열어놓은 거니까. 업종 바꿀래도 철거비용만도 엄청나서 이러지도 저러지도 못한대잖아요."

남옥이 밥솥을 열어 주걱으로 헤치며 말했다.

"손님 없어서 그러는 거 아냐. 집안일이라 남부끄러워서 어디다 말도 하기 싫어."

"아따 언니두 참, 남부끄럽기는. 우리 사이에 뭔 말이래요. 아들덜이 또 손 벌려요? 또 직장 때려쳤어요? 개덜은 언제까지 그러구 산대요? 아들덜이 걸핏하면 손 벌려서 어째요? 언니나 나나 그놈의 아들네들 땜에 속 편할 날이 없네."

첩첩산중이라 땅을 팔아봤자 큰돈이 될 리는 없었다. 그렇지만 영훈이 결혼할 때쯤 팔아 보태줘야겠다는 계획은 있었다. 그때쯤이면 큰 시숙도 농사를 그만둘 거라고 생각했다.

자초지종을 들은 애심이 밥을 먹다 말고 한 손으로 바닥을 쳤다.

"아이고오 참, 환장하겠네. 이거 그냥 넘어가면 안 돼요 언니. 애덜 데리고 가서라도 이판사판 따져야겠네. 돈도 돈이지만 사람이 그러면 못쓰지요. 죽은 동생 생각해서라도 그럼 되나. 아휴 언니, 속 터지겠네."

먹던 밥을 물에 말아서 마시려는데 휴대폰이 울렸다. 애심이 반찬 그릇을 치우면서 전화나 받으라는 시늉을 했다. 통화버튼을 누르자 큰 시누이가 씨근거렸다.

"이 두 영감탱이를 어떡하면 좋냐? 큰오빠나 작은오빠나 다 똑같어. 내가 이럴까 봐 작은오빠한테 쉬쉬하자고 했구만 고놈의 부동산 예펜네가 작은올케한테 찔렀대."

당장이라도 큰 시숙을 찾아가 담판을 짓자던 큰 시누이가 이번에는 작은 시숙을 원망했다. 작은 시숙이 변호사를 고용했다는 것이다.

"큰오빠가 밥도 못 먹는대. 그럴 거면서 무슨 배짱으로 일을 벌였나 몰러. 그나저나 작은오빠도 참, 변호사까지 불러? 지가 한 짓도 있음서. 내 참, 코딱지만한 땅뙈기 몇 마지기 가지고 이게 무슨 짓들이여."

형제간에 돈 문제로 다툰 적은 없는데 집안이 망할 징조라며 큰 시누이가 끌탕을 했다.

"작은 시숙이 변호사를 샀대요? 누가 그래요?"

"변호사가 큰 오빠한테 전화를 했다대. 큰오빠가 협박이라도 받았는지 밥도 못 먹고 큰 병 나게 생겼다는 겨. 아무리 그래도 작은오빠가 큰오빠한테 그러면 못쓰지, 지가 한 짓이 있는디."

남옥이 물었다.

"전화한 사람이 변호사가 맞대요? 변호사라면 직접 전화를 했을까요?"

"엉? 글씨, 그런가? 듣고 보니 이상하긴 하네. 밭떼기 값보다 변호사값이 더 클긴데, 고 꽁생원이 덜컥 변호사를 샀대는 것도 말이 안 되는 것 같긴 허네. 진짜 변호사라면 직접 전화를 안 하겠지?"

큰 시누이는 작은 시누이랑 통화해 보겠다며 전화를 끊었다.

남옥은 유리문을 밀고 탕 안으로 들어섰다. 탕 주변에 앉아 바가지로 물을 떠서 몸에 붓던 손님이 남옥을 돌아보았다.

"난, 어디 갔나 했네. 나 이따가 때 좀 밀어줘. 탕 속에서 때도 불리구 찜질방 들어가서 지지구 나올게."

"그러세요. 오랜만에 오셨네. 오신 김에 맛사지도 하시지?"

"오늘은 바뻐. 손자 보러 가야 혀. 맛사지는 담에 와서 헐게. 나 요즘 딸네집에 다니느라 정신이 없어."

"얼마나 바쁘시길래 맛사지를 못하세요? 손자 보려면 신간이 편해야지요. 등이랑 어깨 싹 풀어드릴게요."

"그럴까? 허긴 몸이 찌뿌둥하긴 혀. 기다리는 사람은 읎어?"

"없어요. 실컷 불리세요."

샤워기 앞 의자에 드문드문 앉은 손님들이 몸을 닦았다. 남옥은 널려 있는 의자를 제자리에 놓고 대야와 바가지를 집어다가 쌓았다. 바가지를 잘못 엎었는지 한꺼번에 와르르 무너졌다. 깨지기라도 할 듯 바가지가 우탕탕, 바닥에 나동그라졌다. 가슴 한쪽에서 무언가 터지는 것 같았다.

바가지를 차곡차곡 다시 쌓았다. 냉탕 가장자리에 앉아 발을 담갔다가 숨을 들이마시며 천천히 물속으로 들어갔다. 깨끗한 수돗물 특유의 상긋한 냄새가 코끝에 풍겼다. 흡, 숨을 들이마셨다. 냉기가 전신에 퍼지면서 정신이 아찔해졌다. 손바닥을 펼쳐 물을 밀쳐내듯 앞으로 내밀며 흔들었다. 발을 동동 구르며 냉탕을 돌자 뼛속까지 냉기가 스미며 몸이 딱딱하게 굳었다. 남옥은 몸이 불편할 때는 뜨거운 물에 몸을 담갔다. 그러면 뭉쳤던 근육이 풀리고 몸이 가뿐해져서 일하기도 수월했다. 오십견을 극심하게 앓은 후 양쪽 어깨와 등에 후유증이 남았다. 병원에서 마취한 상태로 굳은 어깨를 돌려 강제로 풀었는데 늘 어깨가 아프고 등이 뻣뻣했다. 한약방에 가서 부항 뜨고 침을 맞으면 시원했지만 그때뿐이었다. 뜨거운 물에 들어가 어깨까지 몸을 담그면 통증이 덜했다. 하지만 지금은 뜨거운 물에 들어가면 안 될 것 같았다. 가슴을 뚫고 맺히고 응어리진 울분이 쏟아져 나오는 것이 느껴졌다. 악착같이 참고 눌러온 감정이었다. 몸 안에서 설움이 끓어올랐다. 남편 없는 여자의 설움. 이가 딱딱 부딪히고 몸이 떨렸다. 찜질방에서 나온 손님이 냉탕 물을 떠서 머리 끝에서 발끝까지 붓고는 첨벙거리며 들어왔다.

온탕에 들어가자 얼얼한 몸이 따가웠다. 얼었던 몸이 갑자기 녹으면서 몸도 마음도 놀랐다. 고개를 젖히고 두 손바닥을 목뒤에 갖다 댔다. 소름이 가시면서 몸이 노곤해졌다. 남편이 물려준 유일한 재산인데 만져보지도 못하고 뺏기다니. 숨을 깊이 들이마셨다가 내쉬었다. 꼭 돌려받을 거야. 그러면서도 남옥은 시골에 다니러 가는 일이 망설여졌다. 큰 시숙이 그렇게 매정하다는 사실을 인정하기가 두려웠다. 그렇다고 이대로 당할 수는 없는 일이었다. 뜨거운 물에 몸을 담가도 가뿐하지 않고 뒤엉킨 감정도 풀어지지 않았다. 마음의 동요를 좀체 조절할 수 없었다. 치밀었다가 사그라들기를 반복하는데 추스르기가 힘들었다.

*

　베란다 창밖으로 싸락눈이 내리는 것이 보였다. 숲을 이룬 나무들 위로 눈꽃이 피었다. 남옥은 멍하니 그 모습을 지켜보았다. 피로감이 몰려와 눈이 시큰거리고 어깨가 무지륵했다. 뿌옇게 김이 서린 창문을 손으로 문지르며 바깥을 내다봤다. 창문에 얼굴을 가까이 대자 금세 한기가 느껴지고 뺨이 차가워졌다. 창밖의 풍경을 보면 앞마당 같은 산자락에 마음이 끌리기도 했고 인생이 얼마나 빨리 지나가나 쓸쓸해지는 느낌이 엇갈렸다. 창 너머는 을씨년스럽고 황량했다. 주위에 아무도 없어서 시간도 정지해 있는 것 같았다. 집안은 외풍이 심해 긴바지와 카디건을 입어도 손끝이 차가웠다.

　아파트는 남편이 살아있을 때도 재개발설이 나돌았다. 농지가 많던 근방은 새로운 상가가 몇 군데 들어섰지만 오래된 아파트는 그대로였다. 눈발이 날리는 듯 하더니 눈송이가 커졌다. 올해 들어 눈이 자주 왔다. 귀에서 이명이 들리는 것 같았다. 큰 시누이가 씩씩거리는 숨소리가 느껴졌다. 큰 시숙이 남편의 땅을 팔았다는 소식은 귀에 닿았다가 어깨 위로 미끄러져 내렸다. 남옥은 뭔가를 또 눈앞에서 뺏겼다는 생각에 억울한 심정이 되었다.

　우애가 좋은 편이었던 큰 시숙과 작은 시숙이 사이가 벌어진 건 시어머니의 장례 때 추렴한 '부의금 사건' 때문이다. 그때 일을 떠올리자 남옥은 명치끝에서부터 수치심이 치밀어 올랐다. 그 일은 큰 시숙도 '잊어버려지지가 않는 일'이라고 했다.

　남편이 갑작스럽게 세상을 떠난 지 두 해 만에 시어머니가 중풍으로 쓰러졌다. 재발이었는데 석 달가량 고생하다가 돌아가셨다. 조문객이라야 일가친척이나 마을 사람들뿐이었지만 부의금은 거의 경찰 공무원인

작은 시숙의 직장에서 들어왔다. 장례를 마치고 오남매는 각자 조문객들에게 사례할 것만 추리고 나머지는 남옥에게 주자고 합의했다. 남옥은 그 자리에 없었다. 딸 소정이 고등학교 입학하던 해였다. 성훈이 중학교 졸업반, 영훈이 중학교 1학년이었다.

큰 시숙은 작은 시숙과 동서가 있는 자리에서 남옥 앞으로 누런 서류봉투를 내밀었다. 시누이들은 아침만 먹고 돌아간 뒤였다.

"제수씨, 이거 애들 학비에 보태요. 전주 동생이 제수씨 주라네요."

남옥은 차마 봉투에 손을 대지 못했다. 면목이 없어 고개를 들 수가 없었다. 마주 앉아 돈봉투를 바라보던 작은동서가 눈을 부라리더니 휙 돌아앉아 버럭 고함을 질렀다.

"그 돈은 다 빚이여요. 낭중에라도 다 갚아야 되는 돈이랑게. 우리도 그 사람들 상 당했을 때 큰돈 나갔어요. 난 그렇게 못 혀요. 자네도 그려. 지금꺼정 그만큼 도와줬으면 됐지, 언제까지 도와줘야 되는 겨?"

작은 동서는 거침없이 쏘아붙였다. 작은동서는 빚쟁이처럼 오만하게 굴었고 남옥은 남의 것을 얻어가려는 거렁뱅이처럼 비루해졌다. 그때까지만 해도 남옥은 형제들이 합의를 마친 돈이라는 사실을 몰랐다. 작은 시숙의 몫인 줄만 알았다. 큰 시숙은 분명 '전주 동생이 제수씨 주라'고 했다지 않는가. 작은동서의 서슬에 질렸는지 큰 시숙은 방바닥을, 작은 시숙은 허공만 바라보았다. 남옥은 고개도 들지 않고 누런 봉투를 작은 동서 앞으로 밀었다. 작은동서는 봉투를 잽싸게 낚아챘다. 뭐가 그리 급했을까. 나중에 큰 시숙은 두고두고 서운함을 비쳤다.

"잊어버려지지가 않어요. 거기는 그 돈 있어도 살고, 없어도 사는디. 다 해봤자 얼마나 된다구."

남옥은 그 일을 들추지 않았다. 불쑥 떠오르기만 해도 모멸감으로 북받치는 감정을 애써 밀어냈다. 당시의 기억은 시간이 흘러도 지워지지 않고 있다가 작은동서와 맞닥뜨릴 때면 어쩔 수 없이 눈앞에 그려지곤 했다. 동통 같은 것이 가슴을 헤집었다. 남옥은 시누이들도 알고 있으려니 했다. 그런데 큰 시숙도 입을 다물고 있었던 것이다. 시누이들은 남옥이 돈을 가져간 줄로만 알았다고 했다.

이십여 년 전의 일을 시누이들이 알게 된 건, 삼년 전 성훈이 결혼하던 날이었다. 친척들이 돌아가고 큰 시숙과 시누이들이 남아 덕담을 주고받았다. 남옥은 남편 대신 아버지 자리에 앉아 준 큰 시숙에게 고마움을 전했다. 큰 시숙은 당연한 일을 했다며 껄껄 웃었다. 남옥이 따라 웃으며 말했다.

"이제 성훈이도 결혼했으니까 한시름 놨어요. 영훈이도 지 앞가림은 하겠지요. 쟤들 어릴 때 생각하면 어떻게 살았나 싶어요. 아주버님도 이제 저희 걱정하지 마세요. 이만큼 살면 됐지요. 지금 생각해도 어머니 장례식 때 그 돈 안 가져오기를 잘했다는 생각이 들어요. 가져왔으면 평생 빚이었을 거예요."

작은 시누이와 막내 시누이가 영문을 모르겠다는 표정으로 남옥을 바라보았다. 큰 시누이가 물었다.

"그게 무슨 소리여? 부의금을 안 가져갔어? 그럼 누가 가져갔다는 말이여?"

"전주 형님이 가져갔잖아요. 자기네 빚이라면서. 큰 시숙이 아무 말씀도 못하시고 방바닥만 바라보시던 일 생각하면 아직도 마음이 편치 않아요."

"아니, 그 말을 왜 여직 안 했어? 그게 왜 전주 돈이야? 작은오빠 앞으로 온 돈이 제일 많기야 했겠지. 그래도 사례금 나눌 때 거기를 더 줬는데. 부의금이 거기서만 들어온 게 아니잖아. 하다못해 동네 사람들 거도 있고, 나나 우리 애들 아빠랑 형제들 손님들도 있잖여. 가져갈 거면 즈이

들한테 온 거만 챙겨 가든가. 그걸 다 가져갔단 말야?"

시누이들은 당장 전주로 달려가기라도 할 기세였다. 남옥도 새삼 화가 났다. 당시만 해도 경황이 없기도 했지만 그런저런 사정을 몰랐기 때문에 넘어갔다. 의논하는 자리에 작은 동서도 분명히 있었다는 것이다. 하지만 이 십여 년이 지났다. 큰 시누이는 큰 시숙에게 왜 말을 안 했느냐고 따졌다. 큰 시숙은 형제들끼리 분란이 있을까봐 넘어갔다고 했다. 작은 동서가 가져간 돈을 다시 돌려받을 것도 아닌데 말해서 뭐하겠나 싶어서 삭이고 말았다는 것이다. 그 돈을 작은 시숙이 남옥에게 주라고 했다고 말한 것은, 작은 시숙을 세워주려는 배려였다고 했다. 작은 시숙에게 들어온 돈이 가장 많았던 게 사실이니까 그 이치를 따지기가 어려웠다고 했다.

큰 시누이가 작은동서를 만나 사실 여부를 물었다. 그런데 작은 동서는 기함을 했다. 자기는 그 돈을 가져간 기억이 없다는 것이다. 작은 시숙도 마찬가지였다. 돈을 남옥이 가져갔거나 큰 시숙이 가져가 놓고 자기들을 모함했다며 아득바득 우겼다. 어처구니가 없었다. 작은 시숙은 자기 몫으로 나눈 돈만 가져갔다고 우겼다. 오래전 일이라 정말로 기억이 나지 않을지도 모른다는 생각이 들 정도였다. 큰 시누이는 코웃음을 쳤다.

"기억이 안 날 리가 있어? 전주 올케, 그렇게 길길이 뛰어놓고는 나한테 전화해서 뭐라는 줄 알아? 그 돈을 언제 소영 엄마 주라고 했었냐네. 기억이 안 나면 그런 말을 하겠어?"

남옥은 작은 동서가 돈을 안 가져갔다고 말할 줄은 생각지도 못했다. 작은동서 딴에는 그 돈이 자기가 가져가는 게 정당하다고 여겼을 거라 생각했기 때문이었다. 그 이후 큰 시숙과 작은 시숙의 관계는 소원해졌다. 작은 시숙이 땅을 처분한 것을 알면 관계는 더 악화될 것이 뻔했다.

큰 시숙이 멋대로 동생 소유의 땅을 처분한 것은 어쨌든 옳지 않았다. 지금껏 큰 시숙의 성품을 의심한 적이 없었다. 한마디 상의도 없이 남편의 땅을 팔았다는 건 의아하고도 서운했다.

땅을 팔지 않은 것은 큰 시숙이 그 땅에서 계속 농사를 지었기 때문이었다. 시아버지가 돌아가신 뒤로도 명의를 이전하지 않았다. 그러다 농지 특별법 시행 때 큰 시숙 명의로 변경했다.

*

큰 시숙과는 미리 약속하고 집에 갔는데 아무도 없었다. 까치가 드나드는 앙상한 감나무 아래 마당에는 언제 떨어졌는지 모를 감이 썩어 문드러져 있었다. 머뭇거리던 큰 시누이가 시장통에 사는 작은 시누이네 가서 점심을 먹고 쉬다가 오자고 했다.

저녁때가 되어서야 큰 시숙은 어슬렁어슬렁 삽짝 안으로 들어섰다. 머리 숙여 인사하는데도 큼큼 헛기침을 할 뿐 거들떠보지도 않았다. 남옥은 낯설어 보이는 큰 시숙의 의중을 헤아리기 어려웠다. 미안한 기색이라고는 없고 오히려 노기가 서린 표정은 이상했다. 얼핏 남옥의 심중을 넘겨짚고 큰 시숙이 오기를 부리는 건지도 모른다는 짐작이 들었다.

큰 시숙은 시아버지가 돌아가시기 이틀 전에 큰 시숙 내외를 불러 유언을 남겼다고 했다. 폐암을 앓던 시아버지가 자리에서 일어나 꼿꼿하게 앉아 마지막 당부를 했다는 것이다. 어릴 때부터 학교도 못 가고 농사를 도와 땅을 일구면서 부모님을 모신 큰 시숙이 땅을 물려받는 게 당연한 거라면서. 큰아들인데 공부 못 시킨 게 한이 된다. 그동안 병수발 드느라 고생한 거 안다. 병이 들기 전, 삼형제를 데리고 논밭을 둘러보며 땅을 분배했던 건 무효다. 대신 어머니를 잘 모셔라. 듣고 있던 큰 시누이가 놀라 입을 다물지 못했다. 작은 시누이가 어안이 벙벙한 표정으로 물었다.

"그 얘기를 왜 인제 해요? 전주 오빠랑 대전 오빠한테라도 했어야지."

큰 시숙이 세 사람을 휙 둘러보더니 골이 깊은 주름을 잔뜩 찌푸리며 언성을 높였다.

"인제 혀긴 누가 인제 혀? 벌써 혔구만. 아부지 돌아가시고 삼우제 지내던 날 큰방에 앉아서 말 혔다니께. 내가 여즉껏 그 일이 잊어지지가 않어 야. 전주 동생이 저기 방문 앞에 앉아 있었어. 멀뚱멀뚱 천장만 바라보다가 뭐라는 중 알어? 내 말을 못 믿겠다는 겨. 아부지가 그럴 리가 없다구. 그래서 엄니한테 물어보라구 혔지. 그때 엄니가 증인 서줬어 야. 그런디도 날 못 믿는다는 겨. 대전 동생은 날 믿어줬어. 아부지가 그랬다니께 알었다구 허드만. 지당한 일이람서. 즈이는 셋방 신세고 애들도 많어서 엄니를 모실 수도 없을게."

삼십 년이 다 되어가는 일이다. 이제 시어머니나 남편에게 물어볼 수도 없는 노릇 아닌가. 시누이들은 아무래도 큰 시숙이 둘러대는 것 같다며 의심을 버리지 않았다. 조만간 전주로 가보자며 얼굴을 마주 보았다.

*

천변에는 사람들이 많았다. 자주 다니는 길이어서 목욕탕에서 집까지 가는 길은 멀게 느껴지지 않았다. 빨리 걸으면 삼십 분 남짓 되는 거리다. 칼바람이 머리와 목덜미를 훑었다. 강추위의 나날이었다. 내일은 더 추워진다는 일기예보가 있었다. 다음날 추워진다는 예보가 있는 날은 항상 전날이 더 추웠다. 남옥은 몸을 움츠렸다. 모자를 벗고 헝클어진 머리카락을 손가락으로 빗어넘겼다. 패딩모자를 펴서 깊숙이 눌러썼다. 목도리를 풀었다가 여러 겹으로 둘렀다. 천변 주변에는 눈이 녹지 않고 수북이 쌓였다. 크리스마스 전날이라 구청에서 나와 청소를 했는지 인도는 어제보다 깨끗했다. 집까지 걸어가는 동안 새로운 풍경이 눈앞에 펼쳐졌다. 크리스마스트리로 변신한 작은 나무들이 군데군데 눈에 띄었다. 주위를 둘러보았다. 가로등 옆에 색색의 반짝이는 전구를 매단 나무들이 줄을 맞춰 정렬해 있었다. 나무를 바라보며 천천히 걸어갔다. 빨갛고 노란빛으로 반짝이는 나무들 앞에서 사진을 찍거나 산책하는 사람들이 보였다. 날씨가 추운데도 자전거를 타고 지나가는 사람들도 있었다.

아연한 순간이 지난 것 같았다. 한동안 깊은 산 속에 혼자 서 있는 기분이 들었다. 인적이 드문 쓸쓸한 데서 길을 잃어버린 것 같기도 했다. 큰 시숙이 어려우면서도 의지가 되는 건 속 깊은 성품 때문이었다. 나이 차로는 아버지뻘이었다. 해마다 쌀 한 가마니와 잡곡을 보내주면서도 큰 시숙은 더 보태주지 못해 안달인 부모처럼 처신했다. 남편의 첫 제사를 지낸 다음날이었다. 시골로 돌아가던 큰 시숙은 하얀 봉투를 쥐어주었다. 남옥이 한사코 마다하면서 말했다.

"아주버님, 쌀이랑 잡곡 주셨으면 됐지요. 농사지으시느라 고생만 하시는데. 제가 정 돈 필요하면 연락드릴게요. 그때 보태주세요."

큰 시숙은 봉투를 남옥의 외투 주머니에 찔러 넣으며 말했다.

"제수씨, 이건 내 법이요. 암말 말고 받어요. 집사람은 몰릉게 염려 말어요. 글구, 정말로 돈 필요허거든 꼭 연락혀요. 내 어떡케든 마련혀볼팅게."

남옥은 고개를 들지 못한 채 끄덕였다. 차마 발걸음이 떨어지지 않는지 몇 번 뒤를 보고는 허허 웃으며 돌아서던 큰 시숙이 눈에 선했다. 소영이 결혼식 때, 하얀 두루마기 차림으로 남편 대신 소영이의 손을 잡고 식장 안으로 들어서던 큰 시숙을 생각하면 마음이 푸근했다. 남옥은 혼주석에 앉아 있다가 저도 모르게 자리에서 벌떡 일어났다. 어찌나 고맙고 안심이 되던지. 남옥은 차라리 시아버지가 유언했다는 큰 시숙의 말이 사실이기를 바랐다. 무엇보다 큰 시숙에 대한 신뢰를 놓치고 싶지 않아서였다.

집안에 들어서자 탁한 공기가 급습했다. 공기의 밀도가 한층 빽빽해진 것 같았다. 남옥은 숨을 몰아쉬었다. 엘리베이터도 없는 아파트 오 층까지 오르면 숨이 턱까지 찼다. 목도리도 풀지 않고 베란다로 가서 창문을 조금 열었다. 열린 문 사이로 사나운 바람이 들이쳤다. 하얗게 입김이 나오고 콧물이 흘렀다. 날이 추워지려는 것만이 아니었다. 폭설이라도 내릴 듯 우중충한 날씨였다. 오늘따라 텅 빈 집은 더 적막했다. 아홉 시도 안 됐는데 한밤중처럼 느껴졌다. 패딩을 벗어 걸려는데 전화벨이 울렸다. 순간 마음이 덜컥거렸다. 수화기를 들자 대뜸 소리치는 큰 시누이의 목소리가 귀청을 울렸다.

"다 공갈이라. 작은오빠 난리가 났어. 그런 상도둑놈이 어딨냐구. 당장이라도 시골로 쳐들어가겠다는 거 내가 간신히 말렸어. 삼우제 때 그런 일 없었디야. 금시초문이랴. 아버지가 유언했다는 건 듣도 보도 못했다네."

"금시초문이요? 형님, 전주 시숙이 또 잡아떼는 건 아닐까요?"

"그럴까 봐 나도 요리조리 떠봤지. 그런데 작은오빠 말이 틀리지 않어. 아부지 돌아가시기 전날까지도 작은오빠가 시골 갔었디야. 아부지가 열흘이 넘도록 물도 못 넘기고 숨만 붙어있었다면 알조가 아니냐는 겨. 유언을 어떻게 했겠냐. 산송장이었거등. 내 참 세상에 믿을 사람 아무도 없네. 큰오빠가 진짜 변했어. 아예 얼굴에 철판을 깔았구먼. 죽어서 아부지랑 엄니를 무슨 낯으로 볼라구 저라나 몰러. 작은오빠가 이번에는 정말로 일을 벌일 낌새여. 올케한테 말허랴. 같이 소송 걸자구. 변호사 비용은 자기가 다 댄다네."

분통이 터진다며 전화기 너머에서도 큰 시누이가 가슴을 치는 소리
가 들렸다. 남옥은 전화기를 내려놓고 맞은편에 있는 낡은 장을 쳐다보
았다. 한쪽 문짝이 떨어져 나간 장 속에는 옷가지도 이불 등속도 변변치
않아 뒤숭숭했다. 설마설마하다가 뒤통수를 얻어맞은 격이었다. 큰 시숙
이 야속하고 원망스러웠다. 외풍 때문에 등허리가 서늘했다. 남옥은 바
닥을 짚고 일어서 카디건을 어깨에 걸쳤다. 일어날 때까지 시간이 좀 걸
렸다.

다육식물이 옹기종기 모여 있는 베란다 틈을 비집고 서서 창밖을 내
다봤다. 또 뭔가를 깜빡한 것처럼 정신이 아득해지며 가물가물했다. 허
기진 것처럼 기운이 없고 다리가 후들거렸다. 두 손가락으로 가슴을 지
그시 눌렀다. 불규칙한 심장 박동이 손가락을 타고 움찔거렸다. 바람이
심하게 불어 덧문이 덜컹거렸다. 남옥은 창밖을 보았다. 창 너머로 보이
는 산은 어둠이 짙어 검푸르렀다.

큰 시숙은 무뚝뚝해서 속내를 잘 내비치지 않았다. 작은동서가 부의
금을 가로챈 것도 동기간에 분란이 날까 봐 입을 다물고 있을 만큼 속
이 깊고 과묵했다. 그런 분이 시아버지의 유언을 지어냈다는 것이 선뜻
믿어지지 않았다. 병수발 하느라 고생했다며 시아버지가 고맙다고 했다
는 말을 할 때는 목이 메는 것 같았다. 큰아들인데 공부 시키지 못한 게
한이 된다고 했다는 대목에서는 주먹으로 붉어진 눈시울을 문질렀다.
남옥은 베란다에서 돌아서려다가 불현듯 떠오르는 일이 있어 멈칫했다.

남편의 첫 제사를 지낸 다음 날이었다. 하얀 봉투를 큰 시숙에게 돌려
주며 남옥이 말했다.

"저 이 돈 못 받아요. 어머니 약값도 많이 들어갈 텐데 보태드리지 못
해서 죄송해요. 아주버님, 농사지으시면서 아버님 병수발 하시느라 고생

많이 하셨는데 어머니까지 쓰러지셔서 큰 걱정이에요. 자주 가보지 못해서 큰형님께도 면목이 없어요. 고맙고 감사해요. 그나저나 중풍 재발하면 오래 간다던데 어쩌면 좋아요."

하얀 봉투를 손에 쥔 채 큰 시숙이 남옥을 물끄러미 보았다. 잠시 말을 잇지 않던 큰 시숙이 낮은 목소리로 말했다.

"제수씨, 제수씨가 최고요. 내 평생 그 말을 듣고 싶었어요. 엄니나 아부지한테요. 동기간들한테 고맙단 말 한마디만 들어도 내 속이 이렇든 않을기요. 여태껏정 아무도 그런 말 하는 사람이 읎었어요. 다들 나랑 집사람 나쁘다고들만 혀지. 해도해도 끝이 읎어요. 당연시 여기기만 하구. 동생들 뒷바라지 허느라 입때껏 나 하고 싶은 건 못혀봤어요. 농사지면서 부모님 병수발 하는 게 어디 쉬운 일이요? 나도 사람인디⋯⋯"

구차한 변명이라 생각했는데 큰 시숙이 듣고 싶은 말을 스스로 한 것인가? 유언을 한 사람은 시아버지가 아니라 큰 시숙인 셈이었다. 그 말을 하면서 큰 시숙은 무슨 생각을 했을까. 상황을 모면하고자 둘러댄 것만은 아닐지 몰랐다. 거실에서 불을 끄고 방으로 들어가려는데 전화벨이 울렸다. 벽시계를 보니 열 시가 넘었다.

"작은오빠는 뭐가 그렇게 급하다구 저러나 몰러. 오밤중에 전화 오는 거 누가 좋댄다구. 올케헌테 확답을 받아 달리야. 땅값 받아 주겠대. 변호사 비용은 걱정 말구 자기랑 힘을 합치자는디. 지가 직접 전화허지 왜 나한테 그런대?"

남옥이 수화기를 들었던 손을 바꿨다.

"저는 소송 안 해요. 작은 아주버님한테 전해주세요. 그건 그렇구요 형님, 잊어버리고 있었는데요 큰아주버님이 저한테 아버님이 유언하셨다는 얘기 한 거 기억나요. 둘러대시는 게 아니예요."

"어? 유언을? 큰오빠가 그런 얘기를 했다구? 그기 언젠디?"

"애들 아빠 첫 제사 때요. 형님은 아침에 먼저 가셨잖아요. 큰아주버님은 점심까지 계시다 가셨구요. 큰아주버님이 돈봉투 주고 가셨다고 형님한테 전화로 말했잖아요. 기억나세요?"

"어, 기억 나. 첫 제사 때라 그런가. 올케가 한참 울었제."

"그때 아버님이 유언하셨다는 얘기 들었어요."

큰 시누이는 사실이냐며 몇 번이나 되묻고는 전화를 끊었다. 남옥은 전화를 끊고 나자 맑은 물속을 바라볼 때처럼 마음이 시원해졌다. 왠지 모를 후련함이 느껴졌다. 묶였던 마음이 풀리는 기분이었다. 혼란스러웠던 시간이 오래전 일처럼 여겨졌다. 가슴에서부터 무엇인가 차오르는 것처럼 뿌듯했다. 하나를 잃고 다른 하나를 얻은 것 같았다. 잃은 것보다 얻은 게 더 크다는 생각이 들었다. 어지럽던 머릿속이 환해지고 비로소 정리가 되는 느낌이었다.

"난, 제수씨가 걱정이요. 먼저 간 동생도 불쌍허지만 그거야 다 지 명이 그뿐인 걸어쩌겠소. 제수씨, 그저 밥 세 끼 잘 챙기고 몸 성하기만 바라요."

큰시숙의 떨리는 목소리가 들리는 듯했다. 밤이 깊어가고 있었다.

화장대 앞으로 삐죽 나와 있는 전화기를 제자리에 밀어넣었다. 이부자리를 펴고 고개를 드니 창밖에 어느새 함박눈이 쏟아지고 있었다. 남옥은 창밖을 바라보며 이렇게 오래 앉아 있으면 좋겠다고 생각했다. 이불 속에 발을 넣으며 혼잣말을 중얼거렸다.

"화이트 크리스마스네."

빈 방

김연수

    일곱 살 때 처음 엄마에게 한글을 배우던 장면이 더러 떠오릅니다. 엄마는 기역부터 히읗까지 자음 19자를 적고, 다시 모음 21자를 적었습니다. 그게 전부였습니다. 그것만 외우고 쓸 줄 알면 한글을 익히는 것이었습니다. 엄마는 자음과 모음이 실제로 어떻게 단어를 형성하는지 예를 들어 보여주었습니다. 강아지, 바다, 하늘 같은 단어들이었습니다. 제가 처음 배운 낱말들은 제가 좋아하는 것들이었고, 제가 좋아하는 것을 이제 글자로 표기할 수 있다는 게 신났습니다.

    어릴 때의 신나는 마음으로 습작을 씁니다. 서툴고 녹록한 습작생이지만 쓰는 기쁨은 온전합니다. 그것만으로도 감사한 일입니다. 삶의향기 동서문학상이 제 마음에 기쁨을 더해주어 더없이 감사합니다.

    습작을 쓰고부터 늘 마음으로 동경하던 삶의향기 동서문학상입니다. 거기에 제 작은 자리 하나가 마련된 게 아직도 얼떨떨합니다. 아무리 생각해도 감사하다는 말밖에 떠오르지 않습니다. 너무나 기쁜 상을 받게 되어 감사합니다. 모두에게 감사드립니다.

빈 방

김연수

*

"밖에 꽃이 피었나요?"

둘을 가로막고 있는 쇠창살 사이로 17번의 뿌연 입김이 비어져 나왔다. 17번을 가둬둔 한 평 남짓한 독거실은 사람과 함께 늙어버린 듯 추레하고 어두침침했다. 밖에서 스며든 바람이 수용동 복도를 차갑게 열렸다. 아직 꽃이 피긴 일렀다. 어제는 진눈깨비가 내렸다. 아직 2월 말이었다. 이기수는 고개를 가로저었다. 봄이 올 때마다 17번은 똑같은 질문을 하곤 했다.

동갑내기인 둘은 27년 전 처음 만났다. 23살이었던 이기수는 그때 교도관으로 첫 근무를 시작한 참이었다. 17번은 사형선고를 받고 이 교도소에 수감된 지 27년이 훌쩍 지나버렸다. 푸릇한 청년기에 만난 둘은 교도소에서 쉰을 맞았던 것이다.

"저기, 은혜 씨, 이거……."

이기수는 17번을 17번이라는 수번으로 부른 적이 한 번도 없었다. 그는 늘 조은혜라는 이름으로 17번을 불렀다.

"이게 뭐죠?"

조은혜가 물었다. 이기수가 쇠창살 사이로 내민 것은 장미꽃이었다.

"늘 꽃을 보고 싶어 하기에……."

교도관은 수용자에게 아무것도 주거나 받을 수 없다. 지금 이기수는 공무원 생활 27년 만에 처음으로 규정을 어기고 조은혜에게 장미 한 송이를 내밀었다.

*

27년 전, 오늘처럼 잔뜩 흐리고 쌀쌀한 날이었다. 그날 언론은 의대생의 부친 존속살해 사건을 대서특필했다. 과장과 오해, 악의가 뒤섞인 기사들이 언론사마다 도배되다시피 했다. 사람들은 말세라며 혀를 찼다. 돈을 노리고 아버지를 죽인 것이 분명하다며 살인범을 당장 극형에 처해야 한다는 여론이 들끓었다. 의대생에 대한 질투를 느낀 자들일수록 증오가 더 컸다.

분노는 시간이 지날수록 가라앉았다. 분노가 가라앉을수록 살인범에 대한 관심은 식어갔다. 지루한 수사와 재판 과정을 다 거치는 동안 사람들은 의대생 살인범에 대해서는 까맣게 잊어버렸다.

판례를 금과옥조로 여기는 법원은 이 작은 몸피의 여성에게 자비심을 가지지 않았다. 유사한 사건의 앞선 판례와, 그 사건들로 형벌을 받은 피고인들과의 형평성을 주로 고려했다. 여론이 그녀의 질곡 많은 인생에 대해 관심을 가진 적이 없듯이 법원도 그녀의 행위와 그 결과에 대해서만 매섭게 눈을 치켜떴다.

"피고인 조은혜, 사형!"

판사가 주문(主文)을 읽자 법정 안은 술렁였다.

"피고인은 이 사건으로 수감된 후로 단 한 차례도 본 법정에 반성문을 제출하는 등의 개전(改悛)의 정(情)을 확인할 만한 일호의 노력도 하지 않았다 할 것이며, 이에 본 법정은 피고인이 그 성정의 포악함을 교정할 어떤 가능성도 확인치 못하였으며 …… 피고인을 극형을 통해 영구히 사회에서 격리함이 일반 법감정으로 보나 법률적 정의로 보나 합당하다고 할 것이며……"

판사는 조은혜에게 죽음을 선고하고는 뒤이어 장황한 훈계를 늘어놓았다. 죄인이 개과천선 될 여지도 없다면서 판사는 집요하게 훈계했다.

조은혜는 강북교도소 여성수용동 제2동 상층 제17방에 사형수로서 수용됐다. 수의를 입은 그녀의 가슴팍에는 사형수를 나타내는 빨간색 명찰이 박혀 있었다. 전국에서 딱 두 명 있는 여성 사형수 중 한 명이었다.

조은혜가 수감되는 날, 보안과장은 퇴근을 하지 않은 채 그녀를 기다렸다. 신입 수용자의 수용절차를 밟은 후 보안과장은 그녀를 특별면담했다. 이기수가 조은혜를 처음 본 건 그날이었다. 보안과장의 특별면담이 끝난 후 조은혜를 여성수용동으로 계호한 것은 이기수였다. 여성수용자였기에 계호자는 이기수 한 명이면 족했다. 보안과에서 여성수용동까지 걷는 5분 동안 둘은 아무런 말도 하지 않았다.

＊

인생살이가 모진 건 인생이란 게 단 한 번뿐이기 때문이다. 이미 살아본 인생을 또다시 사는 게 아니라서 사람은 늘 미숙하다. 그래서 후회만 남게 되는 법이다.

이제 쉰에 접어든 이기수는 오늘이 오십 번째 생일이지만 생일을 함께 해줄 가족 같은 건 없었다. 교도관이라는 직업 탓에 늘 산간오지로 전근을 다닌 터라 가정을 일굴 수 없었다. 어떻게든 여자를 만나 결혼을 하고 아이를 낳고자 하였으면 그리했을 수도 있겠지만, 젊은 시절의 이기수는 젊음이 영원할 것 같았다. 교대근무를 하며 야간근무를 밥 먹듯 하는 교도관에게 연애라는 건 사치 같기도 했다. 연애와 결혼을 차일피일 미루는 동안 어느덧 나이는 서른이 되고 마흔이 되었다. 세월은 정말 쏘아놓은 살처럼 너무나 빨랐고, 다시 돌아오지도 않았다.

"자네가 17번에게 뭔가를 건네주는 게 cctv에 찍혀 있어. 대체 뭘 준 거야?"

당직팀장인 박 계장이 이기수를 불러내 따진 것은 퇴근 무렵이었다. 이기수는 차마 그게 장미꽃이라는 말은 할 수가 없었다. 대답을 해도 징계받을 처지였고, 대답을 하지 않아도 징계를 피해갈 수는 없었다. 이기수는 그냥 침묵하기로 했다.

"입을 닫으시겠다? 이거 완전 상습범 같은데. 자네 17번한테 뭐 받은 거 있어? 아니면 다른 꿍꿍이라도 있는 거야?"

꿍꿍이라는 말에 이기수가 발끈하며 박 계장에게 따지듯 물었다.

"꿍꿍이라뇨?"

"남자 직원이 여자 수용자한테 꿍꿍이 품었다면 뻔한 거 아닌가."

그 모욕적인 말에 이기수는 순간 이성을 잃고 박 계장의 멱살을 잡고 흔들었다. 벌써 15년째 같이 근무하며 쌓여온 적개심이 이만저만이 아니었던 터였다. 보안과장과 소장 앞에서는 새끼 고양이처럼 수줍게 굴고, 부하직원들한테는 미친 범처럼 사납게 대하는 박 계장의 이중성에 혐오를 품어오던 차였다. 그런 자에게 모욕적인 말을 듣자 이기수는 뒷일 생각할 겨를 없이 멱살부터 잡고 흔들어댔던 것이다.

"당신 말 다 했어? 계장이면 다야? 어디 다시 한 번 지껄여봐!"

둘이 실랑이를 벌이며 언성이 높아지자 주변에 있던 교도관이 하나둘 모여들어 둘을 뜯어말렸다.

"규정 어기고 수용자한테 부정물품 건넨 것도 부족해서 상관을 폭행해? 그래, 어디 쳐라. 쳐 봐!"

사람들이 몰려들자 박 계장의 언성이 더 높아졌다. 그 중에는 보안과장도 있었다. 보안과장은 상하 위계질서를 매우 중시하는 사람이었다.

"자네들 두 사람 모두 내 방으로 와."

결국 둘은 보안과장실로 끌려가다시피 했다. 박 계장은 경위서 한 장 쓰는 걸로 끝이 났지만, 이기수는 그럴 수 없었다. 17번에게 부정물품 건넨 행위와 상관에 대한 폭행으로 보안과장은 이기수를 징계위원회에 회부하기로 했다. 곧 6급 계장 진급을 앞둔 7급 교위 이기수는 이번 일로 강등을 당할 경우 8급 교사가 된다. 나이가 쉰에 이른 교도관을 8급 교사로 강등시키는 건 옷 벗고 나가라는 의미나 다름이 없다. 강등 아래의 단계인 정직을 당하면 다른 교도소로 강제로 전출을 가야 한다. 징계 수위가 어느 정도가 될지는 예상하기 힘들었지만 쉽게 넘어가지는 못할 것 같았다.

징계보다 무서운 건 이제 이기수를 감시하는 눈이 생겼다는 점이었다. 언제부턴가 이기수는 거의 매일 조은혜를 찾아갔었고, 짧지만 그녀와 얘기 나누는 게 일상의 유일한 낙 같은 것이었다. 박 계장과의 일 때문에 조은혜를 찾아오는 게 방해받을 수 있다는 생각에 이기수는 초조해졌다.

조은혜도 27년째 자신을 자주 찾아오는 이기수를 반기는 눈치였다. 그것은 하루 종일 대화 나눌 사람 없는 독거실 수용자의 외로움 때문만은 아니었다. 어느 날 이기수가 오지 않으면 조은혜는 이기수를 기다리는 자신을 발견하곤 했다.

"안 좋은 일이 있었다면서요?"

조은혜가 걱정스레 묻자 이기수는 쓴웃음을 지었다.

"역시 교도소는 소문이 빠르군요. 아, 그리고 좋은 소식이 있습니다.

사형제 위헌심판이 있을 예정이랍니다."

이기수는 조은혜가 기뻐할 줄 알았다. 하지만 조은혜는 눈을 내리깔며 엷게 미소를 띠었다.

"저는 이제 기대 안 해요. 제가 여기 있는 동안 위헌심판이 세 번이나 있었지만 다 합헌이었어요. 이번에도 합헌으로 나올 거예요."

사형제가 위헌으로 판결이 나와야 조은혜가 사형수라는 족쇄에서 풀려날 수 있다. 무기수로 감형되면 가석방의 여지가 생긴다.

"지레 그러지 마세요. 언제든 사람은 희망을 품어야 하는 법입니다."

하지만 이렇게 말하면서도 이기수는 자신을 비웃었다. 사람은 언제든 희망을 품으라는 것은 칸트의 정언명령만큼이나 고답적이고 답답한 소리 같았다. 이기수 자신 역시 교도관으로 살아온 지난 27년 간 희망보다는 절망과 비탄으로 하루하루를 보내오지 않았던가. 담장 너머의 밝은 세계로 나아가고 싶으면서도 입에 풀칠하기 위해 담장 안에 매여 있는 자신의 신세를 한탄하지 않은 적이 없었다. 하지만 사형수인 조은혜에게 희망을 품지 말라고 말하는 것만큼 잔인한 짓도 없는 것 같았다.

"이제 밖으로 나간다 한들 제가 뭘 할 수 있겠어요. 절 기다려주는 사람도 세상에 한 명도 없는 걸요."

조은혜의 모친은 작년에 작고했다. 부친은 조은혜에 의해 살해됐다. 형제는 없고, 고모가 한 명 있지만, 자신의 오빠를 죽인 조카와는 절연한 지 오래였다. 이제 조은혜를 기억하고 찾는 사람은 일주일에 한 번 교도소를 찾는 종교인들밖에 없었다.

＊

이기수에 대한 징계절차는 빠르게 진행됐다. 지방청에서 나온 감찰관들은 암행어사라도 된 듯 이기수에 대해 샅샅이 털기 시작했다. 평소 근무태도는 어떤지 주변 직원들에게 설문지를 돌렸다. 과하다 싶을 정도였다. 지방청 감찰관 중 한 명이 박 계장의 친한 후배라는 소문이 파다했다.

"17번에게 뭘 줬는지는 끝까지 말 안 하겠다고요?"

감찰관 중 가장 선임인 듯한 자가 이기수에게 물었다. 이기수는 고개를 끄덕였다. 각오한 일이었다.

"박 계장 폭행건에 대해서는 인정하죠?"

"예."

"그럼 더 시간 끌 것도 없겠네. 바로 징계위원회에 회부토록 하겠소."

나이가 이제 막 마흔쯤 돼 보이는 감찰관은 초로의 이기수에게 말을 짧게 했다.

"그렇게 하시죠."

조사는 그렇게 싱겁게 끝이 났다.

그날도 이기수는 조은혜를 찾아갔다. 이제 막 벚꽃이 바람에 흩날리던 때였다. 조은혜에게 벚꽃을 보여주고 싶었지만 그럴 수는 없었다. 벚꽃 나무를 한 그루 뽑아서 조은혜의 방에 심어주고 싶다는 상상도 해봤지만 부질없는 짓이었다.

조은혜는 얼마 전부터 살이 부쩍 빠지는 것 같았다. 원래도 야윈 체질이지만 눈에 띄게 몸피가 줄어드는 것 같았다. 안색도 핼쑥했다.

"요즘 식사를 잘 못 하시나 봐요?"

이기수가 걱정스레 물었지만 조은혜는 웃어 보일 뿐이었다.

"전에 그 일은 잘 해결하셨어요?"

"아, 박 계장 멱살 흔든 거요? 잘 해결됐으니 걱정 안 하셔도 됩니다. 법무부 장관 표창 받은 것도 있으니 잘 넘어갈 겁니다."

이기수는 조은혜가 걱정할 것 같아 큰소리를 쳤지만 잘 넘어갈 수 없는 일이란 건 본인이 더 잘 알았다. 법무부 장관 표창장을 받으면 징계 수위를 한 단계 낮춰주기는 하지만, 징계 자체를 없던 일로 해주지는 않는다.

징계위원회는 다음 주에 바로 열렸다. 박 계장과 친한 감찰관이 조사 보고서를 불리하게 작성할 건 불을 보듯 뻔한 일이었다. 하지만 이기수는 크게 개의치 않았다. 다시 한 번 그런 일이 생겨도 또 박 계장의 멱살을 잡을 것 같았다.

"이기수 교위, 비위 사실에 대해 인정합니까?"

징계위원장이 물었다.

"인정합니다."

"본인이 모두 인정하니 본 위원회는 다음과 같은 결론을 내린다. 교위 이기수, 정직 3개월!"

그 말에 이기수는 자리에서 벌떡 일어났다. 정직만큼은 피해가고 싶었다. 징계 자체는 어쩔 수 없다 해도 정직만큼은 안 됐다.

"어허, 자리에 앉으세요. 죄질로 보면 원래 1계급 강등인데 법무부 장관 표창 받은 게 있어 한 단계 낮춰준 것이오."

징계위원들은 이기수가 높은 징계 수위 때문에 펄쩍 뛴다고 오해했다. 하지만 그게 아니었다. 이기수는 다른 징계는 다 좋으니 정직만큼은 피해가고 싶었던 것이다. 정직을 당하면 다른 기관으로 강제 전출을 가야 하기 때문이다. 그것만큼은 용납할 수 없었던 것이다. 강제 전출은 조은 혜와의 작별을 의미했다. 차라리 더 센 징계를 받는 게 더 나았다.

결국 이기수는 책상 위에 놓인 서류 뭉치를 징계위원들에게 마구 던지며 난동을 부리기 시작했다.

"아니, 이 사람이 지금 뭐하는 짓이야!"

징계위원들은 기함을 했고 징계위원장은 소리를 빽빽 질러댔다.

"정직이라니, 절대 안 돼! 정직만큼은 절대 안 돼!"

이기수는 한 술 더 떠 징계위원장의 멱살을 잡고 흔들어댔다. 위원장의 커다란 머리통이 사정없이 흔들렸다. 공무원으로서 자살행위를 한 셈이었다.

＊

그 사건 탓에 징계위원회는 다시 열리게 됐다. 징계위원회가 내린 결론은 강등이었다. 공직기강을 심각하게 훼손하였다는 점에서 용서받을 수 없다고 격하게 성토했다. 이기수는 만족스레 자리를 떴다. 어쨌든 강제 전출만큼은 피할 수 있어 다행이었다.

다음 날, 이기수는 무궁화 한 개짜리 교위 계급장을 압수당했다. 대신 이파리 세 개짜리 교사 계급장이 강제로 부착됐다. 6급 진급을 코앞에 뒀다는 점에서 8급으로의 강등은 사실상 2계급 강등이나 마찬가지였다. 그러나 차라리 이게 나았다. 이기수는 강제 전출보다는 치욕을 택했다.

"어? 계급장이 바뀌었네요?"

조은혜가 이기수 근무복의 견장을 보며 깜짝 놀랐다. 교도소 생활 27년째이니 조은혜도 교도관 계급에 대해서는 잘 알고 있었다. 무궁화 한 개에서 이파리 세 개로 바뀐 건 강등을 의미했다. 하지만 이 일이 자신에게 장미를 전달해준 데서 시작됐다는 걸 조은혜가 알 턱이 없었다.

"그런 일이 좀 있었습니다. 너무 신경 쓰지 마세요. 그나저나 요즘 계속 그렇게 말라 보여서 걱정입니다. 식사는 잘 하고 계세요? 어제는 외부병원도 갔다 오셨다면서요?"

"네, 이런저런 검사를 하고 왔어요. 결과는 오늘 오후에 나온대요. 요즘 통 제대로 못 먹어요. 입맛도 없고."

"위헌심판 때문에 신경 써서 그런 거 아닌가요? 이번엔 다 잘될 테니 너무 걱정하지 마세요."

조은혜가 종교행사에 가야 할 시간이라 이기수는 곧 자리를 떠야 했다. 하지만 그냥 돌아가자니 조은혜가 걱정됐다. 이기수는 의료과로 발길을 잡았다. 자신이 해줄 수 있는 건 없고, 의료과에 가서 소화제라도 받아서 조은혜 방에 넣어주고 갈 요량이었다.

"실례합니다."

의료과는 늘 그렇듯 바빠 보였다. 밀려드는 환자들 탓에 간호사들은 정신없이 바빠 보였다. 이기수는 구석으로 가서 차례를 기다리기로 했다.

그때 간호사들끼리 얘기 나누는 게 이기수의 귓전을 스쳤다. 17번이라는 말에 이기수의 귀가 쫑긋 섰다.

"17번 말이야."

"어? 조은혜? 어제 외부병원 갔던 거 결과 나왔어?"

"방금 통보 받았는데……."

"그런데?"

"췌장암이래."

"내가 아는 재소자 중에 가장 착한 사람인데 정말 안됐다."

"곧 검찰에 형집행정지 신청할 것 같아. 결국 집에 가긴 가는구나."

"그렇게나 빨리 신청해?"

"말기래. 췌장암이 무섭긴 무서워. 발견하자마자 얼마 못 가 죽어야 하니."

이기수는 정신이 아득해지고 눈앞이 캄캄해졌다. 조은혜는 아직 이 사실을 모르고 있었다. 이기수는 자리에서 일어서려 했지만 다리가 후들거려 다시 의자에 주저앉았다.

"이 주임님 아니세요? 여긴 어쩐 일이세요? 약 뭐 드려요?"

친분 있는 간호사가 그때서야 이기수를 알아보고는 알은체했지만 이기수는 입이 떨어지지 않았다. 바싹 말라붙은 혓바닥을 간신히 움직여 그 간호사에게 재차 확인했다.

"17번 조은혜 맞아요? 확실해요?"

"네, 방금 검사결과서 받았어요. 근데 왜 그러시죠?"

＊

다음 날은 심하게 앓아 출근할 수가 없었다. 이기수 혼자 사는 원룸에는 적막함 가운데 시계 초침소리만 들렸다. 시간은 쉼 없이 흘렀다. 조은혜에게는 시간이 얼마 남지 않았다 한다.

어쩌면 사형제가 위헌판결을 받을지도 모를 일이었다. 그러면 조은혜가 석방될지도 모를 일이었다. 어쩌면 이 빈 방에 조은혜와 함께 앉아 남은 생을 같이 보낼 수 있을지도 몰랐다.

그 다음 날도 몸이 좋지 않았지만 조은혜를 만나기 위해서라도 출근해야 했다. 강등된 이후 더 이상 자신에게 경례하지 않는 후배들 틈을 비집고 이기수는 여성수용동으로 향했다. 복도 끝에서 바라보니 교도관 두 명이 조은혜의 독거실인 제17방 앞에 서 있었다. 형집행정지가 떨어졌나 보다! 조은혜가 석방되나 보다!

"잠깐만요!"

이기수는 숨을 헐떡이며 복도를 달려갔다. 지금 보지 못하면 영영 다시 만나지 못할지도 모른다.

"무슨 일이시죠?"

"17번 형집행정지 떨어졌습니까?"

이기수가 물었지만 교도관은 의아하다는 표정으로 고개를 까딱거렸다.

"17번 조은혜요? 어제 형집행정지 떨어져서 어젯밤 바로 석방지휘 받았어요. 우린 여기 청소하러 온 거예요."

그 말에 이기수가 쇠창살 틈을 통해 방 안을 들여다보자 정말 조은혜가 보이지 않았다. 빈 방엔 냉기만이 흘렀다. 깔끔한 성격 탓에 거실 안은 깨끗이 정돈돼 있었다.

"어느 병원에 입원했는지 아십니까?"

이기수는 매달리듯 물었다.

"저희도 모르죠. 조은혜는 가족이 없어서 어느 종교단체에서 신병을 인수해갔다는 것만 알아요."

이기수는 다리가 풀려 그 자리에서 주저앉을 뻔했지만 가까스로 버티고 섰다. 잠시 멍하게 빈 방을 바라보던 이기수는 맥없이 발길을 돌려 터벅터벅 복도를 걸어갔다. 오늘따라 교도소가 적막에 싸여 있었다. 교도소 전체가 텅 빈 느낌이었다.

"잠깐만요, 이 주임님!"

몇 걸음 걸었는가 싶었는데 뒤에서 누군가 이기수를 불렀다. 조은혜의 방을 청소하던 교도관이었다.

"이거 혹시 이 주임님 앞으로 온 거 아닌가요? 수신인이 이기수로 돼 있는데요."

이기수가 압정에 꽂힌 듯 멍하게 그 자리에 우두커니 서 있자 교도관이 다가와서 편지 한 통을 쥐어주었다. 우표는 안 붙어 있었다. 조은혜가 이기수에게 남긴 편지였다. 이기수가 봉투에서 편지지를 꺼내자 동봉돼 있던 바싹 마른 장미꽃잎이 바닥으로 떨어졌다. 검붉게 변색된 꽃잎은 이기수의 구두 위를 덮었다.

아까 의료과에서 소식 들었어요. 진작 죽어야 할 사람이 여태 살아 있다가 이제야 죽으니 원통할 건 없어요. 다만 그간 저에게 잘해주신 분께 끝내 은혜를 갚지 못한다고 생각하니 그 점이 많이 아쉽습니다.

저는 사형수예요. 아시다시피 아버지를 제 손으로 죽였어요. 저는 죽어 마땅합니다. 다행인지 불행인지 사형집행이 되지 않아 27년이라는 세월을 덤으로 얻을 수 있었어요. 그 세월 동안 당신을 알게 된 점, 무척 감사하게 생각합니다.

제 아버지는 제 어머니를 강간했어요. 의대생이던 어머니는 동네 불량배에게 끌려가 능욕을 당했지요. 수치심 때문에 신고를 하지 못한 어머니는 죽을 결심을 여러 차례 했어요. 그리고 몇 달 후 알게 됐어요. 임신을 하게 됐다는 걸요. 어머니는 저를 낙태하고 싶어 했지만 종교적인 이유로 그러지 못했어요. 죽지도 살지도 못하며 망설이는 동안 배는 더 불러왔어요. 이제는 죽고 싶어도 그럴 수 없는 처지가 되었지요.

그 당시만 해도 처녀가 임신을 하는 건 용서받을 수 없는 일이었어요. 외할아버지는 아이의 아버지인 불량배에게 딸을 강제로 결혼시켰어요. 얼마 후 제가 태어났지요.

아버지라는 사람은 단 한 번도 돈을 벌어본 적이 없었어요. 대학을 자퇴한 어머니는 의사의 꿈을 접어야 했어요. 배운 게 공부밖에 없는 사람이 사회에서 할 수 있는 일은 없었어요. 어머니는 궂은 일 중에 안 해 본 일이 없었어요. 그렇게 저를 키우셨어요.

저는 아버지에게 맞아가며 공부했어요. 어머니가 못 이룬 꿈을 이뤄드리기 위해 이를 악 물고 공부했지요. 마침내 의대에 합격한 날, 어머니는 저를 안고 통곡을 하셨어요. 아버지는 어머니가 농장 속에 숨겨둔 제 등록금을 훔쳐 노름판에 가서 다 잃어버렸지요. 어머니는 외할아버지에게 가서 무릎 꿇고 제 등록금을 부탁하셨어요. 이미 버린 딸이 무슨 아비를 찾느냐며 외할아버지는 역정만 내셨지요. 결국 제 등록금은 외삼촌이 마련해주셨어요.

저는 엠티라는 걸 한 번도 가보지 못했어요. 제가 집에 없는 동안 엄마가 아버지라는 작자한테 맞을 것 같았거든요. 본과 2학년 봄학기가 막 시작하던 날, 미팅이 들어왔어요. 너무 가보고 싶었어요. 그날 저는 결국 그 미팅에 갔지만 중간에 나와야 했어요. 불현듯 엄마가 너무 걱정됐거든요. 마음에 드는 남학생이 있었지만 연락처도 못 건네주고 부리나케 집으로 향했어요. 집에 도착해보니 저녁 8시였어요. 그날 제가 미팅 자리에서 시간을 조금만 더 보냈더라면 제 인생은 그 시점에서 멈추지 않고 흘렀을까요.

집에 와보니 아버지라는 인간이 엄마를 두들겨 패고 있었어요. 중학교를 자퇴한 아버지는 의대생이었던 어머니에게 항상 열등감을 느끼고 있었어요. 밥상은 엎어져 있고, 부서진 티브이에는 묵직한 아령이 꽂혀 있었어요. 그날따라 아버지는 더 폭력적이었어요. 노름판에서 돈을 잃고 들어온 것 같았어요. 하지만 그게 아니었어요. 불륜관계에 있던 애인한테 새로운 남자가 생겼던 거예요. 아버지는 어머니를 쓰러뜨린 후 어머니 위에 올라탄 후 뺨을 마구 때렸어요. 그 모습을 본 저는 순간 이성을 잃었어요. 그 옛날 아버지라는 인간이 엄마를 강간하던 모습이 상상이 됐거든요. 저는 저도 모르게 주방으로 가서 칼을 집어 들었어요. 그러고는 그 작자의 등을 힘껏 찔렀지요. 하지만 칼을 제대로 쥘 줄도 몰랐던 저는 깊이 찔러 넣을 수가 없었어요. 등에 칼이 꽂힌 그 작자는 비명과 함께 제 쪽을 휙 돌아보았어요. 눈이 뒤집혀 있었죠. 아버지는 등에 칼이 반쯤 꽂힌 채 저를 인정사정없이 마구 패기 시작했어요. 그러다가 티브이에 꽂혀 있는 아령이 눈에 띄었나 봐요. 아버지는 아령을 뽑아서 제 쪽을 향해 휘두르기 시작했어요. 저는 포기하는 심정으로 눈을 감았죠. 아령을 맞은 건 제가 아니라 어머니였어요. 어머니는 온몸으로 아령을 대신 맞고는 제게 얼른 도망치라고 소리쳤어요. 아버지는 어머니의 두개골을 노리며 아령을 번쩍 쳐들었어요. 저는 그때 무슨 힘이 솟았는지 후다닥 달려가서 아버지를 있는 힘껏 밀쳐냈어요. 아버지는 균형을 잃고 뒤로 자빠졌고, 뒤통수가 티브이 모서리에 세게 부딪혔어요. 그게 제가 기억하는 아버지의 마지막 모습이었어요. 저와 어머니는 그대로 도망을 쳤어요.

집을 나와도 갈 곳이 없었어요. 수중에 돈도 한 푼 없었지요. 다시 집에 들어가서 지갑을 가져올 용기가 나지 않았어요. 결국 엄마와 저는 파출소에 가서 사정을 말하고는 딱딱한 벤치에 좀 앉아 있게 해달라고 부탁했어요. 그렇게 파출소에서 잠이 들었는데, 누가 저를 부르는 거예요. 눈을 떠보니 사복 입은 형사들이 제 손에 수갑을 채우고 있었어요. 저를 존속살해범으로 체포한대요. 처음엔 꿈을 꾸는지 알았어요. 꿈인지 알았어요. 하지만 차가운 금속이 제 손목을 속박하는 그 생생한 느낌 덕에 이게 현실이라는 걸 깨달았죠.

그렇게 저는 사형수가 됐어요. 존속살해범은 지금도 용서받을 수 없는 중죄이지만, 그 당시만 해도 무조건 사형에 처해지는 분위기였어요. 저에게 사형을 내리지 않을 용기 있는 판사는 없었어요.

엄마와 23년을 살았고, 당신과 함께 교도소에서 27년을 살았으니 어느 쪽이 내 집이고, 어느 분이 내 가족인지 잘 모르겠군요. 콘크리트와 쇠창살로 둘러싸인 차갑고 삭막한 교도소에서 그나마 제게 온기를 나눠주신 분은 당신이 유일해요. 정말 감사합니다.

처음이자 마지막으로 미팅을 가던 3월 초, 교정에는 목련이 막 피기 시작하던 게 눈에 들어왔어요. 하얀 목련을 바라보면서 이제 곧 벚꽃도 피겠구나, 하고 생각하던 게 아직도 생생해요. 그 목련이 제가 마지막으로 본 꽃이에요. 그 뒤로 더 이상 꽃을 볼 수가 없었지요. 당신이 주신 장미는 제가 27년 만에 처음으로 봤던, 만졌던, 향기를 맡았던 꽃이에요. 그 꽃 덕분에 제가 머물던 이 방은 생명을 얻은 듯했어요. 장미꽃이 시들어가는 걸 차마 볼 수 없어 책갈피에 꽂아뒀어요.

어제는 출근을 안 하셨더군요. 마지막으로 한 번 뵙고 가고 싶었는데 그게 우리 인연의 끝인가 봐요. 꽃들처럼 사람의 인연도 피었으면 질 수밖에 없나 봐요.

교도관들이 수군거리는 소리를 들었어요. 저한테 주신 장미 때문에 큰 고초를 겪으셨다고요. 저로 인해 강등까지 당하신 걸 안 후부터 당신이 주신 꽃이 시들어가는 걸 견딜 수가 없었어요.

제가 당신께 드릴 수 있는 건 이 시들어버린 장미꽃잎과 편지 한 통뿐이에요. 그리고 제 마음도 이 방에 남겨두고 갑니다. 오다가다 이 방을 지나치실 때 저를 잠깐이라도 떠올려주시면 그보다 감사한 일은 없겠어요.

태어나면 죽어야 하듯 편지도 첫 문장이 있으면 끝 문장도 있겠지요. 무슨 말로 이 편지를 마무리해야 좋을지 몰라 몇 시간째 고민하고 있답니다. 마치 펜팔에 푹 빠진 사춘기 소녀처럼요. 그러고 보니 이게 남자에게 써보는 처음이자 마지막 편지군요.

이 방에는 곧 다른 재소자가 들어오겠지만, 당신의 마음에는 이 방이 늘 빈 방이었으면 좋겠어요.

　　　　　　　　　　　　　　　　　　– 깊은 감사를 담아 조은혜 올림

편지를 다 읽은 이기수는 허리를 굽혀 구두 위에 떨어진 꽃잎을 조심스레 집어 들었다. 그러고는 꽃잎이 찢어지지 않게 주의를 기울여 다시 편지 봉투에 넣었다.

이기수는 걸음을 옮기지 못하고 빈 방 앞에 우두커니 서 있었다. 청소하는 교도관들이 조은혜의 방에 붙은 철 지난 달력을 치웠다. 그러자 달력 뒤에 숨어 있던 그림이 하나 보였다. 볼펜으로 그린 어느 남자의 초상화였다. 청소하던 교도관들이 그 그림과 이기수를 번갈아 보며 수군거렸다.

삶의 향기가—
문학이 됩니다

말줄임표

한명희

 십여 년 동안 시를 까마득히 잊고 살았습니다. 생업 때문에 시 쓰는 것을 중단해야 했을 때 양팔을 다 절단한 것처럼 참담했습니다. 아무도 봐주지 않는 헛간에 처박힌 내 시어들은 벌레처럼 웅크리며 허공을 맴돌았습니다. 어떤 일을 해도 행복하지 않았습니다.

 15년 만에 그립던 내 시어들을 절박한 심정으로 다시 마주했을 때, 심장이 뛰었습니다. 때론 막막해서 쪼그리고 울었습니다. 늦기 전에 작은 날개라도 달아주고 싶었습니다. 저는 2년 동안 눈뜨면 매일 한 편씩 미친 듯이 시를 쓰고 출근했습니다. 시를 쓸 수 있어서 살아 있음을 감사했습니다.

 이 시의 모티프는 구순이 되신 제 어머니입니다. 엄마, 저 상 받았어요, 하고 외쳐보고 싶은데 불효자라 입이 떼어지지 않습니다. 죄송합니다.

제 시 밭의 근원이 되어주신 소중한 분들, 가족, 친구, 지인들, 기억하겠습니다. 저를 채찍으로 이끌어 주신 경희사이버대 미디어문예창작학과 교수님들과 문우님들 감사드립니다. 이제부터 첫발을 조심스럽게 떼며 다가가겠습니다.

　오랫동안 잃어버린 시의 맥을 잡을 수 있도록 체계적인 공간으로 끌어주신 조창규 선생님, 감사합니다.

　춥고 배고픈 제 詩에게 따뜻한 옷을 입혀주신 심사위원 선생님들께도 감사 인사 올리겠습니다. 그 은혜 잊지 않겠습니다.

　마지막으로 저에게 시인이라는 소중한 길을 열어주신 삶의향기 동서문학상 운영진 여러분께도 진심으로 감사드리며, 앞으로 문밖의 누군가에게 힘이 되는 시를 쓰겠습니다.

말줄임표

한명희

말줄임표는 팔순의 노모가 침침한 눈으로
바늘귀에 실을 밀어 넣는 바늘구멍이다

앞장서서 가는 실 꼬리는 어머니를 따라오라는 신호
그곳은 너무 멀고 아득한 길
바늘귀에 흐릿한 샛눈으로 새벽이 올 때면
빳빳이 일어서던 오 남매의 실 꼬리가 엉켜
퇴행성관절염이 저린 삭신을 타고 자갈길로 온다

검버섯을 유향에 섞어 몰약처럼 마시고
우뚝 선 길들이 풀어놓은 문장 속에는
유독 말줄임표만 매듭이 없이 떠돈다

겨울을 지나는 길목 끝
아버지는 암 병동에서 말려들어 가는 혀를 잡아당기며
무슨 말을 꺼내려다가 끝내 말줄임표로 임종을 맞이했다

차라리 다행이라고 고개를 끄덕이던 어머니
그 좁고 어두운 구멍을 여태 빠져나오지 못하는 걸 보면
점점이 따라오는 말줄임표는
혀를 친친 감고 도는 크레바스다

어떤 길은 영원히 발굴되지 못하고 첩첩이 쌓인다

바늘귀를 타고 들어간 무수한 봉우리

폭풍우 속에서도 우리를 거뜬히 일으킨
어머니 굽은 등 뒤에는

구부러진 곡선을 따라가다 종종 길을 잃는

나라는 말줄임표가 있다

간장

영정화

시를 쓰면서 깨닫게 된 것이 있다.

알고 있는 것보다 모르는 것이 많다는 사실을

보이는 것대로 보는 것이 얼마나 무모한 일인 것도

보이지 않는 것을 보여주는 위대한 시의 힘이여.

나에게 시는 밥을 짓는 일과 같았다.

처음엔 밥 짓는 일이 재미있었다.

그러나 쉽게 생각할 일이 아니었다.

씻는 과정부터 불을 때고 밥을 짓기까지

공을 들여야만 제대로 된 시의 밥이 된다는 것을 깨닫는다.

시 밥을 지으면서 태우기는 얼마나 많이 태웠는지

고르지 못한 채 지은 밥에서 얼마나 많은 돌을 뱉어내야 했는지

찰진 시밥의 진미를 알기까지는 또 얼마나 많은 모래알을 씹어야 할까.

아침보다 밤을 먹어야 하는 날이 더 많았다,

밤새 불을 지피다 깜박 졸기라도 할까 봐

아궁이를 보살펴 준 심사위원님들과
따스한 삶의향기 동서문학상 관계자분들께 진심으로 감사한다.
함께 걸으며 힘이 되어 준 문우들에게도 고맙다는 말을 전하고 싶다.
모르고 있는 것이 알고 있는 것보다 많다는 것을 깨닫게 하고
더 모르길 바라는 신에게 감사한다.

간장

영정화

시간이 숨을 쉬는 동안 물 익는 소리를 들어야 한다
항아리 속에서 듣는 모든 소리는 부질없고 경쾌하다
바닥까지 내려간 어둠은 곰팡이 꽃을 피우고
계절 냄새를 맡은 메주가 소금에 문드러지면
어머니 살도 흐물거려 절인 젓갈인 양 삭아갔다
볕 좋은 날엔 뚜껑을 열고
세월의 구수한 짠 내를 들이키며
짠물의 소리를 듣느라 귀가 빨개진 고추
보면 볼수록 까매지는 눈을 크게 뜬 숯
햇살과 바람 녹인 소금물이 곰삭게 맛 드는 비결은
비밀이지만
세상에 태어나 죽고 사는 것이 비밀이지만
보고 듣고 말하는 것들에 스스로 생채기를 만들었다
골마지가 주름진 틈 사이로 길을 찾을 때면
무위로 깨어나려는 장맛의 소리를 들으려나
일생을 맛 하나로 승부 삼는 간장
몇 방울의 짠맛으로도 단맛이 되는 일상의 요리
살아가는 짠 내도 단내가 될 수 있을

항아리 속에 엎드려 지낸 나날들
잘 삭아 농익는 소리에
짠맛 든 나에게도 단맛 돌날 있겠지
비밀이지만

빛의 환절기

지예림

집으로 돌아가는 길에 눈이 내렸다. 받은 편지를 곱씹으며 겨우내 그 동안의 시들을 떠올려 봤다. 시를 쓰기 위해 왔지만 상처받지 않고 내가 되는 법을 배웠던 나날들이 눈송이처럼 날리고 있었다. 무언가를 쓰고 싶었으나 무엇을 써야 할지 몰라 방황하는 동안 내 이야기를 할 수 있도록 나를 꺼내주었던 사람들. 거기엔 모두와 함께 만든 눈사람이 나란히 남아 있었다. 나에게 시를 같이 쓰자고 먼저 손 내밀어 주고, 시를 사랑할 수 있게 만들어 주고, 용기를 주었던 사람들. 학교를 벗어나며 보이지 않는 선물들을 끌어안고 돌아간다. 지나왔던 길에는 눈이 소복이 쌓여 있었다. 히터가 켜진 창가에 달려드는 눈은 금방 녹아버리고 마는데, 지나온 길에는 눈이 한가득하였다. 본가로 다시 돌아가면 못 볼 눈인데도 아쉽지는 않았다. 글을 마음껏 쓸 수 있었던 일도, 함께 고민하고 괴로워했던 일도 꿈이 아니었으니.

아직 경험도 글도 모든 것이 부족하지만 어쩐지 시의 앞에서만 서면 욕심이 난다. 소복이 쌓인 눈 아래 깊숙이 손을 뻗어 자꾸만 속에 있는 글들을 꺼내고 싶다. 하지만 제자리에서 지나간 날만 바라볼 수는 없다. 끝없는 겨울 가운데에서 본 빛은 나에게 또 다른 환절기와도 닮아 있었다. 어쩌면 나는 내내 기침을 달고 살거나 오랜 추위에 뒤척이게 될지도 모르겠다. 여전히 내가 무엇을 쓰고 싶은지 무엇이 되어야 할지 잘 모르기에. 그나마 다행인 것은 환절기는 비교적 빨리 지나간다는 것. 나는 다음 환절기를 기다리며 외투를 껴입는다. 그리고 그다음에 이어질 말과 글을 생각했다. 내가 아는 것은 겨우 손톱만큼이 전부지만, 멈추지 말아야 한다는 건 확실했다. 나는 지금 단지 한 줌의 눈덩이만 쥐고 있을 뿐, 눈사람을 완성하기엔 오랜 시간이 필요할 것 같다. 앞으로도 수없이 고민하며 답을 찾기 위해 정진해야겠다.

빛의 환절기

지예림

꿈을 옮기는 모습은 좀 가파릅니다
아래로 갈지 위로 향할지 머뭇거리는 손은
아직 작은 새장을 쓰다듬는 것밖엔 할 수 없고

새장이 기울어지면 세상이라고 발음하는
가벼움만 여기 있어요

날아오르기 위해서 가장 먼저 해야 할 것은
꿈을 고르는 일, 털갈이 시기가 다가왔네요

보이지 않는 것을 키우는 건 얼마나 머나먼 일입니까
새장 속 흐릿한 세상을 가지런히 고르며

오늘은 어쩐지 눈이 올 것 같습니다
새장 안에서 부서지는 죽은 털
폭설은 여기에 있습니다
한바탕 쏟아지고 나면 다시 돋아날 미래를 기다리죠
눈이 부셔요

망설임 없이 뛰어들다
기어이 여기에 와서 가볍게 죽는 하얀 눈을 보면
불나방 같아서, 가슴 뛰는 삶을 응원한다는 말이 떠오르네요
가엾게 바짝 마른 심장만 있을 뿐입니다
가녀리고 날카로운 끝을 가진 채

유리 조각 같은 햇살이 앙상한 얼굴로 다가오면
억지로 그어 놓은 날개에서 통증이 종종 만져집니다

날아가는 건 단지

새로운 새장을 찾아가는 일일 뿐인데
세상이 자주 움츠러들고
숨 가쁜 꿈만 소복소복 밟혀나가죠

털갈이가 끝난 새장 안에는 잃어버린 것이 많습니다

그래도 뭐 어쩌겠나요, 두고 가야죠

원래 이사는

가지고 가는 것보다 버리는 게 많은 법이니까요

오늘도 새 단장엔 끝이 없습니다

눈물을 다듬다

이영탁

제겐 커피를 좋아하는 상남 씨가 있습니다. 그 옆에 나란히 서 있으면 커피의 진한 시가 내게로 스며듭니다. 햇살이 쏟아지는 그네에 앉아 도란도란 세상 이야기를 하며 우리의 오랜 시간을 쓰다듬는 것을 즐깁니다.

바다를 좋아하는 나는 산으로 이사를 했습니다. 울창한 숲에서 들려오는 나뭇잎들의 소란스러움에서 파도 소리를 찾아보곤 합니다. 이만 안녕이라고 말하며 옅어지는 그림자를 쓸어 담고 집으로 들어가면 눈물이 쏟아지곤 합니다.

노트북의 자판을 보면 마음이 먹먹해서 코가 찡해집니다. 수많은 단어를 입력했다가 지우고 나면 아쉬움이 남았습니다. 아쉬움에 묻혀 못 일어설 것 같은 시간에 소식을 들었습니다.

삶의향기 동서문학상 관계자분들과 심사해 주신 선생님들께 머리 숙여 감사드립니다.

오랜 도전이 있었고 오랜 기다림이 있었기에 더 눌러야 했던 기쁨이었습니다. 이 기쁨을 나눌 수 있는 상남 씨와 나의 귀여운 꽃밭인 하늘, 한글, 장훈, 별하, 리온, 로라와 가족들에게 끊임없이 노력하면 원하는 것을 얻을 수 있음을 증명할 수 있게 되어 더 기쁩니다.

나의 도전에 응원을 보내주시는 박형권 시인께, 〈문심〉 식구들과 글동무 장예은, 진서윤 선생님, 〈권갑하감성TV〉 권갑하 시인께도 감사한 마음 전합니다.

시가 저를 발견했듯 시를 밝히는 시인이 되겠습니다. 따사로운 울림을 피우겠습니다.

눈물을 다듬다

이영탁

텃밭에 심은 대파를 뽑았다
줄기와 잎에 수많은 별이 엉겨 있다
끈적끈적하고 매끄러워질 때까지 끌어안고 있었던 날들

이슬이, 울음이, 소리가, 바람이, 폭풍우가
나뭇잎의 스산한 몸부림이 모두 엉켜 있는
겹을 벗긴다

실수 몇 겹이 벗겨지자 눈물이 우두둑 뜯겼다
그리움과 절망 한 겹은 그 뒤를 따라 바닥으로 떨어졌다
겹들을 벗겨낼 때 흐르는 눈물은 일종의 고쳐쓰기다

말보다 체온이 먼저 와야 하는 겹

그 틈 사이로 흐르던 눈물, 그리고 땀과 외로움
때때로 날씨가 변덕스러워
뿌리도 내리지 못하던 불안을 껴안고
울었을 극복,

이 얼마나 위험한 낭떠러지인가!

울음이 겹겹이 쌓여 짓무른다는 건
단어의 접착성 때문이 아니라
눈동자의 흡착력 때문이다

눈물을 다듬는다

늙은 햇살과 낡고 붉은 피부를 가진 하늘은 서로 껴안고
하얗게 뿜어내는 한 묶음의 푸른 저녁이 깊어
하루살이가 초승달을 그리는,
눈이 매운 날

이불의 불면증

유은아

빈 종이에 첫 문장을 쓰는 일은 언제나 버겁게 느껴집니다. 늘 두려운 마음이 앞서 차마 시작을 하지 못하고 오래 머뭇거리면서 하염없이 시간만 흘려보내길 반복합니다.

불면의 밤을 보내며 괴로움에 몸부림을 치는 날이 많습니다. 잠이 오지 않아서 이불과 함께 뒤척이던 암담하고도 막막한 시간이 이렇게 새로운 이야기로 변신해 한 편의 시로 탄생하는 순간을 사랑합니다. 잠들지 못할 때의 고통과 아무것도 쓰지 못할 때의 고통이 서로 닮은 것도 같습니다.

수상 연락을 받고 기쁨보다는 부끄러움이 제 마음을 지배했습니다. 한없이 부족하기만 한 저의 시가 과연 수상 자격이 있는지 스스로에게 묻고 또 물었습니다. 제가 쓴 시가 지니고 있는 수많은 단점보다 미약한 장점을 더 크게 봐주셨을 심사위원 선생님들께 진심을 담아 감사의 말씀 드립니다. 저 또한 주변의 모든 이야기를 마주할 때마다 단점보다는 장점을 향해 더욱 다정한 시선을 보내는 사람이 되고 싶습니다.

늘 자신이 없던 저에게 따뜻한 격려가 되어 준 이번 수상은 제 인생에서 아주 특별한 기억으로 오래도록 남게 되겠지요. 짙은 삶의 향기가 묻어나는 글을 계속해서 쓸 수 있도록 조금 더 용기를 내보겠습니다. 잠을 잘 수가 없어서 고통스럽기만 하던 그 시간을 당분간은 차분하게 인내할 수 있을 것 같습니다.

　마지막으로 못난 저를 묵묵히 바라봐 주시는 부모님을 비롯한 저희 가족들에게 고맙다는 인사를 전합니다. 제가 아끼고 사랑하는 모든 사람들이 항상 건강하고 행복했으면 좋겠습니다.

이불의 불면증

유은아

밤에는 여백이 많아진다
지나간 계절의 무게를 덮고
궤도를 벗어난 잠의 행방을 탐색하는 동안
핸드폰 불빛이 위성처럼 떠 있고
이불은 뒤척이는 밤을 능숙하게 버틴다
카페인의 잔여물로 불면이 탄생하고
불면은 관측된 적 없던 기억을 데려온다
엄마를 외면하던 나의 사춘기 너머로
어린 나를 업고 병원으로 달리던 밤과
완만한 배의 곡선을 어루만지는 손이 등장한다
안방 화장대 서랍 구석에서 발굴된
학교 숙제로 썼던 어버이날의 편지
입고 싶은 옷이 많아질수록
엄마가 감당해야 했을 가계부의 무게
침묵만 공전하던 잠긴 내 방문 앞에서
여러 번 머뭇거렸을 엄마의 발길
여백이 많은 밤마다 낯선 기억들은 자꾸 팽창하고

몰랐던 엄마의 흔적이 퍼즐 조각처럼 방 안에 흩어진다
엄마와 함께 뒤척이느라 잠들지 못하던 이불
여름의 무게로 버티는 가을의 새벽 공기가 서늘해
나는 온몸으로 이불을 폭 끌어안는다
이제는 수천만 광년 떨어진 엄마의 체취가 그리워
이름 모를 별이 되는 꿈을 꾸지만
아침에 입어야 할 옷에 대해 생각해야 한다
일교차가 큰 계절에는 그리움의 낙차가 한없이 커진다
여명에 희석된 핸드폰 불빛으로 시간을 확인한다
이불도 잠들지 못한 밤이 또 한 번
어제보다 서늘한 속도로 흘러간다

삶의 향기가 —
문학이 됩니다

수필
부문
수상작

돌에서 흘러나오는 눈물

이선행

석탄박물관에 가서 보았던 돌멩이 위로 해가 뜹니다. 해를 받은 흑연은 마치 검은빛 보석 같았습니다. 그 빛은 슬픈 아름다움입니다.

탄가루가 구름까지 뒤덮은 날 아버지는 동료들을 내보내고 갱도 속을 빠져나오지 못했습니다. 한쪽 날개가 부러진 새가 엄마 가슴뼈 아래 살았습니다. 밤낮으로 푸드덕거리는 새소리 들었습니다. 그 여름 막냇동생이 유독 울었습니다. "축 **광업소 **주년 기념"이 인쇄된 수건으로 눈물을 닦았습니다.

아버지의 일이 수필이 되기까지 모래가 흙이 되는 세월이 필요했습니다. 부모님 삶을 마음의 거울에 비친 모습대로 썼습니다. 기억은 닦을수록 선명해져 글의 완성을 온 우주가 나서서 도와주는 듯했습니다.

멘토링 작가님과 큰 상을 안겨주신 삶의향기 동서문학상 심사위원님들께 감사드립니다. 함께 수필을 쓰자고 다독여 주던 문우들에게 고마움을 전합니다.

편안하고 안락한 곳에 계시지 않았던 분들. 저승에서 기뻐하실 아버지께 평안하시기를 두 손 모읍니다. 엄마 목에 걸린 수건은 언제나 눈물인지 땀인지로 젖어 있었지요. 자그마한 몸으로 아버지를 대신해 홀로 다섯 남매를 키우며 등 허리가 휜 엄마에게 사랑한다는 말을 전합니다. 글쓴다고 집안일에 소홀해도 너그럽게 봐준 남편과 딸들, 응원해 주는 사위에게 고맙습니다.

동서문학회로의 발길이 가볍고 상쾌합니다. 제 글이 메마른 누군가의 가슴에 한 방울의 이슬이 되기를⋯⋯

돌에서 흘러나오는 눈물

이선행

　모노레일을 타고 내려오는 길에 들어간 석탄박물관에서 본 돌이 말을 건다. 그 돌은 아버지가 마지막 쥐고 간 돌이다. 돌 속에 털끝이 서는 순간, 저린 오금, 당신이 띄운 연꽃이 들어 있다. 내 눈에만 보이는 걸까. 검은 눈동자 글썽이면서 하얀 이를 반짝인다. 아버지의 지문이 새겨진 돌의 소리를 듣는다.

　폐광된 자리에 생긴 석탄박물관은 친정과 가까운 곳이고, 시댁과는 지나는 길목에 있지만 좀처럼 발길이 내키지 않던 곳이기도 하다. 박물관 입구에 들어서기도 전, 광산 사고로 돌아가신 아버지가 생각나 갱도 속 어둠이 명치끝으로 밀려왔다. 영화 〈국제시장〉의 장면 중 갱도가 무너지는 극한 상황에 처한 광부들의 절규가 오래도록 내 가슴을 후볐다. 영화에서 보여준 것보다 갱도 속 실상은 더 열악하다. 동발이 언제 무너질지 모르는 상황을 견디며 목숨을 건 사투를 벌인다는 걸 광산에 대한 경험을 가진 사람들은 안다.

　나 자신과 마주한다는 일이 사실 많이 두려웠다. 마음이 약해졌을 땐 달빛에 비친 창문의 나뭇가지나 밤중에 세워놓은 장 우산에도 헛것을 본 것처럼 놀란다. 사방이 검은빛으로 출렁이는 곳, 아버지는 칸델라 불빛만 깜빡이는 천 길 땅속을 매일 같이 드나들며 얼마나 무섭고 힘들었을까. 아버지가 손톱에 피가 나도록 긁어댔을 갱도 속 어둠을 흐릿한 불빛이 비춘다.

실감 체험관에 들어서니 아버지와의 지난 일들이 어제 일처럼 생생하게 떠올려진다. 막장 구석에 앉아 도시락 먹는 광부들의 모습을 재현해 놓은 걸 보며 목이 메었다. 양은 도시락은 톱밥 난로 위에서 데워지는 추억을 소환하기에 앞서 아버지께 처음으로 싸준 도시락 반찬에 대한 기억을 불러온다.

초등학교 4학년 때인가 보다. 친지의 경조사로 엄마가 집을 비워서 내가 직접 아버지 도시락의 반찬을 만들었다. 종갓집이기에 다달이 있는 제사 때문인지 찬장에 북어포가 있었다. 평소에 밀가루 반죽으로 호떡을 자주 구워 먹는지라 처음으로 하는 도시락 반찬에 약간의 호기심마저 들었다. 연탄불에 프라이팬을 올리고 북어를 찢어 기름에 볶았다. 물에 축이지 않고 바로 설탕과 간장으로 간하여 기름에 볶은 북어포가 식었을 때 그렇게 딱딱해지는 줄 미처 몰랐다. 아버지는 맛있게 먹었다며 빈 도시락을 가져왔지만, 찬밥에 그 딴딴한 걸 어떻게 드셨을까.

광부들의 일상을 펼쳐놓은 사택에 다다르자 경직되었던 마음의 조리개가 조금씩 움직이기 시작한다. 그 고장 사람들은 농업이 위주였으나 광업소가 번창하고부터 농사보다 수입이 월등한 광업소에 취업하는 경우가 많았다. 아버지는 광산에서 일하며 농사를 병행했다. 야간 근무일 때도 오전에 눈을 붙이고 오후에 들로 나가 그때부터는 농투성이가 되었다. 잠이 모자란 아버지의 커다란 눈엔 피로감이 어른거렸다. 아버지가 주무실 때 엄마는 우리에게 조용히 하라고 수없이 타일렀지만, 낙엽 구르는 것만 봐도 웃음이 터질 때라 엄마의 당부는 쇠귀에 경 읽기였다. 억지로 다문 입술로 터져 나온 웃음소리가 오히려 컸다.

우리 논은 집에서 멀어 거름을 내거나 수확한 곡식을 가져오는 데만도 여간 힘든 게 아니었다. 아버지가 리어카에 거름을 싣고 갈 땐, 나와 동생이 뒤에서 밀었다. 하루에도 몇 번씩 리어카 뒤를 따라다닐 때면 종아리가 걸을 수 없을 정도로 아팠다. 무더위와 물것들 속에 어른들을 도와 밭에서 고추를 따거나 풀을 뽑으면 숨이 턱턱 막혔다. 우리는 논 가장자리에 돌을 치워가며 한 뼘이라도 더 곡식 심을 자리를 마련했다.

아버지가 깨끗하고 좋은 옷을 입은 기억 또한 나에겐 없다. 늘 땀에 전 낡은 옷과 감청색 광부 유니폼이 전부다. 친구들과 어울려 빨래하러 다니기를 좋아했던 나는 아버지의 작업복을 자주 빨았다. 시냇물에 새까만 작업복을 담그면 물살을 따라 수묵화가 그려진다. 끝도 없이 번지는 시커먼 석탄 물은 손의 흔들림에 따라 산도 그리고 폭포와 난초도 그렸다. 엄마가 손수 만든 잿물 비누를 써 방망이질하면 먹물이 계속 나왔다. 그런 걸 잘 아는 엄마는 검정 물이 다 빠질 때까지 헹구지 않아도 된다고 했다. 빨랫줄에 널린 작업복이 마르면서 거머리 같은 얼룩이 남았다. 옷도 그러한데 수많은 날 아버지 몸속에는 얼마나 많은 탄 분진이 쌓였을까.

아버지에 대한 애틋한 또 하나의 기억이 떠오른다. 입이 짧은 내가 반찬 투정으로 할머니를 힘들게 했을 때, 처음으로 회초리를 든 일이다. 나는 놀라 맨발로 줄행랑을 쳤다. 아버지가 뒤쫓아오자, 뒤꼍 후미진 곳에 놓인 탈곡기 뒤에 숨었다.

"이놈 어디 갔냐!"

아마 옷자락이 보였을 텐데 아버지는 호통만 치며 지나가셨다. 얼마 후 몰래 안방 뒷문을 열고 들어갔다. 안방에는 빨간 고추가 널려 있고 누울 자리만큼 마른 고추를 밀어냈다. 한동안 그렇게 숨죽이고 누워 있는데, 사랑방에서 할머니와 아버지가 주고받는 이야기와 웃음소리가 어슬푸레하게 들렸다. 안도감에 그만 잠이 들었다. 어느 결엔가 이불을 덮어주고 가는 아버지의 훈김이 느껴졌다.

광산촌에는 외지 사람들로 붐볐다. 대부분 일자리를 찾아온 젊은 부부이거나 청년들이다. 우리 집은 통사정하는 그들에게 방을 세놓았다. 말이 그렇지, 그저 사는 거나 마찬가지여서 고마움의 표시로 그들이 집안일을 거들기도 했다. 젊은 부부는 집을 장만할 때까지 살았고 그들 중 아이가 셋 있는 집이 민호네다. 아버지와 민호 아빠가 그날 막장에서 함께 일하였다.

아버지는 굴진 현장의 발파 기술자로 막장의 맨 선두에 서야 했다. 5명이 한 조가 되어 다이너마이트를 설치하고 화약에 불을 붙인 뒤 시간 내에 그곳을 빠져나와야 한다. 아버지는 누군가 제대로 설치하지 못한 것을 끝까지 점검하다 화를 당했다. 사고를 감지한 아버지는 뒤로 물러나 있던 세 사람을 먼저 탈출시키고 발파되어 날아오는 파편에 맞았다. 아버지 희생으로 보조 역할인 민호 아빠는 다리만 조금 다쳤고 탈출한 동료들은 무사했다.

비를 잔뜩 품은 구름이 우리 집 감나무 가지 끝에 걸렸다. 학교에서 수업 중에 아버지의 사고 소식을 들었다. 아이들이 들어갈 수 없는 탄광 안까지 내 발길이 허용되었다. 다리가 후들거리고 발이 푹푹 빠지는 탄가루 쌓인 길을 지나 광산 병원에 도착했다. 아버지는 이미 흰 천에 덮여 있었다. 그날 아버지 얼굴은 새로 꺼낸 도화지처럼 하얗고 깨끗했다. 할머니와 누구에게 모진 소리 못하는 엄마는 폭우에 넘어진 흙담처럼 주저앉아 통곡하였다. 사람들의 젖은 눈빛이 내 등을 어루만졌다. 아버지는 대가족을 이끌며 지난한 삶을 짧게 살다 가셨다.

광부는 모두 남자인데 여자가 일할 수 있는 곳이 있다. 컨테이너 벨트 앞에 서서 석탄 고르는 일을 하는 선탄장이다. 광산 사고가 나면 남은 가족들의 생계를 위해 광업소가 주는 혜택이다. 엄마는 37세 젊은 나이에 가장이 되어 고운 얼굴에 석탄 가루를 발랐다. 서리병아리 같은 오남매는 몸이 성치 않은 할머니에게 맡겨졌다. 석탄을 실은 화물 기차는 산모롱이를 돌아서 거친 숨을 토하며 달렸다.

모진 세월을 살아온 엄마의 등이 갱도처럼 굽었다. 발파하는 듯한 다리의 통증을 호소한다. 몇 차례 수술에도 낫지 않는 아픔을 얻었다.

갱도 한 편에서 아버지가 쥐고 갔던 돌 하나를 보았다. 갱내 천반(天盤)에서 물 떨어지는 소리를 받아 삼키고 있다. 가족이라는 등짐에 눌려 뒤돌아 나올 수 없던 길. 아버지는 컴컴한 그 길을 걸어 들어가기 위해 돌멩이 하나를 손에 쥐었다. 얼마나 손에 힘을 주었으면 물이 흘러나왔을까. 아버지가 두려움을 이기기 위해 움켜쥐었던 돌에서 흘러나온 건 땀이 아니라 눈물이다.

36세, 더는 늙지 않는 아버지가 거기 계셨다. 기억하고 싶지 않은 그것이 진짜 기억해야 할 것임을 안다. 이제 내 안에서 나를 온전히 꺼내 놓을 수 있겠다. 최악의 조건에서 쥐었던 희망. 아버지가 쥐었을 법한 크기의 돌멩이 하나를 손이 아프도록 쥐어 본다.

마음 속 껍데기

채단비

　저에게 글은 애증의 존재입니다. 글을 쓰는 즐거움과 제대로 된 글을 쓰지 못한다는 절망 사이를 배회합니다. 그만큼 저는 글을 쓸 때면 항상 기쁨과 절망 그 어딘가로 내몰리는 기분에 휩싸였습니다. 저의 글은 어딘가 부족하고 영글지 못하다고 생각했습니다. 빈 종이가 두렵고 혼자만 읽는 일기를 쓰는 일조차 무서웠던 순간도 더러 있을 정도로 자신감을 잃어버린 날도 수두룩했습니다.

　올 가을 삶의향기 동서문학상에 '마음 속 껍데기'를 출품한 것은 수상보다 응모 자체에 의의가 있었습니다. 해외에 거주하며 그동안 품어 온 감정과 고찰을 내 품에서 꺼내 놓으며 제 자신에게 작게나마 용기를 건네고 싶었습니다. 작은 껍데기 안에 머물러 있어도 크고 담대한 마음으로 창작을 할 수 있다는 메세지를 찾고 싶었을지도 모릅니다.

　이번 수상을 계기로 창작 활동에 용기를 더 가져보려 합니다. 글을 통해 내면의 껍데기를 단단하게 다져 힘을 기를 수 있기를 바라봅니다. 보다 꾸준히 그리고 열심히 글 쓰는 삶을 살도록 노력하겠습니다. 감사합니다.

마음 속 껍데기

채단비

　아침 일찍 버스나 지하철에 몸을 싣는 직장인들 보다 한 박자 늦게 침대에서 일어난다. 떠나지 못 한 잠이 입 속에 한 움큼이나 자리를 차지하고 있어서 식사는 생략한다. 커피물이 끓는 동안 세수를 하고 머리를 곱게 빗는다. 밤새 서늘해진 집 안 공기 탓에 잠옷은 아직 벗지 못 한다. 하얀 초벽 앞 식탁에 자리를 잡고 앉는다. 오늘의 생명수인 블랙커피가 더운 김을 힘껏 내뿜는다. 눈길이 닿는 곳마다 어제의 흔적이 남아있다. 읽다 만 책, 쓰다 만 일기, 완성하지 못한 글. 어제의 흔적을 오늘은 지워야 한다. 쌉쌀한 커피를 한 모금 홀짝이며 어떤 흔적을 먼저 들춰 봐야 할 지 생각에 잠긴다.

　나의 프리랜서 하루가 서서히 눈을 뜬다. 9평 투룸 안 거실 한 켠을 지키고 있는 식탁에서 시작되는 하루는 평일과 주말이 없다. 정년 퇴직 후 시골로 내려 가시며 시부모님이 물려주신 가로 세로 60 센티미터의 정사각형 식탁은 매일 아침 나를 기다린다. 남편의 유년시절이 묻어 있고 시댁 가족들의 삼시 세끼가 스쳐간 나무 식탁은 이제 나의 일터가 되었다. 침대에서 식탁까지 총 여덟 걸음. 여덟 걸음의 출근길, 여덟 걸음의 퇴근

길. 집이 일터가 되니 식탁도 본래의 기능을 잃었다. 식탁 위에는 식탁보 대신 종이와 책들이 깔려 있고 식기를 넣어두는 서랍에는 학용품이 가지런히 정리되어 있다. 식탁에서 요리를 하거나 끼니를 때우는 일보다 업무를 소화하는 일이 훨씬 많다. 싱크대 옆 좁은 조리대에서 식사를 준비하던 남편이 식탁으로 도마를 들고 넘어 올 때면 나의 작업장을 존중해달라며 농담 서린 경고를 남긴다. 작업이 밀리고 마감이 닥쳐올 때면 나는 식탁에서 일을 하며 끼니를 때우고 남편은 자신의 밥그릇을 들고 식탁 옆 본인의 책상으로 밀려나기 일쑤이다.

협소한 집, 그 안에서도 좁디 좁은 식탁을 하루 종일 떠나지 못하는 나의 모습이 소라게를 닮았다. 소라 껍데기를 등에 업고 다니는 소라게처럼 밥을 먹을 때나 일을 할 때나 심지어 휴식을 취할 때도 집 껍데기와 식탁 껍데기에 머물러있다. 작은 평수와 해가 잘 들지 않아 어둑한 분위기도 닮았다. 약간 습습한 공기마저도 물에 사는 소라게의 주거환경과 비슷하다. 하나의 공간에 미닫이문을 세워 거실 겸 주방, 욕실이 딸린 침실로 나눴지만 크고 작은 세간 살림들이 옹기종기 모여 있다. 어릴 적 그림책에서 본 소라게의 작고도 옹골찬 집을 현실로 옮긴다면 우리집과 비슷하지 않을까.

항상 집을 짊어지고 다니는 소라게는 몸이 커지면 헌 껍데기를 버리고 새 껍데기를 찾아 나선다. 천적으로부터 자신의 연약한 맨몸을 보호하고 보다 안락한 삶을 영위하기 위해 자신의 몸이 들어갈 수 있는 그만의 '러브 하우스'가 주기적으로 필요한 셈이다. 그 안으로 들어갈 수 있다면 어떠한 모양의 집도 상관없다. 울퉁불퉁한 소라 껍데기, 굴 껍데기, 속 빈 나무, 심지어 바다 쓰레기까지. 마음에 드는 껍데기를 두고 다른 소라게와의 경쟁도 불사한다. 나도 한때는 새 껍데기를 구하러 다니는 소라게처럼 살았다. 인간세상에 사는 소라게는 손톱만한 집이 답답할 때면 탈피를 감행했다. 수시로 부동산 인터넷 사이트를 들락거리며 우리 부부의 예산에 맞는 집을 밤새 검색하기도 하고 방송에서 새집을 장만하는 연예인들의 일상을 보고 자괴감에 빠지기를 반복하기도 했었다. 왜 나만 이런 껍데기에 갇혀 있는 걸까. 내가 들어갈 크고 밝은 집은 없는 걸까. 이렇게 살려고 한국을 떠나 이 먼 유럽까지 날아 온 걸까.

소라게와 내가 다른 점이 있다면 한 껍데기 안에서 남편과 둘이 살고 있다는 점, 그리고 두 개의 껍데기를 품고 산다는 점일 것이다. 2012년, 문학 공부를 위해 프랑스 유학길에 올랐다. 가족이라는 껍데기를 떠나 유일한 나의 진로라 믿었던 문학 학위를 위해 외로운 걸음을 내딛었다. 취미이자 특기인 독서가 유학을 결정하게 된 여러 이유 중 하나였지만 무엇보다도 프랑스에서 프랑스 문학으로 학위를 받으면 특별할 것 없는 나의 외적 껍데기가 단단해 지리라는 소망도 한 몫 했다. 어렸을 때부터 공부 외에는 별다른 재능이 없었다. 공부만이 유일한 장기여서 꾸준히 책을 파는 길만이 나의 소명이라고 믿으며 살았다. 일찌감치 내 소명을 받아들였으니 한 길만 묵묵히 걷는 인물이 되면 누구도 건들 수 없는 껍데기를 두를 수 있을 것이라 믿었다. 아니 믿고 싶었다.

박사 과정에 접어들며 수년의 유학길에 제동이 걸렸다. 나를 달뜨게 했던 책 읽는 즐거움이 학교와 논문에는 없었다. 책 속에서 찾아 맛보던 세상과 인물들이 내 손과 눈을 떠났다. 공부를 할 수록 책은 멀어졌고 책이 멀어지니 공부가 두려워졌다. 어려운 연구서를 읽고 저명한 교수들의 세미나를 따라 다녀도 알아가는 즐거움보다 내 자신이 부족하다는 절망감이 가득 찼다. 지도 교수님을 만나고 오는 날이면 마음과 머리가 불안으로 가득 차서 밥도 먹지 않고 밤을 지샜다. 내가 사랑했던 문학은 학문으로서의 문학이 아니었음을 깨닫자 나를 지켜주던 책이라는 껍데기에 금이 가고 균열이 생겼다. 발버둥을 치며 현실을 부정했지만 부정보다는 수용이 나를 살리는 길임을 받아들였다. 박사 논문을 포기했을 때 많은 눈물과 한숨을 쏟았다.

새로운 껍데기를 찾아야 했다. 본래 전공인 문학을 포기하고 틈틈이 해오던 번역과 한국어 교육으로 진로를 틀었다. 언어와 글을 사랑하는 마음까지는 버릴 수 없었다. 자연스레 생활의 주 무대가 학교에서 집으로 옮겨졌고 동시에 '나'는 학생에서 프리랜서 직장인으로 껍데기를 갈아 끼웠다. 갈아 끼운 껍데기는 겉보기에는 단단해 보였다. 우울증과 불안으로 나를 내몰던 학교를 그만두니 얼굴이 좋아졌다는 칭찬을 한동안 듣고 살았다. 더이상 부모님께 손을 벌리지 않고 내 손으로 생활비를 버니 진정한 경제인이 된 기분이 들었다. 공부가 하루의 모든 일과였던 과거에서 다채로운 일과 작업으로 채운 생활로 넘어오자 프리랜서 껍데기는 점점 더 화려해졌다.

껍데기가 아무리 휘황찬란해도 내면을 지켜주고 성장 시켜주는 마음 속 껍데기가 단단하지 않다면 아무 소용이 없는 법이다. 마음의 집을 나간 줄 알았던 불안이 다시 찾아왔고 자존감이 바닥을 쳤다. 주변에서 나를 둘러 싼 크고 작은 소음이 들려 올 때면 외부에서 공격을 받은 소라게처럼 껍데기 안으로 더 파고 들었다. '작은 집에 살아서 어떡해… 집에서 나가긴 하니… 이사 갈 돈은 있니…' 껍데기 안은 바깥 소리로 가득 차 커다란 울림과 진동이 끊이지 않는다. 하지만 나는 이미 알고 있다.

이 소리의 근원지는 밖이 아닌 나의 내면이라는 사실을. 내 것이 아닌 타인의 껍데기를 부러워 쫓다 보니 정작 소라게의 집 바꾸기 정신에서 아득히 멀어졌다. 소라게는 욕심때문에 본인의 집을 바꾸지 않는다. 타인의 시선을 의식해서 껍데기를 고르지도 않는다. 현실을 부정하지 않고 거처를 옮겨야 하는 순간이 다가올 때까지 비좁은 껍데기 안에서 인내하고 기다릴 줄 안다. 성장하는 자신의 몸에 맞춰 크지도 작지도 않은 적당한 껍데기를 찾아 수도 없이 거처를 옮긴다. 밥을 먹고 잠을 자는 껍데기는 소라게에게 있어 거쳐가는 정거장일 뿐 또다른 자기 자신이 아니다. 소라게의 진정한 변화와 성장은 껍데기 안, 소라게의 마음 껍데기 안에서 이뤄진다. 한 줌에 들어오고도 남을 껍데기이지만 그 안에 사는 소라게가 얼마나 큰 세상을 꿈꾸는지, 얼마나 많은 생각을 품고 고뇌하는지는 소라게 본인만이 알 수 있다.

오늘도 나는 작고 소중한 집 껍데기 안에서 소라게 정신을 마음 속 깊이 아로새긴다. 크고 화려한 껍데기가 소라게 내면의 성장까지 보여주지 못하듯 껍데기는 껍데기일 뿐. 넓은 세상을 느린 걸음으로 누비는 소라게는 굽이치는 파도도 반짝이는 빈 소라 껍데기의 유혹도 묵묵히 흘려보낸다. 나도 내가 선택한 9평 프랑스 껍데기 안에서 변화와 탈피를 거듭한다. 나의 껍데기, 우리의 껍데기가 한 손에 들어올 정도로 작고 볼품없다 하더라도 내면이 강하면 언젠가 그에 맞는 껍데기가 찾아 올 것이다. 느리게, 하지만 꾸준히 다져진 내면은 어느 순간 외면의 껍데기에 맞설 수 있을 정도로 강해지리라. 허상을 쫓지 않고 현실에 맞지 않는 껍데기를 찾으려 고군분투 하지 않도록 담대하게 마음 속 껍데기를 보듬는다.

뱀장어 젓

박선령

하루가 저물어 일상을 마무리하고, 고요하던 저녁이었습니다.

까만 방에서 지친 몸을 기대고 있었습니다.

꿈결 같은 소식이 날아들었습니다.

아릿한 밤을 보내고, 어머니에게 달려가 소식을 전했습니다.

눈도 못 뜨시고 청력도 잃어가지만, 어머니는 마침내 알아들으셨습니다.

기뻐하셨습니다. 그리고 "사랑한다." 울리는 목소리로 내게 답해주셨습니다.

어머니, 나의 어머니, 끌어안고 흐느꼈습니다.

어머니, 깊은 사랑 감사합니다. 당신께 이 글을 바칩니다.

처음으로 글을 짓고 싶었던 이유는 아버지였습니다.

두툼하게 거친 아버지의 손을 글로 영원히 기억하고 싶었습니다.

묵묵히 지지하는 크나큰 사랑을 주셨습니다.

마당의 하얀 의자에 앉아 먼 곳을 응시하던 모습이 아직도 선합니다.

그곳에선 평안하시지요?

아버지, 존경하고 고맙습니다. 당신께 이 상을 바칩니다.

어디로 가야 할지, 막막한 마음으로 길을 잃고 방황하고 있을 때
남편, 그가 조용히 다가와 노트북을 선물하였습니다.
처음으로 가진 내 소유의 노트북에서 시간 가는 줄 모르고,
문장을 써보고 지우길 반복하였습니다.
감정을 불어넣은, 나의 언어가 태어나고, 눈물이 흘렀습니다.
그리고 이토록 신비한 일이 생겼습니다.
깊게 의지하는 오랜 동반자, 늘 고맙습니다.
미미한 풀꽃같이 살아왔습니다.
지금 내 안에 무언가가 꿈틀거립니다.
깊고 아름다운 글로서 누군가의 영혼을 흔들어 깨우고
고통을 안아주고 싶다고, 나지막이 꿈을 꾸어봅니다.
그윽한 풀꽃이 되어
누군가의 마음에 짙은 울림이 스며든 향기를 전하고 싶습니다.
작가가 되기를 응원해 준 소중한 딸, 사랑합니다.
나의 딸, 화사한 햇빛 같은 삶을 펼쳐 나가길 기도합니다.
따뜻한 털로 체온을 나눠주는 막둥이 아들, 사랑합니다.
크나큰 용기를 주신 삶의향기 동서문학상 관계자분들, 문우님들과
선생님에게 진심으로 고개 숙여 감사드립니다.

뱀장어 젓

박선령

바다가 출렁인다. 깊고 검푸른 바닷속, 은빛 뱀장어 떼가 헤엄친다. 지느러미를 바지런히 움직여 길고 미끈한 몸을 유려하게 흔들며 앞으로 나아간다. 아랫배가 은색으로 성숙하게 변해가며 알을 품는다. 성체가 되어도 자신의 존재를 과시하거나 아름다움을 뽐낼 줄 모른다. 수풀 사이, 안전한 진흙 바닥에 숨어들어 알을 낳고, 해야 할 일이 끝나면 멀고 먼 곳으로 홀연히 떠나 죽어간다.

눈을 떴다. 흐린 잿빛 하늘, 연약한 비가 대지 속으로 스며들었다. 가녀리던 빗줄기가 갑자기 굵어져 차창을 때리고 희뿌옇게 부서졌다. 앞이 잘 보이지 않아 자욱한 허공을 뚫고 차를 몰아 겨우 어머니에게로 닿았다. 천장과 블라인드가 온통 하얀 병실, 어머니는 야위어진 몸을 침대에 뉘고 있었다. 현실과 몽상의 경계, 이승과 저승 사이 어디쯤인가. 창 너머 멀찍이 짙어지는 무채색 안개 사이로 드리워진 물기 촉촉한 초록 잎사귀의 싱싱함이 그곳에선 생경했다. 나는 어머니의 꺼칠한 손을 잡았다. 어머니의 두 손은 지느러미였다. 새끼를 품고 물속을 쉼 없이 움직이며 먹이를 찾아다녔다. 갯벌에서 꿈틀대고 펄떡거리며 보낸 삶이었다. 정성껏 먹이고 키운 후, 유유히 헤엄치는 법을 가르쳐 드넓은 바다로 보냈다. 자신을 가장 낮은 곳에 내려놓고, 지난한 일상을 섬기는 삶이었다.

어머니의 가슴에 머리를 가만히 대본다. 젖 냄새가 나는 것 같다. 풍만했던 어머니의 젖가슴은 늘어진 노인의 살가죽으로 변하였다. 이년마다 연달아 태어난 네 아이들의 입에 물렸던 젖은 유선이 노화되고 쪼그라들어 그저 껍데기만 흔적으로 남았다. 숨소리를 들어본다. 살아있는 존재만으로 내 마음에 결핍된 허기가 채워지는 것 같다. 젊고 강인했던 어머니는 세월이 흘러 이제 혼자서 걷지도 못하는 젖먹이가 되었다. 나는 어머니를 일으켜 준비해 온 뽀얀 국물 한 사발을 숟가락으로 천천히 떠먹인다. 뱀장어처럼 자신을 다 내어주던 어머니와 우리가 서로에게 얽힌 시간이 애처로이 물 위로 떠다닌다.

아주 어렸을 때, 바다가 닿은 곳에서 살았다. 광안리 바닷가 근처, 머리에 고무대야를 올린 아주머니들이 "뱀장어 왔어요!" 소리를 지르며 바다에서 잡은 뱀장어를 동네에 팔고 다녔다. 밖에서 기척이 나면 어머니는 대문을 열고 재빨리 나갔다. 나도 쪼르르 따라나서서 구경했다. 아주머니가 내려놓은 고무대야엔 윤기 나게 살아있는 진회색 뱀장어들이 동그랗게 몸을 꼬아 틀며 후다닥 움직이었다. 그것은 공포로 가득한 당혹스러운 움직임이었을 것이다. 어머니는 힘 좋게 팔딱거리는 그것들을 뜨거운 솥에다 넣었다. 뱀장어들의 사투는 너무나 처절해서 숙연해지곤 했다. 한참을 푹푹 고아 뼈와 살갗이 으스러져 형체가 완전히 사라지고 체에 거르면 우유같이 뽀얀 국물이 되었다. 비릿한 냄새를 감추려 소금 간을 하고 적당히 식혔다. 어머니는 나를 불렀다.

"얼른 마셔라."

어머니가 나를 지켜보는 눈빛과 표정에서 비장함을 읽을 수 있었다. 눈앞에 팔딱이며 살아있던 생명체가 뽀얀 물로 변신한 상황에서 느껴지는 기묘한 죄책감에도 불구하고 그것을 거부할 수 없었다. 어머니 앞에서 한약처럼 사발을 한 번에 들이켰다. 나는 여덟 살 때, 폐병이 재발한 어린이 환자였다. 그때, 어머니의 눈물을 어렴풋이 기억한다. 병실 밖에서 들려오던 젊었던 어머니가 흐느끼던 울음소리가 생각난다. 내가 퇴원한 후에도 어머니는 안색이 노랗고 **빼빼** 마른 아이를 안타까운 눈길로 쫓으며 노심초사했다.

나는 어머니의 아픈 손가락이었다. 내가 태어난 지 얼마 안 되었을 때 할아버지가 집에 오셨다. 방 두 칸짜리 셋집에 비좁게 살았었는데, 할아버지가 며칠 계시는 동안 면역력이 없던 내가 기침으로 병균이 옮아 감염되었다고 한다. 어렸던 나는 병원에 입원해서 독한 주사와 약을 먹고 겨우 살아났다. 그 후로 뱀장어는 더 이상 나오지 않는 어머니의 젖이 되었다. 아니 그것은 통째로 내주어 자식을 살리고 싶었던 어머니 자신일지도 모른다. 뱀장어 젖을 먹으며 조금씩 볼에 살이 올랐다. 몸이 완치되고 여느 아이들처럼 큰 병치레 없이 자라게 되었다.

어머니는 음식으로 사람을 사랑하고 존중하는 삶을 사셨다. 밥상 차리는데 온 정성을 쏟았다. 새댁 때부터 시장에서 장을 보며 요리법을 물어 배워 이것저것 해먹이며 당신만의 비법을 쌓았다. 자식들이 다 출가한 후에도 인삼을 사서 여러 번 찌고 말려 만든 홍삼을 자식들에게 보냈다. 김장 준비를 위해 몇 달 전부터 빛깔 고운 태양초 고춧가루를 구하고, 바닷가 포구로 가서 마음에 드는 젓갈을 사 왔다. 사방으로 음식 재료를 마련하러 다니면서 몸살을 앓기도 했다. 아무리 말려도 그것이 당신 행복이라 여겼다.

아침 햇살이 반사되어 반짝이는 바다는 망망하게 펼쳐져 있다. 실뱀장어는 밤하늘 은하수처럼 무리 지어 수면 깊숙한 아래서 먼 곳으로 거슬러 바다를 헤엄친다. 지느러미를 유유히 흔들어 물살을 헤친다. 바다는 겉보기엔 잔잔히 아름답지만, 수많은 목숨이 생존을 위해 전투적으로 움직인다. 모든 생명체는 생과 사의 연속이다.

어머니는 건강체라고 생각했다. 남편을 잃고 아이들을 먼바다 건너로 보내놓고도 나는 어머니라면 혼자서도 씩씩하게 잘 살고 계신 줄 알았다. 어머니는 웬만해선 먼저 전화하는 법이 없었다. 살기 바쁜 자식에게 부담 주지 않으려는 배려였을 것이다. 주중을 지나 일요일 저녁이 되어야 나는 어머니를 떠올리며 안부 전화를 하곤 했다. 어머니의 정성에 사무치면서도 당연한 듯, 내 아이의 엄마 역할에 더 충실했다. 전화기 건너로 들려오는 맑고 침착한 목소리의 이면을 헤아릴 만큼 나는 섬세하지 못했다. 나만 힘든 줄 알고 이야기를 쏟아내면 어머니는 차분히 들어주었다. 그리고 조심스레 조언해 주는 가장 내밀한 친구였다. 어느 날, 여느 날과 다르게 어머니의 숨소리가 거칠어지면서 대답 대신 한참을 침묵하였다. 그러시더니, 힘든 이야기는 빼고 대화하자고 하였다. 서운하기보다 조금 이상했지만, 바람 잘 날 없는 여러 자식의 이야기를 듣고 혼자서 얼마나 힘들었을까. 나는 입을 닫았다. 뭔가 비밀이 생긴 것 같기도, 내게 거리를 두는 것처럼도 느껴졌다. 그럼에도 바로 알아채지 못했다. 어머니의 뇌에 문제가 생겼음을 나는 인지하지 못했다. 그것은 오래된 침묵이었다. 남편을 잃고 어둡고 긴 밤에 바닷속 심연을 홀로 헤매고 계셨던 날도 있었을 것이다. 그래도 내색하지 않고 침묵하며 외로움을 삼키었다. 당신의 방식으로 의연함을 지켜내던 사이 병은 더 깊어졌을지도 모른다.

삶은 어디에서 와서 어디로 흐르는 걸까? 밤이며 낮이며 어머니는 기도했다. "내 탓이요. 내 탓이요. 내 탓이로소이다." 가슴을 쳤다. 약을 거부하고 기도만 하였다. 시간이 지나며 어느 날은 고운 어머니 모습이었고, 어느 날은 나를 도둑으로 몰며 쏘아보았다. 자꾸 은행에 가보자고도 하였다. 이웃들은 수군거렸다. 자식밖에 모르고 산 어머니가 기도를 너무 많이 해서 뇌가 망가진 거 아니냐고……. 어머니는 우리가 그저 건강하게 잘 살기만을 기도했을 뿐인데, 질병은 태풍처럼 나타나 어두운 밤바다에 홀로 표류하는 작고 낡은 배를 침몰시킨다. 어머니는 기약도 없이 조금씩 무너지고 부서지고 있었다.

아직도 현실의 슬픔에 부딪혀서 한없이 약해질 때가 있다. 그럴 때 불현듯 찾아와 뇌리를 지배하는 것은 바로 어머니다. 상상 속에서 어머니를 만나 흐느낀다. 우리가 탯줄로 이어졌던 사이란 것을, 어머니의 젖을, 어머니가 내밀던 뱀장어 푹 곤 물을, 내 무의식은 기억하고 있을 것이다. 애처로이 여기는 눈빛이 담긴 뱀장어 젖은 짐작할 수 없을 만큼 깊게, 내 안에 차곡차곡 쌓여 버팀목이 되었다.

눈을 감으면 소금기 섞인 바닷물 내음이 풍긴다. 뱀장어는 민물에서 살다가 바다로 가서 알을 낳는다. 바다를 가로질러 헤엄쳐 찾아가는 목적지를 알고 있다. 끈끈한 바닷바람이 느껴진다. 파도 소리가 들린다. 내 몸은 어딘가에 바다의 일부를 지니고 있기도 하다. 어머니도, 나도, 어느 날 자연의 일부분으로 돌아갈 것이다. 먼저 가 계신 아버지와 만나 바닷속을 함께 헤엄칠 것이다. 해초가 춤추는 신비로운 바닷속에서 고통 없이, 자유로이, 가장 깊은 곳까지 잠수할 것이다. 천진스럽게 까르르 웃으며 서로를 부둥켜안을 것이다. 메마른 두 손을 잡고 비벼본다. 어머니의 감촉은 여전히 따스하다. 그 온기가 전해오면 어린아이로 돌아가 의지하고 싶어진다. 어머니의 볼에 얼굴을 비비고, 귀에다 또박또박 반복해서 속삭인다. "사랑해." 내 목소리가 심장에 스며들어 그녀의 온몸에, 온 정신에 각인되길 소망한다. 어머니의 창백한 얼굴에서 옅은 미소를 느낀다. 그 미소가 뭍에서 나와 깊은 바다에서 숨 쉬며, 파닥거리며, 절대적인 평안을 누리길……. 나는 꿈꾼다. 그리고 어머니의 바다를 본다.

엄마의 침묵

김미래

– 따뜻한 글 쓰고 싶습니다 –

어젯밤, 콜로라도의 밝은 달이 창문 너머로 따뜻하게 웃고 있었습니다. 아마도 나를 읽는 중이었나 봅니다. 두 발을 소파 위에 얹어 놓고 누워 오랫동안 눈을 맞췄습니다. 세상 부러울 것이 없었습니다. 그 순간에는 제 기쁨이 어느 수상자의 것보다 컸을 겁니다. 며칠 동안 손이 닿는 모든 것들과 함께 기쁨을 나눴습니다.

말없이 응원해 준 남편과 이제 성인이 된 요한, 아론, 그리고 친구들에게도 사랑의 마음을 전합니다. 콜로라도 문우회 회원들과 정병갑 선생님께도 감사함을 전합니다.

이제 막 걸음을 시작하는 저에게 힘을 실어주신 삶의향기 동서문학상과 심사위원님께 진심으로 감사드립니다. 더욱 정진하겠습니다.

엄마의 침묵

김미래

아찔한 끈으로 엄마와 연결되었던 열 달의 기억이 살아나는 것인가. 엄마에게서 떨어져 나온 뒤부터 지금까지도 나는 엄마의 끊을 수 없는 끈이었다. 보이는 끈보다 보이지 않는 끈이 강한 법. 엄마와 이어졌던 끈은 사십 년이 지난 후에도 끊을래야 끊을 수 없는 존재의 DNA로 이어지고 있다. 엄마가 되어보고서야 엄마를 알았다. 나는 지금도 예고 없이 내리는 한낮의 소나기 같은 엄마의 아픔이다.

결혼 후, 아이들 키우는 재미는 또 다른 행복의 방에 나를 옮겨 놓았다. 웃음은 파도처럼 끊이지 않았고, 방마다 행복은 쉴 없이 넘쳤다. 내가 행복할 때는 마음도 너그러워지나 보다. 주말이 되면 사람들을 집으로 초대했다. 친구들과 함께 와인을 마시고, 대화도 하면서, 즐겁게 카드 게임도 했다. 행복은 다른 사람들과 나눔으로써 두세 배가 되는 것일까. 벙실대던 입술도 잠시, 어느 날 놀이터에서 놀던 큰아이가 갑자기 쓰러졌다. 정신없이 아이를 업고 병원으로 뛰었다. 마치 내가 불행의 도가니로 뛰어드는 듯한 뜀박질이었다. 평화롭던 내 삶은 커다란 암초에 부딪혔다. 고통의 시간은 그칠 줄 모르고 밀려서 나를 통째로 흔들었다. 어디서 잘 못 되었는지 남편과 나는 원인을 알고 싶어 했으나 영문도 모르는 우리는 우환이란 문으로 들어갈 수밖에 없었다.

큰아이가 초등학교에 입학하고 얻은 병명은 이름도 모르는 병이었다. 아이가 자꾸 넘어지고, 쓰러지는데 이유도 없고 병명도 모른다니 의사는 스트레스가 원인이라고 성의 없는 말만 되풀이했다. 가슴은 타서 숯검정이가 되었다. 누구의 탓이라고 묻지는 않았지만, 부부 간 갈등은 연일 큰소리로 이어졌고 집안은 나날이 차가운 얼음으로 변해가고 있었다. 아이들은 냉장고에 갇힌 듯 오돌오돌 떨면서 눈치만 늘어 갔다. 마음 둘 곳 없던 나는 피폐해진 마음을 '기도'라는 동아줄에 매달아 놓았다. 외로움은 누군가를 간절히 붙잡고 싶은 마음일까. 누구에게나 흔들리는 삶이 있으련만 유독 나를 흔드는 바람이 더 강하게 느껴지는 건 나의 나약함 때문이리라. 사력을 다해 허공으로 팔을 뻗어 보았지만, 돌아오는 것은 빈손뿐….

한 가지 선택밖에 다른 길은 없었다. 시골 부모님 댁에서 아이를 편히 쉬게 하는 것 외에는. 아이에게는 학습에 대한 스트레스까지도 버거운 나날이었다. 부모님은 흔쾌히 승낙해 주었다. 서울에 남편을 두고 아이 둘과 승용차에 몸을 구겨 넣었다. 아이들은 여행 가는 것처럼 신이나 있었다. 챙겨 간 옷가지며 책이며 생필품도 차가 움직일 때마다 달그락거리며 여행을 즐기는 것 같았다. 나도 여행인 듯 아닌 듯 입꼬리를 올리며 속 울음을 삼켰다. 서울에서 5시간을 운전하며 고속도로를 달리는 동안 마음 안에 널려있는 많은 생각이 이유 없이 나를 따라오고 있었다. 어른이 되어 처음으로 대하는 먹구름을 어떻게 마주해야 할지. 몸만 커버린 나로서는 앞이 보이지 않는 어두운 구름에 두렵기만 했다. 아무에게도 말하지 않았다. 야무지게 빗장 닫은 자존심에 금이라도 가지 않을까 싶어.

우리를 쫓아오던 해그림자도 지쳤는지 길게 누워 버렸다. 어둠으로 채워진 마을 입구가 낯설게만 느껴진다. 반갑게 맞아 주시는 부모님의 미소속엔 안쓰러움이 묻어 있었다. 엄마와 눈을 맞추지 못했다. 나는 집 나갔다 돌아온 탕자인 것 같았다. 어깨가 축 늘어지고, 변명거리도 찾지 못했다. 그러면서도 행색이 초라하게 보이지 않을까 애써 웃음을 만들어 보였다. 저녁을 챙겨 주느라 부산히 움직이는 엄마 등 뒤로 익숙한 냄새가 코를 자극한다. 언제 맡아보았던 엄마의 향인가. 흙냄새 같기도 바다 냄새 같기도 하였다. 어떻게 밥을 먹었는지 모르겠다. 이런 상황을 받아들이기 힘들었던 나는 말없이 도리질하면서도 한편으론 '감사하다'라고 기도 했으니. 그것은 더 나빠지지 않을 것에 대한 희망을 정박시켜놓은 하나의 의식과도 같았다.

마을에는 나에 대한 소문이 날개를 달고 돌아다녔다.

"아이고! 딸이 이혼하고 왔담서요?"

엄마는 아무 대답도 하지 않았다. 그저 가벼운 미소만 지었다. 그러다 수다쟁이 아주머니를 만났는데 그분한테는 '이혼하고 왔어요'라고 대답했다.

"엄마! 왜 저분한테는 이혼하고 왔다고 얘기해요?"

"저 여편네가 소문을 빨리 내야 사람들이 나한테 안 물어보지."

서투른 시골 생활이 시작됐다. 내가 어릴 때 살았던 집터는 채마밭으로 변해 있었다. 부모님이 새집으로 옮겨 가면서부터다. 감나무 몇 그루와 포도나무가 가장자리를 차지하고, 그 밑에 갖가지 채소들은 싹을 틔우며 봄볕을 즐기고 있었다. 닭과 오리들은 뒤뚱대며 우리를 따라다녔고, 벌레를 보면 줍줍 쪼아 먹었다. 대문만 열고 나가면 대자연이 펼쳐져 있었고, 산과 들은 수채화 물감을 입은 것처럼 화려했다. 아이들은 학교에서 친구들과 잘 적응해 나갔다.

여름이면 아버지는 대나무에 낚싯줄을 묶어서 낚싯바늘을 매달아 주었다. 아이들과 나는 낚싯대로 고기를 잡았다. 서툴게 던지는 낚싯대에 망둥이들이 앞다투어 물고 따라왔다. 망둥이는 고기 중에 미련한 고기다. 자기 동료의 살을 미끼로 하면 그걸 물어 걸려들어 온다. 맛은 또 얼마나 달고 고소한지 먹어보지 않은 사람은 잘 모를 것이다. 아이들이 잡아 온 망둥이는 할머니표 매운탕으로 변해 식탁 위에서 우리의 침샘을 자극했다. 아이들은 맛있다며 뼈까지 깨물었다. 엄마는 많은 것을 아이들에게 체험해 보라고 하였다. 언제 또 이런 시간을 갖겠냐며 잠자리 잡기, 헤엄치기, 삽질, 그네 타기, 닭 모이 주기, 염소 풀 뜯기기에 손수 데리고 다녔다. 아이의 얼굴에 미키마우스 닮은 미소가 되살아나고 있었다. 그 뒤에도 몇 번 넘어지는 일이 있어 병원을 오갔지만, 나와 연결된 끈이 든든하게 지켜주는 느낌이었다.

아이들은 즐겁게 적응하고 지내는데 정작 엄마와 나 사이는 냉랭 했다. 서로 소 닭 보듯 대했다. 엄마는 모든 것에 말을 아꼈다. 나를 위로하지도 않았고, 걱정해 주지도 않았다. 나와 시선을 마주치려 하지도 않았다. 나에게 하고 싶은 말의 실마리를 찾지 못한 것 같았다. 엄마의 얼굴에 출구를 찾지 못한 수많은 언어가 숨어 있었다. 엄마가 침묵해도 나는 나의 언어로 해석이 가능했다. 엄마 안에 쌓인 언어들이 차고 넘쳐서 흘러내렸을 때 한마디를 슬쩍 내 옆에 갖다 놓았다.

"너무 속상해하지 마라! 자식 키우다 보면 이런 일 저런 일 다 있능거여."

참아왔던 아픔이 봇물 터지듯 터져 나왔다. 슬며시 자리를 털고 밖으로 나왔다. 옆집 담벼락에 머리를 얹고 하염없이 눈물을 쏟았다. '당신

손이 잘려 나가는 아픔처럼 나를 아파하고 있었구나'라는 생각에 마음이 저려 왔다. 어떤 말보다 따뜻하게 마음을 어루만져 주는 위로였다. 가로등 불빛은 볼을 타고 내리는 눈물 줄기를 안쓰러운 눈으로 바라보고 있었다. 나는 물기를 훔치며 쑥스러워 고개를 숙였다. 위로를 받은 것은 엄마의 말뿐 아니었다. 푸른 별들도 나를 훔쳐본 가로등도 등을 토닥여 주는 것 같았다. 그 후에도 엄마의 침묵은 계속되었지만, 엄마와 나는 말을 하지 않아도 깊은 의미까지 통했다. 보이지 않는 탯줄의 끈이 질기게도 이어져 있기에. 따뜻한 말만 위로가 되는 것은 아니었다. 엄마의 침묵은 내 안에 불안과 초조함을 통째로 녹여 버렸다. 침묵의 힘을, 엄마를 통해 배운다. 아픔이 기쁨으로 승화되는 순간이다.

　무엇보다 엄마의 마음을 알고 나니 아픔은 더 이상 아픔이 아니었다. 내 안에 주리를 틀며 자리하고 있었던 힘든 시간이 봄 눈 녹듯 사라져 버렸다.

　그렇게 2년의 세월이 흘렀다. 아이는 점점 건강을 되찾았다. 학습에 대한 집중력도 나아졌고, 친구들과도 잘 어울려 놀았다. 일상에 끼었던 깊은 먹구름도 조금씩 걷히고 있었다. 여행이라는 가면을 쓰고 살았던 2년도 막이 내려지는 순간이다.

　우리는 다시 도시로 향했다. 룸미러 속에 아쉬워하는 엄마의 모습이 보인다. 말없이 머리를 끄덕이고, 손을 흔들면서 우리를 따라오고 있었다. 엄마의 침묵 한 아름도 우리와 함께 서울로 향하고 있다.

서랍 속의 영화

조은정

　어쩌다 우연히 영화, 당신을 만났다. 좋아한다는 말 한 마디를 못 해서 발만 동동 구르다 기차를 놓쳤다. 어느덧 밤이 되었고, 어둠을 새기고 지우는 일을 반복하다가 그만 역 바깥으로 나와 버렸다. 영화와 멀어지는 일. 그것은 그 시절 내가 할 수 있는 최선의 선택이었다. 시간이 흘러 세찬 계절의 경계가 무뎌질 때쯤 누군가 내게 다가와 말을 걸었다. 뭔가 잃어버린 것이 있지 않습니까. 나는 대단원의 막이 시작되는 극장에 홀로 앉아 외투 주머니를 더듬었다. 그러다 문득 외투 안쪽 깊숙이 넣어둔 부치지 못한 편지를 발견했다. 그 앞에서 한없이 무력해지는 나를 애써 가다듬으며 떨리는 손으로 우표를 붙였다. 지금 이 마음 그대로 그에게 가닿길, 진심으로 바라면서.

　내가 서 있는 곳은 절망과 희망 그 언저리 사이였다. 편지를 꼭 쥔 채로 조용히 눈을 감았다. 얼마 지나지 않아 저 멀리에서 기차 경적 소리가 들리기 시작했다. 나는 그대로 뛰어가 어렴풋이 보이는 기차에 손을 흔들었다. 그러고는 기어코 영화를 다시 만났다. 모든 게 그대로였다. 우리가 처음 만난 그날처럼. 여전히 사랑해, 라고 말할 수 있어서 다행이야. 마냥 주어진 손금을 따라 살았던 시간들. 이제야 마음 놓고 손을 활짝 펴본다. 새로운 획을 그을 차례가 드디어 온 것이다.

나의 간절한 편지를 기꺼이 열어봐 주신 삶의향기 동서문학상 심사위원분들께 깊은 감사를 드리고 싶다. 그리고 이 글을 쓰며 스쳐 지나가는 얼굴들을 붙잡아 본다. 언제나 날 위해 애정을 모아 응원해 주는 친구들, 내 안에 끊임없이 질문을 던져주신 김홍준 교수님, 너른 마음으로 나의 글을 이해해 주신 이정아 교수님, 내게 따스한 곁을 내어준 우리 29기 영화과 동기들, 언제 어디서든 나의 꿈을 지탱해 주는 엄마, 아빠, 오빠 모두에게 고마운 마음을 전한다.

부디 끝내 쓰는 사람이 되길. 오늘 밤엔 긴 편지를 써야겠다. 영원히 잊을 수 없는 단 하나의 장면을 위해서.

서랍 속의 영화

조은정

　내 사랑의 유통기한은 만년으로 하고 싶다. 이 문장은 시네필이라면 다 아는 영화 〈중경삼림〉의 대사다. 나는 이 대사를 보는 순간 직감했다. 이 영화와 사랑에 빠질 것이라는 것, 그러다 영화 만들기를 꿈꾸게 될 것이라는 것. 그 때 고작 초등학교 5학년이었다. 그날 이후부터 줄곧 마음 한 구석 서랍 속에 영화를 차곡차곡 쌓아나갔지만 그 누구에게도 말하지 않았다. 이따금씩 서랍을 열어 울고 웃을 뿐이었다. 어쩌다가 영화를 향한 일렁이는 마음이 너무 커질 때면 꾹꾹 눌러 서랍을 억지로 닫고 지켜보았다. 서랍 안의 거센 파도가 잠잠해지길 간절히 바라면서.

　그 후 독일 유학을 떠나게 되었고, 부모님 뜻에 따라 영화와는 전혀 상관없는 학문을 공부하게 되었다.

　정확히 〈중경삼림〉을 본 지 16년이 흐른 후, 시험 기간을 피해 베를린 영화제에 참석하게 되었다. 그 해 개막작이 무슨 영화인지도 모른 채 마지막 하나 남은 개막작 티켓을 운 좋게 구해 자리에 앉았다. 프로그램북을 보니 개막작은 〈중경삼림〉을 연출했던 왕가위 감독의 신작 〈일대종사〉였다. 운명이 있다면 이런 걸까, 싶었다. 고개를 돌려보니 서랍은 그 자리에 우두커니 서 있었다. 나는 서랍 고리를 잡고 있는 힘껏 다시 열었다. 그러자 주위는 금세 어두워지고 영화는 시작됐다. 영화 내내 주인공 엽문의 옷 단추는 중요한 의미를 지니고 있었다. 특히 극 후반에 궁이가 사모했던 엽문에게 그의 단추를 오랜 시간 간직하고 있다가 돌려주는 씬은 굉장히 인상적이었다. 까만 엔딩크레딧 위로 박수가 여기저기서 터져 나왔다. 마법은 끝났다. 호박마차가 없어질 까봐 발을 동동 굴리는 신데렐라처럼 나는 자리에서 일어났다. 극장에서 나오니 들어가기 전보다 입김이 훨씬 세졌다. 두꺼운 겉옷을 꽁꽁 싸매 입은 관객들 틈을 비집으며 레드카펫 위를 터덜터덜 걸어 나오는데 카펫 위로 회색 코트 단추 하나가 또르르 굴러와 발끝에 채였다. 나는 그 단추를 주우며 아까 본 〈일대종사〉의 단추를 떠올렸다. 혹시 이 단추는 왕가위 감독이 내게 주는 선물이 아닐까. 내가 그토록 바랐던 꿈, 그러니까 내가 영화감독이 돼서 이 자리에 올 수 있게 되지 않을까. 만약 그렇게 된다면 난 무대에서 꼭 이 이야기를 하겠노라고 결심했다. 그렇게 행복한 상상을 하며 칼바람이 부는 추위도 잊은 채 집으로 갔다. 내가 서랍을 마지막으로 본 것도 그 때가 끝이었다.

그로부터 10년이 흘렀다. 그동안 회사생활도 해봤고, 프리랜서로도 활동하고 있다. 나는 꽤 매일을 열심히 숨 가쁘게 새로운 도전을 하며 살아왔는데, 마음은 항상 어딘지 모르게 허했다. 그런데 그게 어디서부터 오는 결핍인지를 몰랐다. 내일이 더 이상 기대되지 않는 삶. 어느 순간부터 나는 그런 시간을 살아가고 있었다.

그러던 어느 날이었다. 영화 사이트 추천 목록에 〈중경삼림〉이 떠 있는 걸 보고 우연히 그 영화를 다시 보게 되었다. 갑자기 심장 소리가 조금씩 커지면서 귀 전체에 울리기 시작한다. 이제 더 이상 무너져내려가는 내일을 보며 허탈해할 시간이 없다. 그래서 서랍이 어디 있더라. 다시 더듬거리며 서랍을 찾았다. 분명히 마음 한 구석에 놔뒀는데 보이지 않는

다. 그동안 어떤 많은 것들을 들여놓았으므로.

눈물이 났다. 누구에게도 들리지 않을 만큼 작은 소리로 울다가 마침 내 크게 울음을 터트리고 말았다. 그제야 소리를 내어 우는 법을 체득 한 것이었다. 누구에게도 말하지 않았던 내 꿈에 대해서, 수많은 길목에 서 주저하며 내 꿈과는 다른 선택을 했던 시간들에 대해서 되뇌어 보았 다. 그러는 동안 주위는 어둑해졌다. 곧 칠흑 같은 밤이 몰려올 것이다. 나는 웅크리고 앉아 어둠이 사라지기를 고대했다. 그러나 현실은 녹록치 않았다. 망연한 얼굴을 하다 두 손으로 감쌌다. 그러다 작은 무언가 굴 러 떨어지는 소리가 들렸다. 그것은 그 날 영화제에서 내게 굴러오던 단 추 소리 비슷했다. 정신이 퍼뜩 들어 고개를 들었다. 저 멀리 희미한 빛 이 보였다. 너무 멀어 아득해 보이는 빛은 간헐적으로 깜빡였지만 결코 꺼지지 않았다. 이제 내게는 두 가지 선택지가 있다. 그 시절 그 서랍을 찾는 일 아니면 서랍을 찾는 일을 그만두는 것.

서랍을 찾으려면 저 빛을 따라 가보는 수밖에 없다. 그 끝에 서랍이 있 을지 없을지는 아무도 모르지만 말이다. 물론 서랍을 찾지 않으려면 마 음 방에서 나가면 그만이다. 그런 식으로 이곳을 나가게 된다면 영영 아 무런 꿈도 꾸지 못하리라.

그래서 무엇을 선택했냐고, 여기선 묻는 사람도 재촉하는 사람도 없 다. 이 순간만큼은 내가 하고 싶은 대로 하면 된다. 눈을 가늘게 떴다. 빛은 사라지지 않았다. 숨을 가다듬으며 서랍을 찾아야겠다고 결심한 다. 자리에서 일어나 빛을 따라 걷기 시작했다. 손을 뻗어 손끝으로 빛을 가만히 느껴본다. 혼자이지만 빛이 있으므로 이제 혼자가 아니다. 앞으 로 나아가야해. 황량한 마음에 주문 하나를 계속 외운다. 그로부터 몇 번의 계절이 흐른 후에야 기어코 나의 서랍을 찾은 것이다. 서랍은 그 자 리에, 여전히 그대로 내 앞에 서 있었다. 먼지가 퍽이나 쌓인 서랍을 그

때처럼 매만진다. 그래도 아직 쓸 만해. 나는 용기 내어 서랍을 연다. 거기엔 답장을 기다리다 지쳐 숨을 거둔 영화들이 드문드문 보였다. 하나하나 꺼내며 애도를 표하는데 그 사이에 '유통기한'이라는 단어가 눈에 들어왔다. 그 시절 주문처럼 외우던 〈중경삼림〉의 대사가 떠올랐다. 그랬다. 영화를 향한 내 사랑의 유통기한은 아직 끝나지 않았다. 무려 만 년이었으니까.

"영화를 공부하겠다고?"

주위 사람 모두 의아해했다. 그러나 나는 뜻을 굽히지 않았다. 여기 저기 맺혀있는, 작고 반짝이는 빛들을 이제는 놓치지 않을 것이다. 나를 마주하는 환한 길목에 서서 나는 다시 내게 굴러오는 회색 코트 단추를 줍는다.

아동문학
부문
수상작

분홍 꽃핀

유화란

　어릴 적부터 마음 한구석에 '작가'라는 촛불을 하나 켰습니다. 일기, 동시, 편지, 독후감을 쓰면 재밌고 즐거웠습니다. 어른들에게 칭찬을 받아서 더 그랬던 것 같아요. 아무런 고민 없이 국어국문학과에 진학을 하고, 졸업과 동시에 방송국에 들어가 방송작가 일을 시작했습니다. 제가 쓴 대본이 MC와 DJ의 입을 통해 전파를 탈 때의 그 황홀감이란 말로 표현할 수 없었죠. 고달픈 직업이었지만 행복했습니다. 정말로 작가가 되었으니까요. 하지만 안타깝게도 저는 엄마가 되자, 다시 방송국에 돌아갈 수 없었습니다. 육아에 전념하면서 몇 해를 보내던 어느 날, 아들에게 책을 읽어주다가 문득 꺼져버린 초에 다시 불을 붙여보고 싶다는 생각이 들었어요. '그래! 내가 지금 자주 보는 이 책들! 아이들을 위한 글을 써보자!' 아들을 어린이집에 보내고 틈이 날 때마다 그림책, 스토리텔링, 동시 창작 수업을 받으면서 컴퓨터 앞에 앉았습니다. 모두 잠든 조용한 밤이 되면 낮에 모아 둔 글감들을 꺼내어 타닥타닥 글을 썼어요. 누가 알아주지 않아도 혼자서 집중하는 일이 생겼다는 것만으로도 뿌듯했습니다. 그래서 용

기를 내어 공모전에 도전하기 시작했고, 드디어 이렇게 수상소감을 쓰게
되었어요.

감격스럽고 벅차오릅니다. 그동안 아득한 꿈만 꾸던 제게 동화 작가로
첫걸음을 떼게 해주신 삶의향기 동서문학상 심사위원님들께 감사드립니
다. 늘 옆에서 너의 계절이 올 거라고 말해준 남편과 쉴 새 없이 동심을
일깨워 주는 두 아들, 수상 소식에 누구보다 기뻐하신 부모님과 가족들!
사랑합니다. 앞으로 마음속 촛불이 꺼지지 않고 오래오래 타오르도록 몰
두하겠습니다. 우리의 미래인 어린이들과 동심을 그리워하는 어른들에게
기쁨과 감동을 주는 작가가 되고 싶습니다.

분홍 꽃핀

유화란

6교시가 끝날 무렵, 하품을 하다가 무심코 운동장을 봤다. 먹구름이 꿈틀대며 하늘을 뒤덮더니 후두둑 빗방울이 떨어졌다.

'뭐야! 오늘 비 안 온다고 했는데!'

갑자기 예고도 없이 내리는 비는 진짜 싫다.

'친구 엄마들은 또 현관 앞에서 우산을 들고 서 있겠지?'

엄마는 한 번도 우산을 들고 학교에 온 적이 없다. 한숨을 푹 쉬며 실내화를 갈아 신고 있는데, 누가 내 이름을 부른다.

"라온아!"

새하얀 머리카락이 구불구불 물결치는 파마머리를 한 할머니. 얇은 금빛 안경테 너머 동그랗고 큰 눈동자.

'누구지?'

"이거 네 우산 맞지? 엄마가 갖다주라던데? 한번 휴대폰 봐봐."

정말 우산대에 내 이름이 씌어있다. 머리에 빨간 리본을 단 미니 마우스가 큼직하게 그려진 내 우산이 맞다. 휴대폰을 보니 엄마한테 문자가 와있다.

─할머니 편에 우산 보내줄게!─

"누구세요?"

'나는 할머니가 없는데 누구지?'

"난 엄마랑 아주 친한 할머니야."

"전 할머니 처음 뵙는데요?"

"너 어릴 적엔 자주 봤는데, 내가 이사 가는 바람에. 오늘 엄마 만나러 왔거든."

"아~ 네."

"학원 안 가는 날이지? 너 좋아하는 와플 먹고 갈래?"

"아니요. 괜찮아요."

"엄마가 비 오는 날엔 항상 미안하대. 한 번도 학교에 우산을 갖고 오지 못했다고. 간식이라도 먹여서 집에 보내주라던 걸?"

'엄마도 미안한가 보네.'

내가 쭈뼛거리고 서 있자 할머니는

"내가 너한테 해줄 얘기도 있어."

"저한테요?"

"응. 아주 잠깐이면 돼. 나도 시간이 별로 없단다."

원래 내 성격이라면 모르는 할머니랑 같이 있는 게 어색해서 괜찮다고 얼른 도망갔을 거다. 그런데 오늘 처음 만났지만, 낯설지 않은 이 친근한 분위기는 뭘까? 엄마가 보낸 문자도 있고, 나는 할머니를 따라가 보기로 했다.

할머니는 무지개 우산을 쓰고 나보다 앞장서서 걸었는데, 우산에 가려서 할머니 어깨 아래부터 뒷모습이 보였다. 작고 아담한 키에 연하늘색 원피스, 하얀 플랫슈즈를 신고 가볍게 걷는 할머니는 한눈에 봐도 딱 멋쟁이 같았다.

'나한테도 이렇게 멋진 할머니가 있다면 얼마나 좋을까? 가끔 엄마 대

신 나를 데리러 학교에 와줬을까? 친구들처럼 할머니한테 용돈 받았다고 자랑도 했을까?'

빗방울이 내 운동화 코를 토도독 두드린다. 할머니도 엄마랑 내가 자주 가는 와플가게를 잘 아는지 자연스럽게 노란 간판의 '달콤달달' 와플가게 문을 열고 들어가셨다.

나는 내가 좋아하는 창가 쪽 테이블에 앉았고, 할머니는 와플과 핫초코를 들고 오셨다.

'내가 와플 먹을 땐 꼭 핫초코랑 같이 먹는 걸 어떻게 아셨지? 엄마가 말해줬나?'

"할머니는 안 드세요?"

"나는 괜찮아. 어서 먹어."

"잘 먹겠습니다."

"내가 뜬금없이 와서 좀 놀랐지?"

할머니는 내 얼굴을 물끄러미 바라보셨다.

'진짜 아는 얼굴 같은데, 설마 외할머니?'

얼굴에 주름은 있었지만, 뽀얗고 고운 얼굴이었다.

"너 요즘 엄마랑 사이가 별로 안 좋지?"

"엄마가 그래요?"

"엄마한테 남자 친구 생겼다며?"

"네. 그래서 우리 엄마 엄청 바빠요."

난 괜히 뾰족하게 말했나 싶어서, 할머니를 힐끗 보며 와플을 한입 깨물었다.

"라온이는 엄마의 남자 친구가 싫은 모양이구나?"

"싫은 건 아닌데요. 이제 엄마는 저한테 관심이 없어요. 남친이랑 꽃님이 밖에 몰라요."

'내가 왜 처음 보는 할머니한테 내 생각을 술술 다 말하는 걸까? 참 이상하다.'

"꽃님이가 많이 아프다지?"

"할머니도 꽃님이 아세요? 진짜 속상해요."

"라온아! 엄마가 널 어떻게 키웠는지 내가 얘기해줄까? 아빠 이야기도?"

"우리 아빠도 아세요?"

난 갑자기 가슴이 두근두근 뛰기 시작했다.

"엄마, 아빠가 같은 고아원에서 자란 건 알고 있지?"

"네. 엄마랑 같이 몇 번 가 본 적 있어요."

"엄마는 어릴 적부터 손재주가 좋아서 고등학교를 졸업하자마자 미용사가 되었어. 아빠는 공부를 참 잘했는데, 사정이 어려워 뒤늦게 대학교에 들어갔단다. 엄마 뱃속에 라온이 네가 생기자, 둘은 더 열심히 살았지. 아마 꽃님이도 그때쯤 너희 집에 왔을 거야."

"꽃님이는 아빠가 데려 왔다고 하던데요?"

"그래. 아빠가 밤늦게 집에 오는데, 하얀 강아지가 비를 맞고 바들바들 떨고 있더래. 벚꽃잎을 머리와 등에 잔뜩 붙인 채 말이야. 작은 꽃잎을 떨어낼 힘조차 없었던 거지. 아빠는 떠돌이 강아지가 안쓰러워서 집에 데리고 왔단다."

"그래서 이름이 꽃님이구나!"

"엄마와 아빠는 꽃님이랑 같이 널 만날 준비를 했단다. 항상 즐겁게 살라고 '라온'이라는 순한글 이름도 아빠가 지어줬지."

'김라온. 아빠가 지어준 내 이름.'

"아빠는 네가 태어나자 학교를 휴학하고, 엄마를 대신해서 널 키웠어. 밤에는 또 몇 푼이라도 더 벌려고 대리기사도 하면서 가장 노릇을 했지."

"아빠가 절 키워요?"

"그럼. 나이도 어린 엄마 아빠가 발 동동거리며, 얼마나 널 애지중지 키웠는지 몰라."

'그래서 엄마가 야단칠 때마다 맨 날 내가 널 어떻게 키웠는데? 그러는구나!'

"네가 자다 깨면, 엄마 아빠를 대신해서 제일 먼저 달려가는 건 꽃님이었단다."

"꽃님이가요?"

"그럼, 꽃님이도 널 돌봤지. 기저귀도 가져오고, 딸랑이도 찾아오고. 네가 첫걸음 떼는 걸 처음 본 것도 꽃님이란다."

"그렇군요. 제가 기억하는 가장 오랜 기억 속에도 꽃님이는 항상 있었어요."

"라온이는 아빠 얼굴 기억해?"

"아뇨. 사진으로만 봤어요. 기억 안 나요."

나는 갑자기 콧등이 찡해졌다. 언제나 가슴 한구석이 시린 이유. 보고 싶은 아빠.

"교통사고로 돌아가셨다고 들었어요."

"그래, 라온이가 막 말을 시작해서 한창 예쁜 짓 많이 할 때였지. 아빠는 라온이가 잘 먹던 고기만두를 갖고 오던 길이었는데 그만……"

할머니는 울먹이며 더 이상 말을 잇지 못하셨다.

'그래서 엄마가 고기만두를 안 먹는구나.'

"아빠가 돌아가시고 엄마한텐 진짜 너하고 꽃님이 밖에 없었단다. 엄마 혼자 널 키우기 얼마나 힘들었겠니? 그래도 악착같이 일해서 지금은 번듯한 미용실도 차리고, 너도 이렇게 잘 키웠잖아."

"저도 알아요. 그런데 꽃님이랑 엄마, 저 이렇게 셋이 잘 살고 있는데,

누가 끼어드는 게 싫어요. 그냥 우리끼리만 살면 안 돼요?"

"라온아! 엄마는 이제 서른넷 밖에 안됐어. 엄마도 남자 친구 한 명 있으면 좋잖아?"

"그 커피 볶는 집 아저씨, 좋아요. 그런데 아빠가 되는 건 싫어요."

"아빠 자리를 뺏는 것 같아서 그러니? 엄마도 너에게 아빠를 만들어 줄 생각은 없단다. 그런데 엄마가 그 아저씨와 친해지게 된 이유가 뭔지 아니?"

"엄마가 좋아하는 커피를 매일 미용실로 가져다준 것 때문에요?"

"뭐, 아저씨의 그런 정성도 한몫했지만, 그전에 그 아저씨 이름 혹시 아니?"

"이름은 몰라요. 전 커피 아저씨라고만 불러서요."

"우연일지 모르지만, 그 아저씨 이름도 아빠 이름이랑 똑같아. 김지훈."

"정말요?"

"엄마도 아빠랑 이름이 똑같은 그 아저씨가 신기하고 반가워서 관심을 갖게 된 거야. 엄마도 친구가 필요해. 커피 아저씨는 엄마랑 이야기가 잘 통하는 친구야. 너랑 성재처럼... 영화도 같이 보러 가고, 자전거도 같이 타는."

"어떻게 제 친구도 아세요?"

"나는 다 알고 있지. 너와 네 엄마에 관해서 라면 모두다."

"어떻게요?"

"다 아는 수가 있어."

할머니의 이야기를 듣고 와플에 핫초코까지 다 먹었더니 몸이 나른해졌다.

"어머나, 벌써 시간이 이렇게 됐네. 라온아! 엄마가 널 얼마나 사랑하는지 그걸 말해주려고 내가 온 거야. 넌 똑똑하니까 무슨 말인지 알지? 엄마한테 맘에도 없는 말로 상처 주지 말고!"

엄마를 이렇게 생각하는 사람이라면 분명히 엄마의 엄마, 외할머니일 거라고 생각했다.

"아까부터 쭉 생각했는데, 제 외할머니죠? 그렇죠?"

"나는 너한테 할머니도 되고, 이모도 되고, 친구도 된단다. 이제 일어나야겠다."

나도 엉거주춤 의자에서 일어났다.

"할머니, 또 오실 거죠?"

할머니는 말없이 나를 꼭 안아주셨다. 할머니의 품은 내 방 침대의 이불처럼 포근하고, 아주 익숙한 향기가 났다.

'우리 집이랑 똑같은 섬유 유연제를 쓰시나?'

"그럼, 엄마를 잘 부탁한다."

와플 가게를 나왔더니 비는 그쳤다. 할머니는 내 어깨를 한번 두드리고 그 길로 접힌 무지개 우산을 들고 멀어져갔다. 그런데 할머니 뒷머리 하얀 머리카락 위에 꽂힌 분홍 꽃핀이 보였다.

'어? 저 핀은?'

그 순간 '우르릉 쾅! 우르르 쾅!' 천둥소리가 크게 들렸다. 나는 너무 깜짝 놀라서 눈을 움찔 감았다. 그리고 천천히 눈을 떴다. 할머니는 더 이상 보이지 않았다.

'비가 또 오려나?'

나는 곧바로 집으로 뛰어갔다. 아파트 현관문 비밀번호를 누르고 들어갔더니, 엄마 신발이 보였다.

"엄마! 이 시간에 왜 집에 있……?"

방에서 흐느끼는 소리가 들렸다. 나는 가방이랑 신발주머니를 내동댕

이치고 안방에 들어갔다. 엄마가 꽃님이를 안고 있었다.

"라온아! 꽃님이가, 꽃님이가. 오늘 아침 너무 힘없는 모습이 맘에 걸려서 손님 없을 때 잠깐 와보니까, 자는 거야. 그런데 내가 들어왔는데도 꼼짝을 안 해. 그래서 이상해서 안아줬는데도 전혀 움직이질 않아. 눈을 안 떠. 눈을 안 떠. 어떡해."

나는 가슴이 철렁했다. 꽃님이 나이 열여섯 살, 사람 나이로 여든이 넘은 셈이다. 병원에서도 천천히 마음의 준비를 하라고 했지만, 이렇게 갑자기 가버리다니. 어제도 내 방 침대에서 같이 잤는데. 눈물이 쉴 새 없이 쏟아졌다.

"라온아, 엄마는 꽃님이 덕분에 지금까지 버틸 수 있었어. 널 혼자 키울 수 있었던 것도 꽃님이가 있었기 때문이야. 우리 꽃님이 어떡하니?"

엄마와 나는 꽃님이를 얼싸안고 한참 울었다. 꽃님이가 없는 우리 집은 상상도 못 할 것 같다. 꽃님이가 금방 눈을 뜨고, 내 무릎 위로 올라올 것만 같았다. 울다가 지쳐서 겨우 정신을 차렸다. 하도 울어서 머리가 지끈지끈 아팠다. 엄마 품에 안겨 잠이 든 꽃님이를 찬찬히 바라봤다. 고불고불 하얀 머리털에 달려있는 분홍 꽃핀. 나는 분홍 꽃핀을 보고 깜짝 놀랐다. 꽃님이의 이름을 큰 소리로 부르고 또 불렀다. 창밖에는 꽃님이가 꽃잎 달고 오던 그날처럼 봄비가 추적추적 내리고 있었다.

안전문

김기연

초등학교 돌봄교실 미술강사로 지내며 어린이들의 시에 일러스트와 편집디자인 작업을 시작한 지 9년째 되던 어느 날, 동시 9집을 보는데, 이런 생각이 들었습니다. 동시집을 제대로 읽어 본 적이 없고, 동시도 잘 모르는 내가 어린이 시집을 만들고 있다는 사실이 부끄럽다는 생각.

그 순간, 어린이의 세계가 보이고 어린이의 소리가 들리는, 시집을 만들어야겠다는 사명감이 강하게 일어났습니다.

솟아난 사명감을 시작점으로 삼고, 동시 합평 수업과 동시 읽기 모임을 하며 일 년간 달리던 시점에 수상 소식을 들었습니다. 때에 맞추어 내리는 꿀비처럼 반갑고 벅차게 감사했습니다.

이 행복감이 너무 커 이미 마음은, 18회 삶의향기 동서문학상까지 달려가고 있더군요.

그때도 수상소감을 쓰는 오늘 같은 날을 상상하면서 말이죠~

이번 삶의향기 동서문학상 도전과 수상으로, 문학예술의 문을 활짝 열고 나갈 수 있는 힘과 용기가 생겼습니다.

제 동시에서 잠재력과 가능성을 발견해 주신 심사위원 여러분, 그리고 운영위원회 관계자분들의 수고에 깊이 감사드립니다.

안전문

김기연

내 미술도구를 쓰레기통에 버린 엄마가
사라져 버렸으면 좋겠다고 생각한 날

가연이 앞에서 선생님께 혼나
사라져 버리고 싶었던 날

나는 문을 열고
들어가요
그러고는 문을 꽉
잠궈요

사각형 무지 노트에
천둥같은 글씨
소나기 같은 그림
쓰고 그리다
눈물 웅덩이 생기면
첨벙첨벙 흙탕물 놀이 한바탕하고
흠뻑 젖고 나면

거짓말처럼 평온해져요

다시 문을 열고 나오죠

그럼 나는 햇살에 말린 옷처럼
기분좋게 보송보송해져요

책방 고양이

엄영란

　한강 작가님의 노벨문학상 수상 소식으로 떠들썩하던 때 수상 전화를 받았습니다. 혹시 모를 수상 소식을 대비해 한강 작가님처럼 낮고 우아한 목소리로 말하는 연습을 했습니다. 막상 전화를 받은 날에는 단전에서 소리가 울려 나오도록 크게 지르는 바람에 아파트에서 방송이 나오기도 했습니다.

　동화를 공부하고 싶다고 생각한 건 16회 삶의향기 동서문학상 아동문학 부문 맥심상을 받고 난 후였어요. 한겨레아동문학작가교실에 등록하여 6개월 동안 공부하며 내가 썼던 동화는 한참 모자랐다고 생각했습니다. 많은 습작과 공모전 투고를 통해 점점 더 퇴고의 중요성을 깨달았습니다.

　이번 작품 역시 초고와는 다르게 출품이 되었는데요. 멘토링 게시판을 통한 현직 작가님의 멘토링, 동서문학캠프에서 만난 정란희 작가님의 조언을 통해 다시 퇴고에 퇴고를 거듭한 후 공모전 접수 마감 하루 전날 낼 수 있었습니다.

동화라는 같은 목적을 가지고 함께 글쓰기에 매진하고 있는 글벗들과 작가교실 담임선생님이셨던 박숙경 작가님, 많은 책을 내시고도 여전히 공부하시며 문우들에게 큰 가르침을 주고 계신 전성현 작가님 감사드립니다. 또한 꾸준히 글을 쓸 수 있는 원동력을 만들어 주신 평산책방지기님과 천사들만 모인 책친구들께도 감사의 말씀 전합니다.

　글쓰기에 전념할 수 있게 해준 남편과 동화를 쓰고 나면 항상 첫 독자가 되어 쓴 말, 단 말 구분 없이 해준 행복이와 넝쿨이. 그리고 맏딸의 부족하기만 한 작품이 제일 좋다는 부모님께도 고마움을 전합니다.

　동화를 계속 쓸 수 있는 장을 열어주신 삶의향기 동서문학상 여러 관계자분, 심사위원분들께 감사의 말씀을 드립니다. 수상자 면담하던 날, 축하한다고 안아주셔서 따뜻하고 행복했습니다.

　정말 감사합니다.

책방 고양이

엄영란

앞마당에 하얗게 눈이 내렸어요. 땅을 자근자근 밟으니 네 개의 발자국이 생겼어요.

나는 시골 책방에 살고 있는 고양이 오니온이라고 해요. 이곳에 온 지 벌써 7년이 되었답니다. 지금처럼 몹시 추운 겨울날, 책방지기인 할아버지랑 할머니가 대문 앞에 오돌오돌 떨고 있는 나를 데리고 들어왔어요.

따뜻한 수프와 폭신폭신한 담요를 얻게 된 그날부터 나는 이 책방의 지킴이가 되었지요. 이곳은 할아버지랑 할머니가 살고 있던 집을 책방으로 만들었어요. 넓은 시골집에 방마다 책들이 가득한 그런 책방입니다.

난 낯선 사람을 무서워하는 겁쟁이였어요. 양파 책만 사는 할아버지 친구가 나를 보고 귀엽다고 할 때도 할머니 다리 뒤로 숨었어요. 내 별명이 개코라서 어떤 냄새라도 잘 맡아요. 그중 내가 제일 싫어하는 양파 냄새가 그 할아버지한테 나지 뭐예요.예전에 할머니가 요리할 때 바닥에 떨어진 양파 한 조각을 먹고 배탈이 난 적이 있어요. 그날 병원에 가서 주사도 맞았어요. 윽. 정말 아팠어요.

그런 무서운 양파 할아버지에게 다솜이라는 손녀가 있습니다. 다솜이는 도시에 일하러 간 부모님을 대신해서 할아버지랑 할머니랑 셋이 살아요.

처음 우리 책방에 왔을 때 책만 보고 나를 거들떠보지도 않았어요. 나처럼 예쁜 고양이를 말이에요. 이상하게 양파 할아버지와 한집에 사는데도 다솜이에게는 양파 냄새가 안 났어요. 그래서 나는 조용히 다가갔어요. 옆에 가도 아는 척을 안 하길래 엄지발가락을 살짝 '앙'하고 물었어요.

"아얏! 어, 고양이가 어디서 온 거지? 근데 너 왜 물어?"

다솜이는 아픈지 발가락을 문질렀어요. 살살 물었는데 말이지요.

야옹.

그래서 아프냐고 물어봤어요. 그러자 다솜이는 괜찮은 건지 내 머리를 쓰다듬어주었어요. 그 뒤로 다솜이는 양파 할아버지가 책방에 올 때마다 같이 왔어요. 그리고 나부터 찾았지요. 다솜이는 내가 어디에 있든 찾아냈어요.

나는 할머니 옆에 딱 붙어서 골골송을 부르고 있었어요.

갸르릉 갸르릉.

"할머니, 오니온이 기분 좋아서 그르릉 소리내는 거지요?"

"그렇지. 우리 다솜이가 고양이에 대해서 잘 아는구나?"

"책에서 봤어요. 고양이는 다가오기 전까지 만지면 안 된대요. 그래서 오니온이 올 때까지 기다렸어요."

아하, 그래서 내 곁에 안 왔었나 봐요. 나를 기다려준 다솜이가 너무 좋아졌어요.

"이 녀석, 나한테는 한 번도 안 오더니 우리 다솜이한테만 가네. 넌 내가 싫으냐?"

양파 할아버지가 나한테 고개를 쑥 내밀었어요. 윽, 양파 냄새가 또나요. 벌써 배가 아파지는 것 같아요. 나는 그날 양파 할아버지를 피해서 다솜이 옆에 딱 붙어 있었어요.

"오니온, 이리 온. 오늘은 봉산 초등학교에서 아이들이 온대. 다솜이도
올 게다."

현관문을 열고 나온 할머니가 나를 불렀습니다.

나는 할머니에게로 가 발목에 얼굴을 비볐어요.

"호호, 냄새를 맡았구나? 나를 바로 따라 오는 걸 보니."

니야옹 니야옹.

할머니가 간식 그릇을 오니온 지정석에 내려놓았습니다. 나는 빨리 가
서 먹고 싶었지만, 우아하게 걸었어요. 할머니가 만들어준 간식은 다른
사람들은 절대 흉내 낼 수 없을 거예요. 청어 냄새가 납니다. 내가 제일
좋아하는 간식이에요. 아이들이 오기 전에 얼른 먹어야겠어요.

"안녕하세요! 야, 밀지 마. 내가 먼저 들어갈 거야."

"자, 봉산초 어린이들은 밀지 않아요. 신발 벗고 천천히 차례대로 인사
하면서 들어가는 거예요. 사장님, 안녕하셨어요? 오늘은 저희 4학년 사
랑반 아이들이 왔어요."

"네, 선생님. 어서 오세요."

"할머니, 할머니. 오니온 어딨어요?"

"글쎄. 어디 있을까? 얼른 들어가자. 얘들아."

나는 아이들 소리에 그림책방으로 갔어요. 어깨를 숙이고 엉덩이를 쭉
들어서 하늘로 향하게 쭉 늘려주었습니다. 그리고 오른쪽 앞발을 핥고
왼쪽도 핥았어요. 아이들이 들이닥치기 전에 냄새를 감추려는 거예요.

그때, 단발머리를 한 여자아이가 그림책방으로 조용히 들어왔어요. 발
소리가 안 나서 깜짝 놀랐지만 안 놀란 척 가만히 엎드려 있었습니다.

나를 못 본 건지 창 아래 앉아 그림책을 폈어요. 그리곤 책장을 휘리

릭 넘겼습니다. 그림책을 원래 있던 곳에 꽂고 다른 책을 꺼내 또 휘리릭 넘겼어요. 제자리에 책을 꽂는 건 다솜이랑 똑같아요.

그러다 나랑 눈이 마주쳤어요. 눈이 커다랗게 변했어요. 나도 눈이 커졌어요.

서로 마주 보다가 나는 그만 눈싸움에 지고 말았어요. 내가 고개를 돌리자, 아이는 내게 다가와 머리를 쓰다듬으려고 했어요. 나는 겁이 나 쉑 소리를 내며 뒷걸음질을 쳤어요.

아이가 움직이자, 어디선가 챙글챙글 소리가 났어요. 어디서 나는 소리인지 궁금해서 찾고 있으니, 다솜이가 그림책방으로 들어왔어요.

"오니온, 찾았다! 혜민이도 여기 있었네?"

댜야옹 댜야옹.

나는 반가운 마음에 다솜이가 앉은 자리로 갔어요.

"흥! 오니온은 너만 좋아해. 다솜아. 이것 봐라. 목걸이 예쁘지?"

혜민이는 다솜이에게 목걸이를 보여줬어요. 동그랗게 생긴 방울이 작게 두 개 달려 있고 하트 모양의 펜던트가 달려 있었어요.

"우와. 예쁘다. 선물 받았어?"

"응, 우리 엄마가 생일이라고 사 준 거야. 세수할 때도, 잘 때도, 한 번도 안 뺐어. 소중한 사람도 같이 있거든. 그리고 이거 소리도 난다."

혜민이는 방울 두 개를 서로 부딪쳤어요. 챙글챙글 소리가 방 가득 울렸어요.

"정말 예쁘다. 나도 갖고 싶어. 우리 부모님은 언제 오실까?"

다솜이는 입을 삐죽이며 힘이 없는 소리로 말했어요.

"할머니한테 하나 사달라고 해. 우리 엄마가 인터넷으로 주문해서 택배로 온 거야. 아, 근데 너희 할머니가 주문할 수 있으실까?"

혜민이는 얄밉게 싱긋 웃으며 목걸이를 손으로 계속 만지작거렸어요.

다솜이의 얼굴이 어두워졌습니다.

그때 다락방에서 우당탕 뛰어 내려오는 소리가 들렸습니다.

"어, 여기 있다. 선생님! 다솜이랑 혜민이 여기 있어요! 너희들, 선생님이 사진 찍는다고 빨리 오래."

다솜이는 입을 꾹 다문 채 내 머리를 쓰다듬고는 방을 나갔어요. 따뜻하고 달큰한 향기가 났어요.

리야옹 리야옹.

다솜이를 보러 거실로 나갔습니다. 아이들은 커다란 책장을 등지고 서 있었어요.

"자, 사랑반 친구들 카메라 보고 웃어요. 활짝."

할머니는 카메라로 아이들을 보고 있고, 아이들과 선생님은 우리 할머니를 바라봤어요.

나는 다솜이가 어디 있나 찾았어요. 혜민이의 목걸이가 반짝하고 빛나서 옆에 있던 다솜이를 금방 찾을 수 있었어요. 할머니를 보고 살짝 웃는 다솜이의 기분이 좋아 보이지 않았어요. 가까이 가고 싶었지만 다락방으로 올라가는 계단에 엎드렸어요. 이곳에서 보면 다솜이가 잘 보였거든요.

사진을 다 찍고 나자, 아이들과 선생님은 다시 우르르 학교로 돌아갔습니다.

아이들이 다 나간 후 다솜이가 주위를 두리번거렸어요. 그리고 바닥에서 뭔가를 주워 그림책방으로 들어갔어요. 나도 다솜이를 따라 방으로 들어가려는 찰나 다솜이는 곧 방에서 빠져나와 현관으로 나갔어요.

미야옹 미야옹.

나는 다솜이를 배웅하고 할머니 곁으로 갔어요.

할머니는 거실을 정리하고 그림책방으로 갔어요. 할머니를 더 잘 보려고 폴짝 뛰어 테이블 위로 올라갔어요. 책 사이로 샤샤 삭 지나가는데 그림책 아래 뭔가 반짝반짝하는 게 보였어요.

가까이 가서 보니 바로 혜민이의 목걸이에 달려 있던 하트 펜던트였어요. 할머니한테 알려야겠다고 생각했는데 갑자기 전화벨 소리가 울렸어요. 할머니는 전화를 받으러 거실로 나갔어요.

나는 펜던트를 물고 내 지정석으로 갔어요. 그리고 담요 위에 두었어요.

"네, 선생님. 그래요? 제가 한 번 찾아볼게요."

할머니는 누군가와 통화를 하고 전화기를 내려놓았어요.

"이상하다. 그게 어디로 갔을까? 펜던트면 눈에 띄었을 텐데."

할머니는 계속 고개를 갸웃거리면서 책장 주위를 살폈어요. 할아버지가

마당을 정리하고 들어오면서 할머니를 보았어요.

"뭘 그렇게 찾아?"

"혜민이가 목걸이에 달린 펜던트를 잃어버렸대요. 책방에 떨어트린 것 같다고요. 당신도 한 번 찾아봐요."

할머니와 할아버지는 거실에 있는 책들 사이로 펜던트를 찾기 시작했어요.

아무래도 다솜이가 목걸이가 갖고 싶어서 그림책 사이에 숨겨둔 게 틀림없어요. 할머니 몰래 내가 가져다줘야겠어요. 그냥 두면 할머니가 혜민이에게 돌려주고 말 거에요.

펜던트를 입에 물었어요. 입이 완전히 다물어지진 않았지만 나는 조심스럽게 거실을 나와 현관문을 머리로 밀었어요.

문이 열리자마자, 학교를 향해 달렸어요. 길을 어떻게 아느냐고요? 할아버지가 학교에 책을 가져다주러 갈 때 따라간 적이 있어요. 나는 한 번

가본 길은 잊어버리지 않거든요.

아차, 잊고 있었던 게 있어요. 바로 양파 할아버지 집이에요. 학교로 가려면 양파 할아버지 집을 지나가야 해요. 양파 냄새를 맡고 내가 토한 적이 있어서 그곳을 지날 때면 할아버지가 담요를 덮어주었어요. 하지만 지금은 그럴 수가 없어요.

양파 할아버지 집이 점점 가까워지자, 양파 냄새가 스멀스멀 나기 시작했어요.

토할 것 같았지만 토하면 펜던트가 떨어질지 몰라요. 숨을 잠깐 들이쉬고 후다닥 뛰어 양파 할아버지 집을 무사히 지나갔어요.

한참 뛰어가는데 발바닥이 따끔거렸어요. 잠시 서서 발바닥을 보았어요. 아까 양파 할아버지 집을 지나올 때 바닥에 양파 껍질이 떨어져 있었나 봅니다. 내 오른쪽 뒷발에 붙어서 계속 따라왔어요. 나는 뒷발을 팡팡 찼어요.

겨우 양파가 떨어졌어요. 하마터면 휴 하고 숨을 크게 쉴 뻔했지 뭐예요.

계속 달리니 봉산 초등학교 교문이 나왔어요. 운동장에는 축구하는 아이들이 있었어요. 이렇게 추운데도 아이들은 공을 향해 뛰었어요. 나는 아이들도 피하고 공도 이리저리 피해 운동장 계단으로 올라가려고 했어요.

"야, 고양이다! 고양이가 운동장에 들어왔어!"

"같이 놀자, 고양아!"

축구하던 아이들이 갑자기 우르르 내게로 달려왔어요.

"어? 우리 아까 갔던 책방 고양이 아니야?"

아까 책방에서 다솜이한테 사진 찍으러 오라던 아이였어요.

"맞아! 오니온, 여기서 뭐 해?"

나는 펜던트를 뺏길까 봐 걱정됐어요. 고양이라는 소리를 들은 다른 친구들도 내 주위로 몰려들기 시작했어요. 나는 코너에 몰린 것처럼 몸을 점점 뒤로 움직였습니다.

그때였어요.

"얘들아, 오니온한테 너무 다가가지 마. 오니온은 사람들 많은 거 안 좋아해."

조용하지만 단호한 목소리가 들렸어요. 다솜이었어요.

"오니온. 괜찮아. 이 아이들 몇 번 봤지? 다 책방에 갔었던 친구들이야."

다솜이가 나긋나긋한 목소리로 나에게 말했어요. 한 발짝만 더 오면 바로 내 앞발이에요. 하지만 다솜이는 더 이상 앞으로 오지 않았어요. 그리고 그대로 앉아서 나를 다정한 눈길로 바라봤습니다.

아이들도 더 이상 내 곁으로 오지 않았어요. 나는 용기를 내서 다솜이에게 다가가 발목에 얼굴을 비볐어요. 그리고 다솜이 발 앞에 펜던트를 뱉어냈어요.

"오니온. 이걸 네가 어떻게……."

다솜이는 당황한 얼굴이었어요. 그리고 뭔가 생각을 하면서 내 머리를 쓰다듬어주었어요. 나는 다솜이가 기뻐할 줄 알았는데 왜 바로 가지지 않고 고민하는 걸까요?

다솜이는 펜던트를 열어보고 깜짝 놀랐어요. 그 하트 안에는 사진이 있었거든요.

"혜민이 아빠 사진인가 봐. 이 펜던트는 혜민이한테 정말 소중한 물건일 텐데. 내가 욕심을 부린 것 같아. 오니온, 그래서 가져온 거지?"

다솜이는 펜던트를 주머니에 넣고 나를 들어 안아 올렸어요. 다솜이의 품 안이 따뜻해 기분이 좋아졌어요.

뱌르릉 뱌르릉.

다솜이는 나와 함께 교실로 올라갔어요. 처음 가본 교실에 도란도란 이야기하는 아이도 있고, 바닥에 앉아 노는 아이들도 있었어요.

혜민이는 혼자 책상에 엎드려 있었어요.

"혜민아, 잠깐만."

고개를 든 혜민이는 나와 다솜이를 보고 놀란 눈을 했어요.

다솜이는 혜민이의 손을 잡고 복도로 나갔어요.

"혜민아, 미안해. 아까 책방에서 이 펜던트를 주웠는데 내가 숨기고 왔어. 너무 예뻐서 나도 너무 갖고 싶어서……. 너한테 소중한 물건인데 정말 미안해."

"아니야, 다솜아. 아까 내가 너무 못되게 굴었지? 사실……. 너는 아빠를 계속 볼 수 있으니까 부러웠어. 너도 엄마, 아빠 많이 보고 싶었을 텐데. 다솜아, 나도 미안해."

혜민이는 다솜이가 건네는 펜던트를 받아 들고 다솜이 손을 잡았어요.

그리고 다솜이랑 혜민이가 웃으며 내 머리를 쓰다듬어주었어요.

그르렁 그르렁.

나는 기분이 좋아서 한참 동안 골골송을 불렀어요.

소파

임기복

　지난 대회에서 동시로 맥심상을 받았습니다. 이번에 동상을 받았으니 장족의 발전을 한 셈입니다. 여기저기 문을 두드려도 답이 없어 그만둘까 고민하던 때에 받은 상이라 더욱 뜻깊게 느껴집니다.

　오랫동안 아이들의 글짓기를 지도하면서 함께 고민해 본 것들이 쌓여서 여기까지 왔다고 생각합니다. 밥벌이만으로도 고마운데 이런 큰 상을 받게 해준 아이들에게 고맙다는 말을 전하고 싶습니다.

　정년퇴직을 하고 시작한 운동이 골프입니다. 남들이 골프에는 진심이라는 말을 할 정도로 빠져 있었습니다. 수상 소식도 골프 여행을 하는 중에 들었습니다. 동시 쓰는 일에 진심이라는 말도 꼭 듣고 싶습니다.

　뽑아주신 심사위원님, 이런 자리를 펴주신 삶의향기 동서문학상 여러분들께도 깊은 감사의 말씀을 드립니다.

소파

임기복

소파는 악어예요
짤막한 다리에
커다란 입을 쩍 벌리고
먹잇감을 삼키는 모습은
영락없는 악어예요

바위처럼 꿈쩍도 않고
먹잇감이 다가오기를 기다리다
한번 물었다 하면
좀체 놓아주지 않는 것도 닮았어요

먹잇감들은
텔레비전이나 스마트폰에 빠져
자신의 엉덩이가 물린 줄도 모르지요

오늘도
공장에서 밤을 새운 아빠를
단숨에 삼키고는

드르렁 코를 골며 자는

소파는 먹성 좋은 악어예요

학교에도 달수, 집에도 달수가 있다

서수영

  동화의 길! 한 번도 꿈꿔보지 않았던 길이었습니다. 쉽지 않으리라 생각했지만 내가 좋아하는 일이라서 상관없었습니다. 글을 읽고 쓰는 것이 마음의 위로였고 희망이 되는 그 순간, 가슴속에서 무모하리만큼 커다란 용기가 솟았으니까요.

  인생에 수많은 물음표 중에 동화에 대한 물음을 하고 느낌표를 찍고 또 찍어 나갔습니다. 다양한 방향과 각양각색으로 찍히는 느낌표를 보며 위로와 재미를 느꼈고, 마침표가 아닌 아름다운 동화의 느낌표를 계속 만들어 나가고 싶다는 생각이 들었습니다.

  예상치 못하게 삶의향기 동서문학상에서 저에게 동화의 힘을 발현할 수 있다며 용기에 용기를 더해 주셨습니다. 그 용기를 발판 삼아 동화의 힘이 무엇인지를 잘 알고, 또 그 힘을 전할 수 있는 작가가 되고 싶습니다. 제 작품에 용기를 더해 주신 심사위원님들께 깊이 감사드립니다.

  동화라는 길 위에서 걸음마를 할 수 있도록 차근히 손잡아 주신 맹현 작가님과 영주쌤, 서윤쌤, 그리고 어작교 정해왕 선생님과 글벗들 정말

고맙습니다.

동화의 길을 가고자 할 때 적극적으로 지지해 준 우리 남편 신광희와 아들 찬규, 딸 지우, 가족들 너무 사랑합니다. 그리고 저의 인생을 한결같이 응원해 주는 숙희 언니, 나미쌤, 지인들 고맙습니다.

앞으로 아이들을 따뜻하게 위로하고 재미를 줄 수 있는 동화로 보답하겠습니다.

학교에도 달수, 집에도 달수가 있다

서수영

진우는 교실에 들어가기 전 발길을 멈췄다. 그러고는 복도 창문으로 교실 안을 빼꼼히 들여다봤다. 복도 쪽 분단 맨 뒷자리를 유심히 쳐다봤다. 거기에 달수와 영준이가 나란히 앉아있었다.

"오늘은 조용하네."

진우는 머리에 뒤집어쓴 후드티를 뒤로 젖히며 교실로 들어갔다. 달수, 영준이 자리와 가장 먼 교실 안쪽 분단 맨 뒤에 앉았다.

수업이 시작되기 전 아나 다를까, 달수의 공룡 소리가 났다.

"꺅! 꺅!"

달수는 분명 백악기 공룡 티라노사우루스였을 거다. 하루에도 여러 번 공룡 포효하는 소리로 교실을 뒤흔든다. 여기저기 아이들의 수다 떠는소리가 달수의 공룡 소리에 묻혔다. 진우는 후드티를 다시 머리에 뒤집어썼다. 달수가 지나갈 때면 아이들은 적정거리를 두고 두 갈래로 갈라진다. 무슨 일이 일어날지 몰라 조심하는 거다. 아니 피하는 거다.

달수는 매일 다르긴 하지만 반에서 두 시간 정도 수업을 하고, 특수반 선생님과 장소를 옮겨 수업한다. 담임 선생님은 달수가 우리랑 좀 다른 것뿐이라고 얘기한다. 다르다는 게 뭘까? 진우는 그런 달수를 보면서 다르게 행동하는 그 모습이 그냥 싫다.

　사실 진우는 집에 달수와 같은 형이 있다. 진우의 형이 한 살 위 형인
것처럼 달수도 나이로는 한 살 형이다. 달수는 사정이 있어 4학년을 한
번 더 다니는 거라고 했다. 달수랑 형은 나이도 똑같고 행동도 비슷하
다. 진우 형은 그림과 글씨가 빼곡한 엄청 두꺼운 책을 닳도록 본다. 읽
는 건지 보는 건지는 잘 모르겠다. 제목은 '건축과 명화'였던가? 책 표지
와 모서리가 너덜너덜하다. 그리고 그림 그리는 걸 좋아해서 집 안에 여
백이 없다. 물감이며 색연필이며 할 것 없이 벽에 그림을 그려놓았다. 진
우 눈에는 거의 낙서 수준이지만. 달수는 수학 공식이 가득한 책을 좋
아한다. 제목은 모르겠고 어쨌든 두꺼운 책인 것이 닮았다. 결정적으로
달수와 형의 닮은 점은 귀청이 떨어져 나가도록 공룡 소리를 낸다는 거
다. 이 둘은 책을 좋아하는 공룡 단짝이었을지 모른다.

　진우는 집에서 시도 때도 없이 악을 쓰는 형 때문에 이어폰, 귀마개는
필수품이 된 지 오래다. 형은 진우를 좋아한다. 맛있는 간식을 먹고 남
으면 엄마 몰래 냉장고랑 싱크대 사이에 숨겨둔다. 동생이 오면 준다고
여기저기 숨겨둔 간식들이 어느새 썩고 냄새가 진동한다. 집에서 썩은
냄새가 나서 이제 코마개도 필수품 목록에 넣어야 한다. 지칠 만도 한데
아빠도 엄마도 형도 절대 지쳐 보이지 않는다. 진우만 빼고 말이다.

　오늘 아침에도 엄마는 하이에나처럼 썩은 고기를 찾아 헤매듯 형이 숨
겨놓은 썩은 간식을 찾아 주방을 헤집는다. 형은 방에서 화가가 되어 벽
에 그림을 제멋대로 그리고 있겠지. 그런 모습을 보고 진우는 조용히 집
을 나와 등교를 한다. 진우는 '학교에도 달수, 집에도 달수가 있다.'라고
혼잣말하며 애맨 돌에 발길질을 해댄다.

수업을 마치는 종이 울렸다. 진우는 책가방을 챙기며 달수를 흘끗 봤다. 최대한 멀리 거리를 유지하기 위한 자기도 모르는 행동이다. 그때 달수가 진우 쪽을 바라봤다. 달수는 사람과 눈을 잘 못 마주친다. 진우 형도 그렇다. 그런데 오늘따라 달수가 진우를 자꾸 보는 느낌이다. 뭐지? 진우는 불길함을 예감하고 책가방을 서둘러 맸다.

"어?"

순식간에 일이 일어났다. 진우 윗옷에 그려진 태양계 행성 그림이 문제였다. 그 그림에 행성 간의 복잡한 거리 계산식이 암호처럼 새겨져 있었다. 달수가 그 그림을 본 순간 진우에게 돌진한 거다. 달수가 빛보다 빠르게 달려드는 바람에 진우는 뒤로 넘어졌다. 다행히도 진우는 가방 때문에 다치지 않았다. 그런데 달수가 진우 쪽으로 넘어지면서 손이 까지고 피가 났다.

"아앙!"

달수의 공룡 소리에 진우는 그 자리에서 얼음이 되어 버렸다. 마침 하교를 도우러 온 특수반 선생님이 달수를 데리고 보건실로 떠났다. 달수의 공룡 소리가 점점 작아지고, 진우는 힘없이 교실 바닥에 털썩 앉았다.

"진우야, 괜찮아?"

달수 짝꿍 영준이었다. 영준이는 우리 반에서 달수에게 가장 친절한 친구이다. 물론 짝꿍이기도 하지만 그것도 영준이가 자원한 것이다. 그런 영준이를 볼 때마다 진우는 입을 삐죽였다.

'쳇, 스스로 다르다는 걸 보여주는 건가? 다르다는 게 뭐가 좋다고.'

영준이는 일어서려는 진우를 도우며 말했다.

"사실 우리 집에 달수랑 비슷한 엄마가 있어. 우리 엄마는 나를 낳다가 아주 아팠는데 그 뒤로 어린아이처럼 달라졌데. 그래도 엄마가 살아있는 것만으로도 너무 좋아. 달수 볼 때마다 엄마 생각이 나기도 하고 그래."

갑자기 자기 이야기를 풀어놓았다. 진우는 자신에게 왜 이런 이야기를 하는 건지 못마땅했다.

"내가 별 이야기를 다 하네. 그냥 달수를 조금 더 이해할 수 있을까 해서……"

영준이는 머리를 긁적였다.

"어? 진우야, 네 옷에 피가……"

영준이가 놀라며 휴지를 가방에서 꺼냈다.

진우는 빨리 학교를 벗어나고 싶었지만, 이 일로 담임 선생님이 잠깐 기다리라고 했다. 어느새 아이들이 모두 돌아가고 영준이랑 진우만 반에 남아 있었다. 진우가 괜찮다는 데도 영준이는 휴지에 물을 묻혀 옷을 닦아 준다며 화장실로 뛰어갔다.

진우는 달수 자리를 보니 갑자기 화가 났다. 달수의 모습에서 대책 없는 형의 모습이 보였다.

"자기가 한 행동이 뭔지도 모르는 바보."

진우는 혼잣말로 중얼거렸다. 책상에 달수가 좋아하던 두껍고 낡은 책이 놓여 있었다. 진우는 성큼성큼 달수 자리로 가 두꺼운 책을 자기 가방에 쑤셔 넣었다. 그러고는 아무 일도 없다는 듯 다시 자리에 와 앉았다. 진우는 심장이 두근거려 숨이 가빠졌다.

그때 선생님이 들어왔다. 교실 창문으로 영준이가 얼굴을 빼꼼히 내밀었다. 선생님이 오신 걸 보고는 꾸벅 인사를 하고 돌아갔다. 선생님은 달수가 숫자를 좋아하는데 진우 옷에 그려진 숫자들이 멋지게 보였던 모양이라고 했다. 많이 놀랐겠다며 진우를 위로도 해주었다. 그리고 달수는 그냥 우리랑 조금 다를 뿐이라는 말을 앵무새처럼 하고 있었다.

"전 괜찮아요."

안 괜찮지만, 괜찮은 척하는 건 진우 전문이다. 그러고는 선생님한테 인사하고 빨리 교실을 나왔다. 진우는 삐질삐질 식은땀이 났다. 왜 달수 책을 가방에 넣은 거지? 다시 돌려놓을까? 무거워진 가방만큼이나 진우의 몸도 마음도 무거워졌다.

진우는 오늘따라 집에 들어가기 싫었다. 무거운 가방을 메고 동네를 돌고 또 돌았다. 배에서 꼬르륵 소리가 났다. 배 속은 텅 비었지만 배는 안 고팠다. 아파트 놀이터 그네에 앉으니 형 방 창문이 보였다. 어둑해지니 방에 불이 들어왔다. 형이 방에 있었다. 엄마도 왔다 갔다 하는 게 보였다. 늘 일이 많은 아빠는 오늘도 늦게 들어오겠지. 진우가 아직 안 들어왔는데 엄마한테 전화 한 통 없다. 엄마는 항상 진우에게 말한다. 고맙고 미안하다고 말이다. 뭐가 고맙고 뭐가 미안한지 진우는 다 안다. 아니, 아는데 모르겠다.

갑자기 형 방에서 공룡 소리가 나고 엄마는 황급히 창문을 닫는다. 소리가 밖으로 새어 나가지 않게 말이다. 그러고는 엄마가 형을 뒤에서 꼬옥 앉아주는 모습이 보인다. 그러면 형은 잠잠해진다. 하루에 수도 없이 일어나는 일상이다. 불안할 때 뒤에서 깍지를 끼고 꼬옥 안아주면 안정감을 되찾게 된다고 엄마가 말해줬다.

진우는 그네에서 무겁게 일어나 아주 천천히 엄마와 형이 있는 집으로 향했다.

진우는 아침에 신경 써서 아무 그림도 없는 옷을 골라 입고 나왔다. 앞으로 절대 그림 있는 옷은 안 입겠다고 다짐하면서. 학교에 도착하자 습관처럼 복도 창문으로 교실을 들여다봤다. 오늘은 달수가 자리에 없다. 가끔 달수가 결석하는 날이 있는데 그날이면 좋겠다고 생각했다. 그럼, 달수 책을 조용히 가져다 놓을 수 있을 텐데. 평온한 교실로 진우는 들어가 앉았다. 잘난척하는 영준이도 안 보이네. 진우는 무거운 가방 속 달수 책을 보니 다시 숨이 가빠졌다. 누가 볼까 빨리 가방을 닫았다. 그때 뒷문으로 달수와 영준이가 나란히 들어왔다.

"미안하면 사과해야지. 그래야지. 미안하면 사과해야지. 그래야지."

달수가 들어오자마자 진우 뒤통수에 대고 말했다. 그것도 똑같은 말을 두 번 연속해서.

"진우야, 달수가 너한테 사과하고 싶은가 봐."

영준이가 달수 대변인처럼 말했다. 달수가 진우에게 간식 꾸러미를 덥석 안겼다.

"어제 달수가 미안해."

"어?"

진우는 어리둥절했다. 그때 달수는 제 할 일을 다 했다는 듯 진우에게 줬던 간식을 다시 가지고 자기 자리로 돌아갔다. 달수는 밴드를 붙인 손으로 꾸러미 중 과자 하나를 꺼내 먹고 있었다. 주변 아이들이 소곤거렸다.

"뭐야? 달수 사과할 줄도 아네."

"대박!"

"그런데 준 간식을 도로 가져간다?"

"그나저나 과자 맛있겠다."

진우의 심장이 덜컹거렸다. 가방 속 달수의 두꺼운 책 때문인지 갑작스러운 달수의 사과 때문인지 알 수 없었다.

'뭐지? 달수가 나한테 사과를 한 거야?'

진우의 머릿속에는 달수가 한 말이 계속 맴돌았다.

'미안하면 사과해야지. 그래야지.……'

진우는 사과하는 거 잘 못한다. 아니 싫어한다. 그래서 사과할 일을 만들지 않는다. 진우는 자신이 사과할 일보다 사과받을 일이 많다고 생각한다. 그런데 엄마 말고는 자신에게 사과하는 사람이 없다. 그리고 정작 사과할 사람은 사과를 안 한다. 형 말이다. 형이 진우를 좋아하는 건 알겠지만 좋아한다면 그렇게 행동하지 않을 거라고 생각한다.

진우는 달수가 사과했다는 게 기분이 이상했다.

"책, 책, 책,……"

화장실을 다녀오던 진우는 달수의 공룡 소리에, 교실에 들어가기 싫었다.

"달수 쟤, 그 두꺼운 책 있잖아. 그거 없어졌다고 난리인가 봐."

복도로 나온 아이들의 이야기를 듣고 진우는 등줄기에 땀이 주르륵 흘렀다. 진우는 교실로 들어갔다. 달수는 책상 서랍이며 필통이며 다 헝클어 던져놓고 소리를 바락바락 지르고 있었다. 선생님도 달수를 진정시키려 했지만 다른 때보다 더 흥분되어 있었다. 옆에 짝꿍 영준이도 달수 가방이며 교실 뒤쪽이며 살피며 달수 책을 찾고 있었다. 빨리 특수반 선생님을 부르라며 담임 선생님이 한 아이에게 심부름시켰다.

진우는 순간 달수의 모습에서 집에 있는 형의 모습이 떠올랐다. 지금 너무 똑같은 모습! 아무도 말릴 수 없을 것 같은 1초, 1초가 지나가고 있었다. 선생님도 영준이도 달수에게 가까이 가지 못하고 있었다. 진우는 수도 없이 보아왔던 엄마의 비법이 번뜩 떠올랐다. 자신도 모르게 달수에게 다가갔다. 그러고는 달수 등 뒤에서 너무 세지 않게 감싸 꼬옥 안았다.

'어? 내가 지금 뭐 하는 거지? 다 나만 보는 거 같은데……, 다시 손을 풀 수도 없고.'

진우는 창피해서 눈을 꼭 감았다. 진우는 자기 심장 소리가 달수에게 전해지는 게 느껴졌다. 그리고 달수의 심장 소리는 꼭 잡은 진우 팔에 전해졌다. 몇 초가 흘렀을까? 달수는 공룡 소리를 멈추었고 춤추듯 활개치던 몸짓도 잠잠해졌다. 진우는 엄마의 모습을 보기만 했을 뿐 한 번도 형을 안아준 적은 없었는데, 달수를 이렇게 안고 있다니 믿기지 않았다. 달수의 넓은 등을 보며 형의 모습과 엄마의 모습이 떠올라 뜨거운 무언가가 눈으로 훅 올라왔다. 진우는 달수를 안은 채 영준이를 불렀다.

"영준아, 내 가방에서 달수 책 좀 꺼내줄래?"

"어? 그. 그래."

영문을 모르는 영준이는 진우 가방에 든 달수의 두꺼운 책을 꺼내며 좀 놀란 거 같았다. 달수는 책을 보자마자 해맑게 웃었다. 진우는 달수를 품에서 천천히 놓아주었다.

"진우는 어디서 그런 걸 알게 되었니?"

"진우 덕분에 달수가 안정감을 찾았어."

담임 선생님과 달려 온 특수반 선생님이 진우에게 칭찬을 해주었다.

좋아하는 달수를 보고 진우는 결심했다.

"달수야, 미안하면 사과해야 한다고 네가 그랬잖아."

달수는 되찾은 책만 보고 있었다.

"미안해, 내가 어제 홧김에 책을 가져가서."

"미안하면 사과해야지. 그래야지."

달수가 말했다. 진우를 보고 있지는 않지만, 진우의 사과를 받아들이는 것 같았다.

그때 달수가 꼬깃꼬깃 먹다가 남겨둔 과자 봉지를 가방에서 꺼내 진우에게 주고, 특수반 선생님과 교실을 나갔다. 진우는 이상하게 기분이 좋았다. 옆에 있던 영준이가 진우에게 엄지를 들어 보였다. 아직도 얼떨떨한 진우는 영준이를 보며 미소를 지었다. 진우 얼굴에는 아주 오랜만에 미소가 걸렸다.

담임 선생님은 진우를 대단하다고 하면서 말을 덧붙였다.

"그렇지만 진우야, 달수 책에 대해서 할 얘기가 남았지? 끝나고 얘기 좀 하자."

"네."

진우는 달수 책만큼이나 무거웠던 마음의 짐을 다 벗어 던졌다. 오히려 기분이 날아갈 것 같았다.

'오늘은 천천히가 아니라 빨리 집으로 달려가고 싶다.

엄마랑 우리 집 공룡 형에게 오늘 일을 다 말해야지.'

게릴라 가드닝

설은주

평소에 아름답게 나이 드는 것에 대해 관심이 많았던 나는 인생 노년에는 동시를 통해 어린이들의 마음을 치유하고 아름다운 동심을 기경하여 세상을 아름답게 꽃피울 씨앗과 토양을 조성하고 싶었다. 그래서 유심히 어린이들의 일상과 아이들의 관심사, 자연환경들을 세밀히 관찰하면서 동시를 쓰기 시작했다. 그러던 중 어린이들을 자연에 풀어놓으니 아이들이 그대로 자연이 되는 것을 보았다. 그래서 지인, 가족들과 함께 커뮤니티 가든을 만들기 시작했다.

우리들은 정원의 철학자가 되어 함께 정원도 가꾸고 정원에서 인문학 수업도 하고 공동체 생활도 배웠다. 사람들과 함께 정원을 가꾸는 삶은 너무 멋지고 황홀한 경험이었다.

우리들은 가드닝을 하면서 지구정원사로서의 꿈과 생태적 감수성과 작은 생명의 소중함, 그리고 일상의 소박한 행복을 선물로 받았다. 특별히 정원은 나에게 문학적 감수성들을 불러일으켜 주었다. 그래서 정원에서 많은 동시들을 습작할 수 있었다. 때때로 어린이들의 말을 깊이 경청

하면 그들의 언어가 다 시라는 것을 알게 되었다. 그러나 안타깝게도 오늘 어린이들의 언어는 오염되어 있고 폭력적이다.

나의 앞으로의 미션은 아이들의 언어와 꿈이 오염되지 않도록 그들을 지켜주는 것이다.

오늘 지구정원사이며 아이들의 마음을 가꾸는 정원사로 더욱 열심히 살아가라고 삶의향기 동서문학상이 나에게 큰 격려와 용기를 주어 너무나 감사하다. 이 격려에 힘입어 더욱 정진하리라

게릴라 가드닝

설은주

어느 날 갑자기
친구랑 내가 게릴라가 되었어
그러나 무서운 총이 아니라 꽃을 갖고 싸우기로 했어

꽃 씨앗 폭탄을 만들어 열심히 투하했지
버려진 땅과 후미진 길가에
냄새나는 하천과 쓰레기장 옆에도 꽃폭탄을 터뜨렸어
남들에게 들키지 않게 몰래몰래 쓰레기도 치우고
말라버린 화단에 물도 주고 거름도 주었지

온통 회색빛 투성인 동네가 꽃동네가 되었어
쓸모없는 땅들이 꽃밭이 되었어
보이지 않던 나비와 벌들이 찾아왔어

앞으로도 버려진 땅이 보이면
꽃을 들고 싸우는 게릴라가 될 거야

온 세상이

꽃향기로 가득할 때까지
사랑으로 가득할 때까지
총칼을 부수고
꽃씨를 투하하는 게릴라가 될 거야

제 1 7 회　　삶 의 향 기　　동 서 문 학 상

수상자
명단

소설

수상명	부문	수상자	작품명
대상	소설	김응숙	번지점프
은상	소설	김영욱	리본장어
은상	소설	이문희	불씨
동상	소설	김지경	이것은 집이 아니다
동상	소설	은미숙	다른 하나
동상	소설	김연수	빈 방
가작	소설	박선희	낙타의 눈물
가작	소설	정문숙	하이문다
가작	소설	김명자	바코드
가작	소설	박성미	인디핑크 러브
입선	소설	김혜인	키위
입선	소설	정연아	잠행
입선	소설	임가영	버뮤다의 시간
입선	소설	정혜선	파라다이스, 파라die스.
입선	소설	김율	Loop
입선	소설	박상희	마흔여섯 살의 빠다코코넛
입선	소설	엄혜정	발음과 바름
입선	소설	김은수	노이즈 캔슬링
입선	소설	문주원	아미그달라
입선	소설	조윤희	행운마트
맥심상	소설	감우정	소풍

수상명	부문	수상자	작품명
맥심상	소설	강미성	바람이 할퀸, 바다가 품은
맥심상	소설	강보경	치즈 감자 셰이크
맥심상	소설	강은정	지하 3층은 주차 가능
맥심상	소설	국재원	겨울, 수영장
맥심상	소설	권은영	독무
맥심상	소설	권정은	내 가슴에 뜨는 달
맥심상	소설	김다은	깃이 돋은 자리
맥심상	소설	김미희	콜 포비아
맥심상	소설	김민정	유효 기간
맥심상	소설	김선정	튜바
맥심상	소설	김소연	환풍
맥심상	소설	김순희	고물에 대한 기억
맥심상	소설	김승윤	마지막 말
맥심상	소설	김실화	망고빙수
맥심상	소설	김영희	그림자 놀이
맥심상	소설	김용주	레이크 워싱턴
맥심상	소설	김유진	염탐
맥심상	소설	김은아	날개
맥심상	소설	김은지	풍차
맥심상	소설	김정완	테라코타 용병
맥심상	소설	김지수	염소와 편지

소설

수상명	부문	수상자	작품명
맥심상	소설	김지우	튜브
맥심상	소설	김지혜	투척
맥심상	소설	김현숙	기오라는 사람
맥심상	소설	김현진	푸른 노끈
맥심상	소설	김현진	맨발로 걷는 자는 트랙으로 돌아갈 수 없다
맥심상	소설	김혜리	야자수 잎을 헤치고 가면
맥심상	소설	김혜민	진흙
맥심상	소설	나윤정	라벤더 향기
맥심상	소설	류혜진	아무도 모르는 시
맥심상	소설	문수진	파도
맥심상	소설	박수득	누군가
맥심상	소설	박아름	평행선
맥심상	소설	박일미	여보세요?
맥심상	소설	박정현	화각(畫角)
맥심상	소설	박지영	달기동
맥심상	소설	박진	고모의 방
맥심상	소설	박현주	지애 언니
맥심상	소설	손경숙	417호 조정실
맥심상	소설	송채환	전망 좋은 집
맥심상	소설	송휘령	인공위성을 이용한 지구촌 펜팔
맥심상	소설	심은혜	관망

수상명	부문	수상자	작품명
맥심상	소설	엄주하	AI 스토커
맥심상	소설	여현정	집 같은 집
맥심상	소설	원영희	경계
맥심상	소설	유다영	마음이 지나간 자리
맥심상	소설	유정하	업(UP)
맥심상	소설	유진솔	세한빌리지 A동 203호
맥심상	소설	유현숙	우리가 스며들 때
맥심상	소설	윤국희	금기(禁忌)
맥심상	소설	윤남희	소음
맥심상	소설	윤복순	보리암에 갔다.
맥심상	소설	윤여린	플라이 투더 블루(blue)
맥심상	소설	윤옥희	빨간 벽돌집
맥심상	소설	윤정희	저는 조금, 천천히 가겠습니다
맥심상	소설	이가연	벤치에 앉은 그녀
맥심상	소설	이도선	드림 라이트
맥심상	소설	이미화	그 하루
맥심상	소설	이수연	숨길 수 없는
맥심상	소설	이수현	세상의 끝에서 만나
맥심상	소설	이승아	복이의 행복 찾기
맥심상	소설	이윤진	비스포크 베이비
맥심상	소설	이은미	파리, 싱글 식탁

소설

수상명	부문	수상자	작품명
맥심상	소설	이은희	무사로
맥심상	소설	이지안	남겨진 시절
맥심상	소설	이지영	잉여
맥심상	소설	이진희	한창 꿈꿀 나이, 쉰아홉
맥심상	소설	이현의	쇠방울을 찾아서
맥심상	소설	이혜선	도와줄 거 있으면 말해
맥심상	소설	이혜영	흐르는 물가에 버려지다
맥심상	소설	이혜정	스위치백
맥심상	소설	임이랑	HOW DARE YOU
맥심상	소설	임정수	구멍탄
맥심상	소설	임지은	데쓰메이트
맥심상	소설	장명숙	즐거운 나의 집
맥심상	소설	장민혜	궤도
맥심상	소설	전수현	우물마루 버스킹
맥심상	소설	전현진	나의 하얀 들창코
맥심상	소설	정경진	수련 연못이 있는 집
맥심상	소설	정미란	달빛우체국
맥심상	소설	조미선	당신의 상견례
맥심상	소설	조성희	청년 원섭
맥심상	소설	조연아	크로켓
맥심상	소설	조은아	내 밥그릇은 깨졌던 걸까

수상명	부문	수상자	작품명
맥심상	소설	주이슬	리오 이야기
맥심상	소설	차미란	마음의 미로
맥심상	소설	차승완	뻐꾸기의 죄
맥심상	소설	차애순	이루후제
맥심상	소설	최모은	부재
맥심상	소설	최소영	이븐(even)
맥심상	소설	최예솔	내가 소리를 보게 되었을 때
맥심상	소설	최원경	틈새
맥심상	소설	최은희	허기
맥심상	소설	한가희	등을 다는 세실리아
맥심상	소설	허미숙	마지막에 두고 간 시작
맥심상	소설	현명희	엄마의 똥집
맥심상	소설	황윤지	아버지의 재무제표

시

수상명	부문	수상자	작품명
금상	시	한명희	말줄임표
은상	시	영정화	간장
동상	시	지예림	빛의 환절기
동상	시	이영탁	눈물을 다듬다
동상	시	유은아	이불의 불면증
가작	시	이미영	어느 이발사의 하루
가작	시	배혜경	뜨개질하는 여자
가작	시	김지연	한여름의 어떤 풍경
가작	시	신혜영	감자꽃
가작	시	강미숙	아부지의 잔차
입선	시	이승연	바느질
입선	시	이숙희	골무
입선	시	신정희	바람의 기억
입선	시	윤현희	아무것도 아닌
입선	시	전병숙	부표
입선	시	유영란	가위의 노래
입선	시	최혜인	수선(修繕)
입선	시	정연숙	멀리서 보면 다 직선이라고?
입선	시	유원희	바닷가 이발관
입선	시	김민지	외섬
맥심상	시	강윤지	멍

수상명	부문	수상자	작품명
맥심상	시	고수연	지는 계절
맥심상	시	고혜숙	봄동
맥심상	시	공도환	순환선 2156
맥심상	시	곽미숙	툭,툭
맥심상	시	구다예	만조
맥심상	시	김경숙	폐선
맥심상	시	김명희	항아리 속 바다에 꽃잎 배를 띄우고
맥심상	시	김미경	손의 기억
맥심상	시	김선녀	물들다
맥심상	시	김세순	사막을 여행하는 법
맥심상	시	김소영	바람이 사과 꽃을 구석으로 밀어 넣을 때
맥심상	시	김수정	어둔 저녁
맥심상	시	김순기	흰색은 그러니까
맥심상	시	김승희	뉴타운
맥심상	시	김연옥	소주 한잔하실래요
맥심상	시	김영화	두부
맥심상	시	김옥주	분리수거
맥심상	시	김이은	추석버스
맥심상	시	김재숙	당신을 번역해 주세요
맥심상	시	김주원	책의 생태
맥심상	시	김지영	공원을 독서 해요

시

수상명	부문	수상자	작품명
맥심상	시	김지현	사랑니 세공소
맥심상	시	김진경	고흐씨에게
맥심상	시	김현주	달을 그리며
맥심상	시	김현주	바다에 내리는 눈
맥심상	시	김희정	무화과를 샀다
맥심상	시	나숙자	여자의 빛깔
맥심상	시	문지영	귀에도 골목이 있다
맥심상	시	문진숙	무궁화 꽃이 피었습니다
맥심상	시	문희숙	하루의 언저리
맥심상	시	민은경	계단에 서서
맥심상	시	박빛나	책꽂이
맥심상	시	박옥재	만기도래
맥심상	시	박정수	잠 들지 않는 섬
맥심상	시	박정임	맛있는 운동 레시피-사골 편(蒿)
맥심상	시	박화자	절벽을 엮다
맥심상	시	백미영	옛날 통닭
맥심상	시	백소윤	호상
맥심상	시	서연희	비보호 좌회전
맥심상	시	손영미	장미 덩굴
맥심상	시	송경주	폐지를 줍는 노인
맥심상	시	송다은	오늘도 며칠인지 모릅니다

수상명	부문	수상자	작품명
맥심상	시	송민정	삭정이
맥심상	시	신미경	쓰러진 나무
맥심상	시	안현정	유니콘
맥심상	시	양준희	금요일 저녁 일곱 시 반
맥심상	시	여진숙	파밭
맥심상	시	오명옥	그늘밥
맥심상	시	오연우	교체의 교체
맥심상	시	우수진	수족구병
맥심상	시	윤빛나	샤갈의 골목
맥심상	시	윤진옥	자개장
맥심상	시	윤차숙	바구니가 있는 자전거
맥심상	시	윤희순	두꺼비의 아침
맥심상	시	이경덕	기억의 부스러기
맥심상	시	이경열	나무는 생각하며 노래한다
맥심상	시	이미연	불안의 밤
맥심상	시	이애순	부활
맥심상	시	이연희	저수지
맥심상	시	이유진	두부
맥심상	시	이윤명	목향 (木香)
맥심상	시	이윤희	안부
맥심상	시	이은정	단어의 무게

시

수상명	부문	수상자	작품명
맥심상	시	이자	엄마는 꼬리를 가져오기를 기다렸다
맥심상	시	이정미	낫
맥심상	시	이주경	아카시아꽃 튀김
맥심상	시	이지영	내 안의 새가 술렁인다
맥심상	시	이혜정	무더운 치유
맥심상	시	이화영	밤바다
맥심상	시	인해영	경계선
맥심상	시	임정록	나를 만난다
맥심상	시	장은화	삭선이 운다
맥심상	시	장정순	스폿 계시록
맥심상	시	장현정	낙타
맥심상	시	정명자	雪蓮
맥심상	시	정서연	종이의 눈
맥심상	시	정숙인	호미
맥심상	시	정승아	그것의 윤곽
맥심상	시	정연실	포크레인의 협주곡
맥심상	시	정재영	안부
맥심상	시	정재이	시
맥심상	시	정한솔	점자 보도블록
맥심상	시	정혜숙	어시장
맥심상	시	조현미	자작나무처럼

수상명	부문	수상자	작품명
맥심상	시	조현선	상자
맥심상	시	진윤순	남은 하루
맥심상	시	최가희	자밀리, 분꽃
맥심상	시	최은지	아버지의 자동차
맥심상	시	추미정	룸메이트
맥심상	시	한경희	유년의 계절
맥심상	시	한미란	오늘
맥심상	시	한미숙	양파 껍질 & 고구마 줄기 껍질
맥심상	시	한수현	환상통 물고기
맥심상	시	허지영	숨바꼭질
맥심상	시	허진숙	캘리그라피
맥심상	시	홍정아	시간을 되감고
맥심상	시	황성하	조명 가게
맥심상	시	황영애	펼침화음

수필

수상명	부문	수상자	작품명
은상	수필	이선행	돌에서 흘러나오는 눈물
은상	수필	채단비	마음 속 껍데기
동상	수필	박선령	뱀장어 젖
동상	수필	김미래	엄마의 침묵
동상	수필	조은정	서랍 속의 영화
가작	수필	나순희	아버지와 도깨비 뜨물
가작	수필	조은수	복숭아, 달라질 용기
가작	수필	박순영	난임의 밤
가작	수필	이옥경	마음 누름돌
가작	수필	김봉월	아버지의 흔적
입선	수필	박정란	얼굴 없는 가면
입선	수필	권정은	추(錘)의 무게
입선	수필	지은수	거미의 방
입선	수필	이연옥	나방이 되어
입선	수필	임혜경	내 안에 부는 바람
입선	수필	이현숙	맷돌
입선	수필	김현숙	멀미
입선	수필	이경화	귀정(歸正)
입선	수필	박현숙	문짝 외출기
입선	수필	이해경	인형의 집
맥심상	수필	강다현	원장님, 왜 그렇게 열심히 해요?

수상명	부문	수상자	작품명
맥심상	수필	강우진	독립 시뮬레이션
맥심상	수필	강현	이 똥은 누구 똥?
맥심상	수필	고아름	나의 작은 애도
맥심상	수필	고은정	호떡은 겨울에 맛있고 사랑은 사람에게 잘 어울린다
맥심상	수필	곽민정	나에 대한 배려를 최소화하기
맥심상	수필	곽현주	인생에서 원하지 않는 일을 만났을 때
맥심상	수필	김경자	사랑 초의 부활
맥심상	수필	김금숙	주소지 이전
맥심상	수필	김나연	달에서 그리움을 읽는다
맥심상	수필	김미애	겨우살이에 핀 꽃
맥심상	수필	김미옥	문
맥심상	수필	김민지	나는 몸뻬바지가 된다
맥심상	수필	김선혜	길가에 生
맥심상	수필	김세미	산딸나무 열매처럼
맥심상	수필	김소영	정종 한 병
맥심상	수필	김수영	아버지가 선물해 주신 바람
맥심상	수필	김수진	십이월의 아이
맥심상	수필	김신애	너무 늦은 작별 인사
맥심상	수필	김여란	지는 꽃자리
맥심상	수필	김영희	바람
맥심상	수필	김윤숙	가난의 곤란과 낄낄

수필

수상명	부문	수상자	작품명
맥심상	수필	김윤영	이혼일기
맥심상	수필	김은경	기억의 방식
맥심상	수필	김은희	향기 도둑
맥심상	수필	김정영	내 안의 유령
맥심상	수필	김정희	호명(呼名)
맥심상	수필	김지은	틈
맥심상	수필	김한숙	주인 잃은 된장 항아리
맥심상	수필	김해민	파란 네모 위에 사는 사람들
맥심상	수필	김현정	귀신과의 동행
맥심상	수필	김현정	죽음을 기다리는 밤
맥심상	수필	나금숙	보자기
맥심상	수필	도주옥	이방인에게 보낸 편지
맥심상	수필	문상경	지금 이대로가 좋아요
맥심상	수필	박미향	조막손이 달걀을 도둑질 한다
맥심상	수필	박미향	틈
맥심상	수필	박수경	미지근한 붕어빵
맥심상	수필	박영선	미나리 단상(短想)
맥심상	수필	박정선	큐브라떼
맥심상	수필	백미랑	어머니의 보물찾기
맥심상	수필	서연이	아들은 장사꾼
맥심상	수필	성민경	둥글고 흰 기원(祈願)

수상명	부문	수상자	작품명
맥심상	수필	손은정	0과 1 사이의 가을 아침
맥심상	수필	손정혜	우리 집에 갈래요?
맥심상	수필	송연숙	엄마의 무대
맥심상	수필	송은영	숨 쉴 틈
맥심상	수필	신소미	맛을 소환하는 계절
맥심상	수필	신순호	'알 수 없음' 님
맥심상	수필	신주희	선단先端
맥심상	수필	안선애	배롱나무
맥심상	수필	오순옥	모르는 남자
맥심상	수필	윤문이	아버지의 천가방
맥심상	수필	윤신화	환승
맥심상	수필	이경미	아버지와 바다
맥심상	수필	이경민	남이 지어준 내 옷
맥심상	수필	이경숙	융건릉을 다녀와서
맥심상	수필	이경희	때
맥심상	수필	이문복	크레파스
맥심상	수필	이미애	아버지의 자전거
맥심상	수필	이삼례	죽은 사마귀 말
맥심상	수필	이수경	손은 거짓말을 하지 않는다
맥심상	수필	이수인	닭
맥심상	수필	이연하	손가락 끝의 먼지를 털어내며

수필

수상명	부문	수상자	작품명
맥심상	수필	이영미	영혼의 집
맥심상	수필	이원자	내 이름은 캔디
맥심상	수필	이유정	오감의 귀농1
맥심상	수필	이은지	확대경
맥심상	수필	이은화	봄날의 꿈
맥심상	수필	이정오	향수를 부르는 향수
맥심상	수필	이진숙	워낭소리
맥심상	수필	이춘희	어머니 나물
맥심상	수필	이현정	생활의 달인
맥심상	수필	이혜순	어처구니
맥심상	수필	이혜연	감자연(緣); 감자는 감자가 아니다
맥심상	수필	이혜정	내려가는 길
맥심상	수필	이효선	배추라고 부르는 것들 속에는
맥심상	수필	임조희	작은 꽃밭, 버팀목 되다
맥심상	수필	임향자	어제의 점點
맥심상	수필	임혜주	'표준의 가해'에 대해서
맥심상	수필	임혜지	까치발
맥심상	수필	장미애	마음을 쓰다
맥심상	수필	장윤선	우리가 도배하는 날
맥심상	수필	장정희	집에 가고 싶다
맥심상	수필	전미영	나 엄마랑 살아도 돼?

수상명	부문	수상자	작품명
맥심상	수필	정명자	BaBa Absalom 압살롬
맥심상	수필	정명희	더 이상 쓰지 않는 일기
맥심상	수필	정영아	매일 나를 이루는 가족에 대해
맥심상	수필	정희선	상처가 꽃으로 피다
맥심상	수필	조희영	산굼부리
맥심상	수필	진은미	가자미를 보면 가슴이 먹먹해진다
맥심상	수필	최명숙	하모니카
맥심상	수필	최유선	소파와 팔걸이의자
맥심상	수필	최은영	몸으로 하는 격려
맥심상	수필	최은진	도시의 별
맥심상	수필	최향옥	엄마의 유산
맥심상	수필	최현실	노동의 가치
맥심상	수필	최현진	만두
맥심상	수필	한승화	난기류
맥심상	수필	홍혜란	꽃고무신

아동문학

수상명	부문	수상자	작품명
금상	아동문학	유화란	분홍 꽃핀
은상	아동문학	김기연	안전문
은상	아동문학	엄영란	책방 고양이
동상	아동문학	임기복	소파
동상	아동문학	서수영	학교에도 달수, 집에도 달수가 있다
동상	아동문학	설은주	게릴라 가드닝
가작	아동문학	이현진	김밥
가작	아동문학	황현숙	하마가 살기 때문이야
가작	아동문학	김진수	할머니의 손녀, 엄마 아빠의 딸 내 이름은 정주나
가작	아동문학	배영민	아빠의 여자친구
가작	아동문학	박현숙	물수제비
입선	아동문학	천원희	두리번두리번
입선	아동문학	이지은	마니또
입선	아동문학	김경진	들썩이는 날
입선	아동문학	장정희	고슴도치
입선	아동문학	오예지	가자, 로켓!
입선	아동문학	박아름	깡충깡충 토끼마켓
입선	아동문학	목미현	메타스쿨
입선	아동문학	김세연	진짜 엄마
입선	아동문학	조아라	우리 엄마는 일곱 살
입선	아동문학	김찬경	큰 호랑 대범

제17회 삶의향기 동서문학상 수상자 명단

수상명	부문	수상자	작품명
맥심상	아동문학	강미경	웃는 얼굴
맥심상	아동문학	고현경	알밤
맥심상	아동문학	권순화	소금과 엄마
맥심상	아동문학	김누리	춤추는 엄마
맥심상	아동문학	김도은	소용없어 블랙홀
맥심상	아동문학	김두례	저마다의 바다
맥심상	아동문학	김란	춥잖아
맥심상	아동문학	김명주	달달이 울 할매
맥심상	아동문학	김미선	드림 캐시
맥심상	아동문학	김미정	우리 집은 노란컨테이너야
맥심상	아동문학	김선혜	깨어나라, 후우우
맥심상	아동문학	김성희	문을 열지 못하는 아이
맥심상	아동문학	김솔립	빗방울이 좋아
맥심상	아동문학	김신애	킹콩 오빠와 초코우유
맥심상	아동문학	김연재	어쩌면
맥심상	아동문학	김유영	내 입의 미끄럼틀
맥심상	아동문학	김은솔	기운 마음
맥심상	아동문학	김은아	사춘기 마음꼴
맥심상	아동문학	김은희	도하의 장래 희망
맥심상	아동문학	김정랑	오후 여섯 시의 산책
맥심상	아동문학	김지숙	우리 집에 올래?

아동문학

수상명	부문	수상자	작품명
맥심상	아동문학	김지원	준우의 눈 스티커
맥심상	아동문학	김진숙	그네 타는 지민이
맥심상	아동문학	김진아	국수 삶는 솥
맥심상	아동문학	김초이	놀이터 정식
맥심상	아동문학	김태숙	꽃소리
맥심상	아동문학	김혜순	새우
맥심상	아동문학	김혜진	두근두근 회장 선거
맥심상	아동문학	남소원	곶감
맥심상	아동문학	남화영	다람쥐와 도토리
맥심상	아동문학	노효주	계피 맛 사탕 한 움큼
맥심상	아동문학	문선주	여러 가지 마음
맥심상	아동문학	박민자	거미가 집을 짓는 이유
맥심상	아동문학	박영옥	힘찬이 잘못이 아니에요
맥심상	아동문학	박은화	팥배나무 열매
맥심상	아동문학	박효진	문어 아저씨
맥심상	아동문학	방혜정	우리 할머니는 공주병
맥심상	아동문학	백인영	청귤 의자
맥심상	아동문학	성기숙	시합
맥심상	아동문학	성훈	공감
맥심상	아동문학	송서은	서로 사랑
맥심상	아동문학	송지현	네가 기억해 준다면, 우리는 행복해질 거야.

수상명	부문	수상자	작품명
맥심상	아동문학	신현미	초바퀴
맥심상	아동문학	심미경	실바늘
맥심상	아동문학	심지수	옥희와 기호
맥심상	아동문학	심현서	메이커 할머니
맥심상	아동문학	안혜원	꽃 도둑을 잡아라
맥심상	아동문학	양정주	달맞이
맥심상	아동문학	양지영	마법의 한 줄
맥심상	아동문학	오지민	우주 축구장
맥심상	아동문학	왕수안	친구 추가하시겠습니까
맥심상	아동문학	우현영	마음 이어폰
맥심상	아동문학	원민희	출동 어린이 택배
맥심상	아동문학	유효경	봄의 다이빙
맥심상	아동문학	윤내영	4시까지
맥심상	아동문학	윤예섬	따라오지 마
맥심상	아동문학	윤진미	몸의 눈물
맥심상	아동문학	윤혜정	단짝
맥심상	아동문학	이금순	그림자
맥심상	아동문학	이미혜	다래끼의 첩보작전
맥심상	아동문학	이상미	별똥별
맥심상	아동문학	이수조	악어의 꿈
맥심상	아동문학	이숙재	낙타를 생각해

아동문학

수상명	부문	수상자	작품명
맥심상	아동문학	이순금	그림자 먹이
맥심상	아동문학	이유은	시인이 될 거야
맥심상	아동문학	이윤선	학교 가기 싫은 날
맥심상	아동문학	이은옥	행복한 이별
맥심상	아동문학	이은주	칭기즈칸 통닭
맥심상	아동문학	이은주	문장부호 4총사
맥심상	아동문학	이정희	무기
맥심상	아동문학	이지영	레일로, 내 마음을 전해줘!
맥심상	아동문학	이현진	돌챙이 아빠
맥심상	아동문학	이현희	문과 벽
맥심상	아동문학	임선숙	꽃은 봄 야구 중
맥심상	아동문학	임정현	조각 그늘
맥심상	아동문학	임지영	인형 뽑기
맥심상	아동문학	장길숙	동그라미
맥심상	아동문학	장서인	엄마 생각
맥심상	아동문학	장은별	독수리를 타고 날아오는 말
맥심상	아동문학	장인선	또치의 가시
맥심상	아동문학	전세경	엄마의 아메리카노
맥심상	아동문학	전영숙	자전거 연습
맥심상	아동문학	정동순	우주닭 봉구
맥심상	아동문학	정미경	시간 충전소

수상명	부문	수상자	작품명
맥심상	아동문학	정유경	귓속말
맥심상	아동문학	정유진	나뭇잎 튀김
맥심상	아동문학	정의주	가을밤의 연주회
맥심상	아동문학	정정화	봄밤
맥심상	아동문학	정지우	대머리 경연대회
맥심상	아동문학	조윤실	할머니와 풀
맥심상	아동문학	조현숙	날아라 오천 원
맥심상	아동문학	조희숙	바나나하고 동생하고
맥심상	아동문학	진서윤	맥주병 오리
맥심상	아동문학	최미영	서원이의 질문 캡슐
맥심상	아동문학	추승희	엄마도 숨바꼭질 싫어해요?
맥심상	아동문학	하미경	진짜 농부
맥심상	아동문학	한승현	로또 식당
맥심상	아동문학	홍미희	호박죽
맥심상	아동문학	황은주	테이크 유어 마크! (Take your mark)
맥심상	아동문학	SIM MI YOUNG	부처님 오신 날

제 1 7 회   삶 의 향 기   동 서 문 학 상

동서문학상
연혁

동서문학상 연혁

수상	수상자	작품명	부문

1973년 주부에세이 공모

수상	수상자	작품명	부문
대상	김근숙	커피와 행복	수필

1989년 제1회 동서커피문학상 제정 (시·수필 2개 부문 공모)

수상	수상자	작품명	부문
대상	유춘희	찻집에서	시
금상	김순남	滿船을 기다리며	시
금상	이준봉	직녀와 베틀과 커피	수필

1994년 제2회 (시·수필·콩트 3개 부문 공모)

수상	수상자	작품명	부문
대상	박종운	커피의 내력	시
금상	진순효	사랑	시
금상	윤태희	사색하는 약	수필
금상	허은진	새벽연가	콩트

1996년 제3회 (시·산문 2개 부문 공모)

수상	수상자	작품명	부문
대상	조윤희	풀 내음이 있는 커피 한잔	시
금상	한소운	차를 끓이며	시
금상	신영미	충청도 커피	산문

수상	수상자	작품명	부문

1998년 제4회 (시·산문 2개 부문 공모)

수상	수상자	작품명	부문
대상	노현희	미장원에서	산문
금상	문정운	어느 가을날 부르는 희망의 노래	시
금상	안윤주	나무의 視線	산문

2000년 제5회 (시·소설·수필 3개 부문 공모)

수상	수상자	작품명	부문
금상	이영옥	우편함 속의 새	시
금상	최옥정	원의 중심	소설
금상	유헬레나	솜저고리	수필

2002년 제6회 (시·소설·수필 3개 부문 공모)

수상	수상자	작품명	부문
대상	이미경	청수동이의 꿈	소설
금상	이선남	풍선	시
금상	박영미	호랑나비 한 마리가 꽃밭에 앉았는데	소설
금상	전계숙	엄마의 저금통장	수필

2004년 제7회 (시·소설·수필 3개 부문 공모)
대상과 금상, 등단 및 〈월간문학〉 게재 특전

수상	수상자	작품명	부문
대상	이은희	검댕이	수필
금상	조혜경	바느질	시
금상	김정혜	아랑이 내게 남긴 건	소설

동서문학상 연혁

수상	수상자	작품명	부문

2006년 제8회 (시·소설·수필 3개 부문 공모)
대상과 금상, 등단 및 〈월간문학〉 게재 특전

수상	수상자	작품명	부문
대상	황춘자	산수유 그늘 아래	소설
금상	정명옥	주전리 바다	시

2008년 제9회 (시·소설·수필·아동문학 4개 부문 공모)
대상과 금상, 등단 및 〈월간문학〉 게재 특전

수상	수상자	작품명	부문
대상	박인숙	침엽의 생존방식	시
금상	구자인혜	어머니의 정원	소설
금상	구본석	연경 침선장	아동문학

2010년 제10회 (시·소설·수필·아동문학 4개 부문 공모)
대상과 금상, 등단 및 〈월간문학〉 게재 특전

수상	수상자	작품명	부문
대상	김경희	코피 루왁을 마시는 시간	소설
금상	오희옥	택배를 출항시키다	시
금상	허이영	바지랑대	수필
금상	김현경	하나새가 준 선물	아동문학

수상	수상자	작품명	부문

2012년 제11회 (시·소설·수필·아동문학 4개 부문 공모)
대상과 금상, 등단 및 〈월간문학〉 게재 특전

수상	수상자	작품명	부문
대상	전성옥	늙은 뱀 이야기	소설
금상	임미형	모시옷 한 벌	시
금상	김경희	스타킹	수필
금상	이영아	하늘에 닿은 종이비행기	아동문학

2014년 제12회 (시·소설·수필·아동문학 4개 부문 공모)
대상과 금상, 등단 및 〈월간문학〉 게재 특전

수상	수상자	작품명	부문
대상	최분임	매조도梅鳥圖를 두근거리다	시
금상	이소현	백야(白夜)	소설
금상	최선자	몽당연필	수필
금상	박미정	프레셔스, 넌 하이에나가 아니야	아동문학

2016년 제13회 (시·소설·수필·아동문학 4개 부문 공모)
대상과 금상, 등단 및 〈월간문학〉 게재 특전

수상	수상자	작품명	부문
대상	추영희	달을 건너는 성전	시
금상	임정은	손	소설
금상	김진순	단아한 슬픔	수필
금상	김원선	"마이 네임 이즈 상우 킴"	아동문학

수상	수상자	작품명	부문

2018년 제14회 (시·소설·수필·아동문학 4개 부문 공모) 대상과 금상, 등단 및 〈월간문학〉 게재 특전

수상	수상자	작품명	부문
대상	이은정	개들이 짖는 동안	소설
금상	원기자	점자 익히기	시
금상	고옥란	저기 자궁들이 있다	수필
금상	오성순	외할머니 냉장고	아동문학

2020년 제15회 (시·소설·수필·아동문학 4개 부문 공모) 대상과 금상, 등단 및 〈월간문학〉 게재 특전

수상	수상자	작품명	부문
대상	김혜영	자염煮鹽	소설
금상	최경심	얼룩말 나비와 아버지	시
금상	조현숙	항아리의 힘	수필
금상	주미선	또또	아동문학

2022년 제16회 (시·소설·수필·아동문학 4개 부문 공모) 대상과 금상, 등단 및 〈월간문학〉 게재 특전

수상	수상자	작품명	부문
대상	김은혜	두 번째 엄마	소설
금상	채연우	복제인간 로이	시
금상	윤국희	차가는 달이 보름달이 될 때	수필
금상	김영인	엄마는 1학년	아동문학

수상	수상자	작품명	부문

2024년 제17회 (시·소설·수필·아동문학 4개 부문 공모)
대상과 금상, 등단 및 〈월간문학〉 게재 특전

대상	김응숙	번지점프	소설
금상	한명희	말줄임표	시
금상	유화란	분홍 꽃핀	아동문학

제17회 샘의 향기 동서문학상

초판 1쇄   2024년 11월 26일

지은이   김응숙 外
발행인   김재홍
디자인   박효은

발행처   도서출판지식공감
브랜드   문학공감
등록번호   제2019-000164호
주소   서울특별시 영등포구 경인로82길 3-4 센터플러스 1117호 (문래동1가)
전화   02-3141-2700
팩스   02-322-3089
홈페이지   www.bookdaum.com
이메일   jisikwon@naver.com

가격   5,000원
ISBN   979-11-5622-903-2 03810

문학공감은 도서출판지식공감의 인문교양 단행본 브랜드입니다.